Amy Baxter

Touch me forever

Weitere Titel der Autorin:

King's Legacy – Alles für dich
King's Legacy – Nur mit dir
King's Legacy – Halt mich fest

Never before you – Jake&Carrie
Forever next to you – Eric&Joyce
Hold on to you – Kyle&Peg
Someone like you – Scott&Olivia
Always with you – Riley&Tess

Hold me forever
Feel me forever

Über die Autorin:

Amy Baxter ist das Pseudonym der Autorin Andrea Bielfeldt. Amy begann ihre Karriere als Selfpublisherin und eroberte dann mit ihren erfolgreichen Romance-Reihen SAN FRANCISCO INK und KING'S LEGACY eine große Fangemeinde. Dank ihres Erfolgs kann sie sich heute ganz dem Schreiben widmen. Zusammen mit ihrer Familie lebt und arbeitet sie in einem kleinen Ort in Schleswig-Holstein.

AMY BAXTER

Touch me forever

ROMAN

♥

lübbe

Dieser Titel ist auch als Hörbuch und E-Book erschienen

Die Bastei Lübbe AG verfolgt eine nachhaltige Buchproduktion. Wir verwenden Papiere aus nachhaltiger Forstwirtschaft und verzichten darauf, Bücher einzeln in Folie zu verpacken. Wir stellen unsere Bücher in Deutschland und Europa (EU) her und arbeiten mit den Druckereien kontinuierlich an einer positiven Ökobilanz.

FSC
www.fsc.org
MIX
Papier aus verantwortungsvollen Quellen
FSC® C014496

Vollständige Taschenbuchausgabe
der bei Bastei Lübbe erschienenen E-Book-Ausgabe

Umschlaggestaltung: ZERO Werbeagentur, München unter Verwendung von Motiven © shutterstock.com: merrymuuu | royaltystockphoto.com
Satz: 3w+p GmbH, Rimpar (www.3wplusp.de)
Gesetzt aus der Minion
Druck und Verarbeitung: GGP Media GmbH, Pößneck
Printed in Germany
ISBN 978-3-404-18571-9

5 4 3 2 1

Sie finden uns im Internet unter luebbe.de
Bitte beachten Sie auch: lesejury.de

In diesem Roman werden Szenen von Alkoholsucht geschildert. Diese Szenen können belastend oder verstörend sein. Wenn Sie oder Angehörige von Alkoholsucht betroffen sind, können Sie sich an folgende Beratungsstellen wenden:
Bundeszentrale für gesundheitliche Aufklärung:
https://www.kenn-dein-limit.de/alkoholberatung/,
Anonyme Alkoholiker: https://www.anonyme-alkoholiker.de/

Echte Liebesgeschichten gehen nie zu Ende.
(Marie von Ebner-Eschenbach)

Playlist

OneRepublic – Secrets
Kelly Clarkson – Because of You
Avril Lavigne – I'm with You
Calum Scott, Leona Lewis – You Are The Reason
Westlife – You Raise Me Up
Kelly Clarkson – Stronger (What Doesn't Kill You)
LeAnn Rimes - Can't Fight The Moonlight
The Corrs – Breathless
Vanessa Carlton – A Thousand Miles
Manchester Orchestra – The Silence
Taylor Swift – Shake It Off
Stanfour – In Your Arms
Tommy Reeve – I'm Sorry
Jess Glynne – Take Me Home
Tobias Regner – I Still Burn
Emeli Sandé – Read All About It, Pt. III
Leona Lewis – Run
Alanis Morissette – Ironic
Demi Lovato – Skyscraper
One Direction – You & I
John Legend – All of Me
Gemma Markham – It Feels Like Home
Laura Jayne – Arms of the Angel
Birdy – Skinny Love

Sara Ramirez – The Story
Lady A – Need You Now
Avril Lavigne – Head Above Water
The Cure – Trust

Prolog

Dieser Tag hätte sein können wie jeder andere. Aber er war es nicht. Er war nicht schillernd bunt, nicht schrill und auch nicht laut. Er war weder voll mit falschen Freunden noch voll mit falschen Versprechungen. Dieser Tag hatte einfach keinen Drive. Und damit auch keine magische Wirkung auf mich. Er brachte mich nicht zum Lachen. Nein.

Dieser Tag war still.

Und ich allein.

Im warmen Wasser in irgendeiner Badewanne. In irgendeinem Badezimmer. In irgendeinem Hotel. In irgendeiner Stadt in diesem verschissenen Land, in dem man seine Träume mit Kreditkarte bezahlte und für ewig an den Raten knabberte.

Mit einer Flasche Rotwein in der einen und einer Zigarette in der anderen Hand inhalierte ich den Rauch tief und lehnte den Kopf nach hinten, meine müden Lider schlossen sich ganz von allein. Das Wasser verschlang mein Haar, der beißende Rauch löste sich aus meiner Kehle. Und die Bilder in meinem Kopf überschlugen sich.

Blitzlicht. Kameras. Fragen. Anklagen. Lachen. Leid. Nebel.

So viel Nebel.

Nein, dieser Tag war nicht wie jeder andere. Und auch der nächste würde nicht mehr so sein. Ich fühlte es. Ich war tot.

Innerlich. Äußerlich. Die Zigarette verglühte, Wein wurde zu Wasser.

Verpackt in rosa Zuckerwattewolken voll Alkohol und Pillen war ich in den letzten Monaten immer tiefer und tiefer gesunken durch einen dicken Nebel. Aber jetzt gab es kein tiefer mehr. Ich war auf dem Grund angekommen. Ich war ganz unten. Und mir wurde klar: Jetzt musste ich mich entscheiden.

1. Skye

Ein Jahr später

Das Haus war genauso kaputt wie ich.

Eine marode Tür, die keinen Einbrecher mehr fernhalten würde. Altersschwache Fensterrahmen, in deren schmutzigen Scheiben sich das letzte Licht eines winterlichen Tages brach. Verwittertes Holz, das mal weiß gewesen war und einige Geschichten der letzten hundert Jahre erzählen konnte. Schiefe dunkelgraue Dachschindeln, die von Grünspan besetzt waren und sicher keinen Regen mehr abhalten würden. Für ein kleines heimeliges Gefühl aber sorgte die hölzerne Hollywoodschaukel, die einsam auf der Veranda im Wind schwang. Eingerahmt von knorrigen Bäumen, die windschief in mit Unkraut überwucherter Erde auf einem verwilderten Grundstück wurzelten. Absoluter Landhauscharme.

Tatsächlich, auf seine Art hatte es Charme und war vor langer Zeit mal sehr hübsch gewesen. Häuser wie dieses waren in dem alten Cape Cod Stil erbaut worden, den Eindruck eines idyllischen Kleinstadtlebens erweckend, brav und heimelig mit weißem Holzzaun und Blumenbeeten. Nur, dass dieser Zaun längst nicht mehr weiß war und die einstigen Beete nun unter einer grünen Decke aus Wildwuchs und matschigem Laub lagen, auf der noch die Regentropfen des letzten Wolkenbruchs glitzerten. Das war auch das Einzige, was hier glitzerte. In den letzten acht Jahren hatte sich niemand mehr um Haus und Grundstück gekümmert. Jetzt war alles verwittert, zerstört, gebrochen und beschädigt. Kein Vergleich mit meiner Villa in Bel Air.

Ich atmete tief ein und die kalte Luft langsam wieder aus. So, wie ich es in den letzten Monaten jeden verdammten Tag getan hatte. Ich strich mir die langen Haare nach hinten und blinzelte mehrmals, doch egal, wie lange ich das Erbe meiner verstorbenen Tante unter die Lupe nahm – es wurde einfach nicht besser.

»Herzlich willkommen in deinem neuen Leben.«

Ich hatte mit vielem gerechnet, aber nicht damit, ein mittlerweile völlig baufälliges Haus geerbt zu haben. Das hatte ich ganz anders in Erinnerung. Aber vielleicht war das die Ironie daran.

Nachdem sich das Bild einfach nicht veränderte, schlug ich letztlich die Tür des SUVs ins Schloss, den ich mir für die Fahrt vom Flughafen in Boston nach Honey Falls gemietet hatte. Bevor ich dem Fluchtreflex nachgeben konnte, der immer stärker in mir anklopfte. Ich startete mit wenig Gepäck in mein neues Leben, zwei Koffer und ein Rucksack waren alles, was im Kofferraum des Geländewagens Platz gefunden hatte. Meine Handtasche lag auf dem Beifahrersitz. Daneben mein iPhone, die einzige Verbindung zu meiner Vergangenheit. Und vermutlich zur Außenwelt, denn ich konnte mir nicht vorstellen, dass es im Haus ein funktionierendes Telefon gab. Es war also zu hoffen, dass mein Mobiltelefon in dieser Einöde Empfang hatte. Als ich das letzte Mal hier gewesen war, hatte ich noch keines besessen. Aber ich hatte die weite Reise nicht gemacht, um zurückzublicken und unverrichteter Dinge wieder umzukehren. Ich hatte sie angetreten, um neu anzufangen.

Mit einem Seufzen, das von ganz tief unten kam, verließ ich die sichere Basis in meinem Rücken und schritt langsam den sandigen Weg bis zum Haus hoch, umschiffte die Pfützen und achtete auf matschige Stellen, die der kalte Schneegriesel hinterlassen hatte.

Vorsichtig setzte ich einen Fuß auf die erste Stufe der Veranda, und das Knarren des Holzes verband sich mit dem Quietschen der Hollywoodschaukel. Für den Moment war ich froh, dass es erst Nachmittag und somit noch nicht ganz dunkel war. Die Dämmerung setzte im Winter früh ein, und es würde nicht mehr lange dauern, bis die Dunkelheit mich und dieses Haus verschlingen würde. So wie mein Leben mich fast verschlungen hätte.

Wieder hämmerte dieser Klumpen alter Gedanken und Gewohnheiten in meinem Bauch von Wand zu Wand und bereitete mir Schmerzen. Ich atmete. Ein. Aus. Ein. Aus. Es half.

Vorwärts, nicht zurück, ermahnte ich mich, schüttelte mich kurz – so wie ein nasser Hund, der den Dreck abschüttelte – und besann mich auf das, was vor mir lag.

Die nächsten vier Stufen hielten mich, und auch das Holz der Veranda schien noch stabil genug zu sein, also streckte ich kurz darauf meine Hand nach der Tür aus, deren rote Farbe bereits an einigen Stellen abblätterte. Der letzte Anstrich musste Jahrzehnte her sein.

Wie mochte es mittlerweile innen aussehen? Als ich den Schlüssel im Schloss umgedreht hatte, öffnete ich die Tür.

Der Eingang in mein neues Zuhause öffnete sich mit einem Quietschen und erinnerte an einen schlechten Horrorfilm. Doch statt eines Zombies schlug mir nur der muffige Geruch eines lange leer stehenden Hauses entgegen. Auch nicht viel besser als eine Zombieapokalypse.

Zögernd trat ich über die Schwelle und vermied es, zu tief einzuatmen. Es war dämmrig im Haus, was den zugezogenen Vorhängen geschuldet war. Der Lichtschalter machte nichts außer Geräuschen, also suchte ich vorsichtig einen Weg über die knarrenden Holzdielen zum nächsten Fenster und zog den dicken dunkelroten Stoff beiseite. Es staubte und ließ mich niesen.

Ich schob vorsichtig auch die anderen Vorhänge zur Seite, bis alle vier Fenster offen waren und es wenigstens etwas heller wurde. Ich schaltete die Stehlampe ein, aber sie funktionierte ebenfalls nicht. Ganz offensichtlich gab es hier gar keinen Strom. Das war nicht gut, aber im Großen und Ganzen auch wieder nicht so schlimm, wie ich es für den ersten Anblick seit fast zwanzig Jahren erwartet hatte. Ich stand in dem großen Wohnraum, in dessen Steinwand am Kopfende ein Kamin eingelassen war. Die schweren Ledermöbel in dunklem Braun auf einem rotbraunen Teppich dominierten das Zimmer immer noch, und die hohen Bücherregale aus dunklem Holz nahmen die Wand hinter dem Sofa ein. Sie hatten damals unzählige Wälzer in verschiedenen Größen und Farben beherbergt, jetzt standen nur noch vereinzelt Bücher darin, und sie sahen ziemlich angefressen aus. Den alten Röhrenfernseher in der Ecke auf einem Eckschränkchen gab es auch immer noch. Auf dem Teppich sah ich vereinzelte dunkle Flecken und Ausscheidungen von Mäusen und anderem Getier, das hier wohl Unterschlupf gesucht hatte.

Mit Argusaugen führte ich die Zeitreise fort und verließ das Wohnzimmer an der kleinen Essecke mit Tisch und vier Stühlen aus dunklem Holz in Richtung Küche, die sich angrenzend befand und nur durch einen halbhohen Tresen abgetrennt war. Mittlerweile musste ich mich nicht mehr auf die Zehenspitzen stellen, um darüber hinweg sehen zu können. Ich schloss für einen kurzen Moment die Augen und sah Tante Margret in ihrem Morgenmantel Eier in die Pfanne schlagen. Wehmut überkam mich, und ich schüttelte das Gefühl schnell ab. Sentimentalität konnte ich mir im Moment nicht leisten.

Die Küchenschränke hatten noch immer die Farbe von Eierschalen, und an einigen Türen erkannte ich Spuren von Reinigungsmitteln, die das Holz abgescheuert hatten. Meine Tante war eine reinliche Frau gewesen. Jetzt lag auf allen Möbeln eine dicke Staubschicht, Spinnen hatten ihre Netze ausgebreitet und tote Fliegen und Käfer fanden sich auf Schränken und Fußböden. Einige Stockflecken gab es an den Wänden und blinde Fensterscheiben, auf denen der Dreck der letzten acht Jahre lag, in denen sich niemand um das Haus gekümmert hatte.

Im Erdgeschoss befand sich noch ein kleines Bad mit Dusche und Toilette, die restlichen Räume waren oben. Ich erinnerte mich gut, obwohl mein letzter Besuch schon mein halbes Leben zurücklag. Ich war vierzehn gewesen und hatte mich in dem Sommer für immer von allem hier verabschieden müssen.

Ich schob den schmerzenden Gedanken beiseite und stieg die Treppe nach oben. Fünfzehn Stufen. Als wäre ich sie erst gestern hochgestiegen. Auch der hölzerne Handlauf fühlte sich vertraut an unter meinen Fingern.

Oben gab es zwei Schlafzimmer. Eines davon hatte Tante Margret gehört, in ihm stand ein großes Doppelbett, das sie Jahre zuvor mit meinem Onkel geteilt hatte, den ich nie kennengelernt hatte. Soweit ich wusste, hatte ein tödlicher Jagdunfall ihn viel zu früh aus dem Leben gerissen, und sie war bis zu ihrem eigenen Tod alleine geblieben. Sie musste ihn wirklich sehr geliebt haben.

Rechts vom Bett war das Fenster mit Blick in den Garten, in dem im Frühling alle Arten von Obstbäumen geblüht hatten. Jetzt hingen ihre trockenen Äste leblos herunter. Und dahinter, an dem schmalen Weg zum See, sprang mir das alte Ruderboot ins Auge, das umgedreht an der Schuppenwand lehnte.

Ich schlug mir die Hand vor den Mund und kniff die Augen zusammen, weil mich die Erinnerung so plötzlich überrollte und das Gefühl genauso intensiv war wie vor vierzehn Jahren. In diesem Boot hatte ich meinen ersten Kuss bekommen, und ich konnte noch immer seine Lippen auf meinen schmecken, erinnerte mich an eine Zeit, die ich so viele Jahre aus meinen Gedanken verdrängt hatte. So schwer, wie die Erinnerung wog, wusste ich auch genau, warum ich das getan hatte.

Ein paar tiefe Atemzüge lockten mich wieder in die Gegenwart zurück, und mein Puls beruhigte sich. Mit verklärtem Blick sah ich zum See, dessen Wasseroberfläche durch die Bäume blitzte. Das komplette Grundstück war durch Bäume und Büsche eingerahmt und grenzte sogar an ein kleines Waldstück. Es war schon viel zu lange her, dass ich durch die Wälder gestreift war. Ich freute mich darauf, es bald wieder zu tun. Mit einem letzten Blick auf das Boot und einem mulmigen Gefühl im Bauch, wandte ich meinen Blick ab und widmete mich wieder der Erkundung des Zimmers.

Ein massiver Kleiderschrank stand dem Bett gegenüber an der Wand, und neben der Tür befand sich die hübsche kleine Schminkkommode mit Spiegel, vor der ich schon als Fünfjährige gesessen hatte. Der Teppich in seinem neutralen Beige passte perfekt zu den Möbeln aus braunem Holz. Ebenso die dunklen Vorhänge und die Deckenlampe mit Ventilator. Aber auch hier gab es dunkle Flecken auf dem Fußboden. Ich ging in die Hocke, um sie näher zu betrachten, und stellte fest, dass sie feucht waren. Ein Blick nach oben zeigte mir auch den Grund. Das Dach schien undicht zu sein. Auch das noch. Ich würde das Haus nach Schüsseln durchsuchen müssen, um sie gleich unter den Leckstellen zu platzieren. Und ich würde mich zeitnah um Handwerker kümmern müssen.

Das zweite Zimmer war kleiner und nur mit einem Gästebett, einem Schreibtisch samt Stuhl und einer kleinen Kommode ausgestattet. Ein paar verblichene Pferdeposter hingen noch an den Wänden. Ein Pferd war ein Traum, der sich für mich bis heute nicht erfüllt hatte. In diesem Zimmer hatte ich die Sommernächte verbracht. Die Erinnerung an frische, nach Sommer duftende Bettwäsche stahl sich in meine Gedanken und entlockte mir ein kurzes Lächeln. Dann entdeckte ich den Gitarrenkoffer in der Ecke. Andächtig öffnete ich ihn, nahm die Gitarre vorsichtig in die Hand und strich leicht über die Saiten. Sie war ein wenig eingestaubt und verstimmt, aber erinnerte mich daran, dass Musik damals ein Teil meines Lebens gewesen war. In den letzten Jahren hatte ich kein Instrument mehr in der Hand gehabt und auch gar nicht mehr daran gedacht. Vielleicht würde ich wieder anfangen zu spielen, sobald ich hier eingezogen war.

Das Fenster des Zimmers ging ebenfalls zum Garten raus, und durch eine weitere Tür gelangte man zum kleinen Einbauschrank. Auf der anderen Seite des Flurs war das größere Bad mit einer Badewanne. Der schwarz-weiß karierten Linoleumboden darin war wider Erwarten noch gut erhalten. Die Wanne ebenso, aber sie war einfach altmodisch. Die Toilette war ebenfalls alt und das Waschbecken auch, aber auch hier war bis auf die normalen Alterserscheinungen alles augenscheinlich funktionstüchtig.

Auf dem Flur fiel mir die Luke ins Auge, die zum Dachboden führte. Ein Ort, vor dem ich mich als Kind sehr gegruselt hatte. Vielleicht wäre ich jetzt mit fast dreißig Jahren in der Lage, dem Grauen ins Auge zu sehen?

»Später«, beschloss ich und stieg die Treppe wieder hinab. Ich würde den Handwerkern den Vortritt lassen.

Das Haus war klein und in meinen Erinnerungen vor zwanzig Jahren unglaublich gemütlich gewesen. Aber jetzt musste nicht nur draußen eine Menge renoviert werden, sondern auch hier drinnen. Das dunkle Holz erdrückte mich, ich brauchte Platz und Helligkeit. Dunkel war mein Leben lange genug gewesen.

Ja, es bedeutete viel Arbeit. Sehr viel Arbeit. Aber ich würde es packen. Ich hatte schon viel Schlimmeres geschafft. Vielleicht wäre es einfacher, das alte Haus abreißen und ein neues auf diesem Grundstück bauen zu lassen. Aber allein der Gedanke an Bagger und Planierraupen ließ mein Herz stolpern. Tante Margret hatte dieses Haus geliebt. Und ich auch. Ich würde es niemals übers Herz bringen, es zu vernichten.

Ein weiteres Mal seufzte ich und zog mir einen der Stühle am Esstisch heran, um mich zu setzen. Doch das Cordpolster war mit einer dünnen Schicht Staub bedeckt, sodass ich es vorzog, stehen zu bleiben.

»Okay.« Ich erschrak vor meiner eigenen Stimme in der Stille des Hauses und rieb mir die Hände. Ich begann zu frösteln. Der Winter war schon fortgeschritten in New Hampshire, und es würde nicht mehr lange dauern, bis die Kälte unerbittlich in die Kleinstadt Einzug halten würde. Ich wusste, dass der Wetterumschwung hier in den Wäldern schnell gehen konnte. Das letzte Jahr hatte ich in der Karibik verbracht und war daher ziemlich sonnenverwöhnt und fror nun sehr schnell. Zwar hatte ich aufgrund des anderen Klimas unterschiedliche Kleidungsstücke eingepackt, doch ich wollte nicht mit dicker Jacke in meinem Haus sitzen. Aber ohne Strom wäre das nicht zu ändern. Ich inspizierte die Belüftungsschächte unterhalb der Fenster, die dazugehörige Forced-Air-Anlage stand im Keller, also stieg ich die schmale Treppe hinunter, um nachzusehen. Die Taschenlampe, die schon damals an der Tür gehangen hatte, war immer noch da und – sie funktionierte. Halleluja!

Es war dunkel und kühl. Nur eine nackte Glühbirne an der Decke, aber auch die würde mir ohne Strom nichts nutzen. Es fiel sogar mir technisch minderbemittelten Großstädterin sofort auf, dass die Stromleitungen am Kasten defekt waren. Oder besser – durchgebissen. Ratten?

So schnell ich konnte, rannte ich die Treppe wieder hoch und knallte die Tür hinter mir zu. Ich konnte nur hoffen, dass diese Viecher nicht bis ins Haus vorgedrungen waren, aber anhand der kleinen Kötel auf dem Teppich konnte ich wohl davon ausgehen. Das, was ich vielleicht als Achtjährige noch aufregend gefunden hätte, war jetzt nur noch eklig.

Unschlüssig stand ich im Wohnzimmer und sah aus dem Fenster. Erneut zogen dunkle, dicke Regenwolken auf und schafften damit eine ziemlich unheimliche Kulisse. Ohne Strom und Wärme würde es hier ziemlich ungemütlich werden. Sollte ich wirklich hierbleiben? Als die ersten dicken Regentropfen aus dem wolkenverhangenen Himmel auf die trockene Erde fielen und es immer dunkler im Haus wurde, hätte ich am liebsten geheult. So ganz allein in der Abgeschiedenheit – ganz wohl war mir dabei nicht, aber ich hatte es so gewollt. Dieser Punkt stand ganz oben auf der Bucket List, die ich mir während meines Entzugs geschrieben hatte. Und noch immer glaubte ich fest daran, dass meine Entscheidung die richtige war.

Ich zog den Reißverschluss meiner Jacke höher und rieb mir die Arme, um mich zu wärmen. Mein Blick fiel auf den Kamin und ich erinnerte mich an eine Szene aus der erfolgreichen Serie *Tears & Ashes*, in der ich neben Tristan Hall die letzten Jahre die Hauptrolle gespielt hatte. Dort waren wir mit dem Jeep in der Wüste liegen geblieben, nachdem man auf uns geschossen hatte, und mussten überleben. Tristan hatte mit einem Feuerstein ein Lagerfeuer gemacht und ich das große Pech gehabt, nicht mal ein Feuerzeug dabei zu haben. Und nun mangelte es mir immer noch an dem Wissen, wie man ein Feuer entfachte.

Beim Gedanken an meinen Ex Tristan und das, was uns mal verbunden hatte, wuchs der Knoten in meinem Bauch. Nachdem wir bei unserer letzten Begegnung nicht besonders freundlich auseinandergegangen waren, hatten wir noch nicht wieder miteinander gesprochen. Dabei stand noch so viel zwischen uns. Ich wusste, ich musste reinen Tisch machen, mich bei ihm entschuldigen, den Knoten auflösen. Aber das konnte ich erst, wenn ich mit mir selbst im Reinen war. Und dafür war ich hier.

Es knarrte. Ich hörte den Regen aufs Dach und gegen die Fenster prasseln. Aus allen Ecken drangen Geräusche an mein Ohr, die mir irgendwie vertraut waren, mir aber dennoch Angst machten. Ich war es nicht gewohnt, alleine zu sein, und das leere Haus machte es nicht besser. Aber ich würde die Nacht schon durchstehen und morgen – morgen würde die Sonne auch wieder scheinen. Da war ich mir sicher. Zumindest war ich gut darin, mir genau das einzureden.

2. Hunter

Der Regen begann und trommelte schon bald in enormer Lautstärke auf das Vordach der Veranda. Ein Blick aufs Thermometer sagte mir, dass es nicht mehr lange dauern konnte, bis aus dem Regen Schnee wurde. Es war lausig kalt geworden und die Temperaturen sackten weiter in den Keller.

Zwar hatte ich nach meiner Ankunft vor einem halben Jahr mehrere Rundgänge ums Haus gemacht und alles für intakt befunden, aber mich beschlich die Befürchtung, dass einzelne Bereiche am Haus so einer Regenfront, wie sie angesagt war, vielleicht doch nicht standhalten würden. Aber ich war schon froh, dass das Dach dicht war. Meine Schwester hatte das Hotel gut instandgehalten und ausreichend versichert. Das hatte ich kurz nach meinem Eintreffen hier nachgeprüft. In der Regel sprach ich ihr keine Kompetenzen ab, doch Versicherungen und Papierkram, das war von jeher nicht ihres gewesen. Meins schon eher, nur durch meine Liebe zu Zahlen, Listen und Organisation hatte ich es zum CEO der größten Telefongesellschaft New Yorks gebracht. Ich war ein verdammter Workaholic gewesen, bis eine Tragödie diesen Kreislauf durchbrochen hatte. Und das hatte mich wiederum hierhergebracht. Ich wusste nicht, was besser war.

Es war nicht so, dass ich New York großartig vermisste. Die Ruhe und Abgeschiedenheit von Honey Falls, meinem Heimatort, gefiel mir ganz gut. Nur war es eben ungewohnt. Mir fehlten die Geräusche der Großstadt. Die Sirenen der Cops, die durch die Häuserschluchten jaulten. Die Musik, die aus jeder Bar der Straße schallte. Der Lärm der Autos, die regelmäßig die Straßen verstopften. Mir fehlte der Geruch der Stadt ebenso wie das geschäftige Treiben der Menschen, der Stress und … das Leben. New York lebte, pulsierte, war laut, bunt, schrill, verrückt, individuell. Die Stadt bricht einfach über dich herein, ohne dass du dich dagegen wehren kannst. Wenn du es zulässt, dann wird sie dir immer ein guter Freund sein. Und so war es bei mir. Ich liebte New York. Aber ich hatte auch raus aus dieser Stadt gemusst.

Die Flucht meiner Schwester im letzten Sommer war tatsächlich das Beste, das mir hätte passieren können. Wäre ich dadurch nicht gezwungen gewesen, hierher zurückzukommen – keine Ahnung, was dann aus mir geworden wäre. Seit mein bester Freund gestorben war, hatte mein Leben sich in einem Drive verloren, den ich zuletzt nicht mehr hatte kontrollieren können. Ich hatte dicht gemacht und die Scheuklappen aufgesetzt, war abgetaucht in die Arbeit und wollte nichts mehr um mich herum wahrnehmen. Wollte den Schmerz aussperren, indem ich mich in die Arbeit gestürzt und alles andere vernachlässigt hatte. Doch Megans Anruf hatte mich aus dieser Lethargie gekitzelt. Langsam zwar, aber letztlich war ich aufgewacht. Erst hier, in der Ruhe und Abgeschiedenheit dieser Kleinstadt, begann ich zu begreifen, dass mein Leben, so wie ich es gelebt hatte, nicht mehr lebenswert gewesen war. Hier bekam ich eine neue Chance. Aber ich war nicht so blöd zu denken, dass ich alles im Griff hatte. Das hatte ich nicht. Zumindest nicht diesen Teil meiner Gedanken. Aber bisher hatte ich es erfolgreich geschafft, die Trauer beiseitezuschieben. Und das würde ich auch weiterhin tun.

Während um mich herum der Hotelbetrieb für diesen Tag zum Erliegen kam und die nächtliche Ruhe in die Räume einzog, stand ich am Fenster des Speisesaals und beäugte skeptisch den nachtschwarzen Himmel. Ich hoffte nicht, dass es noch Schnee geben würde. Aus meiner Kindheit waren mir die verschneiten Winter in Honey Falls noch sehr gut in Erinnerung. Manchmal waren wir tagelang nicht aus dem Haus gekommen, weil der Schnee meterhoch bis zu den Fenstern gelegen hatte. Das Dach hatte ich regelmäßig freischaufeln müssen, damit es nicht einstürzte oder es reinregnete, wenn die Schneeschmelze irgendwann einsetzte.

»Das sieht nicht gut aus da draußen«, ließ Sandy verlauten, die gerade anfing, die Tische für die morgigen Frühstücksgäste einzudecken, und warf einen kurzen Blick mit gerunzelter Stirn an mir vorbei.

Sandy hatte bereits unter meiner Mutter in diesem Hotel gearbeitet und sich um uns gekümmert, als Megan und ich noch klein gewesen waren. Sie hatte oft genug die Leiter gehalten, wenn ich aufs Dach geklettert war, oder auch meine anschließenden Blessuren verarztet. Ich konnte mir das Middleton Inn nicht ohne sie vorstellen, und ich war sehr dankbar, dass sie nicht auch gegangen war. Sie war die gute Seele des Hauses, und ich war froh, dass sie da war. Sandy wusste immer, was zu tun war. Und sie hielt mit ihrer Meinung auch nicht hinter dem Berg.

»Hast du den Wetterbericht gehört?« Meine Stirn legte sich in Falten, als ich einen erneuten Blick aus dem Fenster warf.

»Hab ich. Und ich sage es gerne noch mal – das sieht nicht gut aus. Es wird Schnee geben. Meine Schulter zuckt.« Sandys Schulterzucken war ein Garant für ihre Wettervorhersagen. Sobald sie sich bemerkbar machte, schlug das Wetter um. Damit war ich aufgewachsen und wusste, dass ich darauf vertrauen konnte. Auch nach so langer Zeit.

Seit fast einem halben Jahr war ich mittlerweile zurück in meiner Heimatstadt. Seit fast einem halben Jahr war ich nun Leiter des Middleton Inn. Seit fast einem halben Jahr ging ich den Problemen, die ich in New York zurückgelassen hatte, aus dem Weg. Und Sandy wusste das genau. Sie kannte mich.

Auch wenn ich lange nicht hier gewesen war, sie lange keinen Einfluss auf mich und mein Leben gehabt hatte, konnte ich ihr nichts vormachen. Einmal hatte sie mir auf den Kopf zugesagt, dass Megans Hilfeschrei nicht der einzige Grund war, warum ich blieb. Dass sie damit ins Schwarze getroffen hatte, verschwieg ich, aber sie wusste es auch so. Und mir graute vor dem Tag, an dem meine Seele sich aus irgendwelchen Gründen offenlegen und mich damit konfrontieren würde. Aber bis es so weit war, hielt ich durch.

»Ich werde noch mal einen Rundgang machen und sehen, ob alles dicht ist«, murmelte ich, wandte meinen Blick ab vom dunklen Grau des Himmels und drehte mich zu ihr um.

Ihre blauen Augen warfen mir ein verschmitztes Zwinkern zu. »Aber ich hoffe nicht, dass du wieder aufs Dach musst.«

Ich beschloss, erst noch im Keller nach der Heizung zu sehen, und ließ Sandy im Speiseraum ihre Arbeit machen. Mir war klar, dass sie bei dem Wetter nicht mehr nach Hause fahren, sondern im Hotel übernachten würde. Es wäre also vergebene Mühe, sie von der Arbeit abzuhalten und zum Feierabend zu zwingen.

Ich war gerade auf dem halben Weg zur Küche, da wurde mit Schwung die Eingangstür aufgerissen und das Messingglöckchen darüber beschwerte sich mit voller Lautstärke. Ich drehte mich um und sah in das halb von einer Kapuze verdeckte Gesicht einer Frau, die mich ebenso erschrocken ansah, wie die Türglocke laut war. Der Wind drückte die Tür nach innen, sodass sie Mühe hatte, sie zu schließen. Mit zwei schnellen Schritten war ich bei ihr.

»Warten Sie, ich helfe …«

Mit geübtem Griff nahm ich ihr den Koffer ab und sperrte Wind und Regen aus, sobald sie mit einem Gitarrenkoffer in der Hand eingetreten war.

»Mistwetter. Danke.«

»Kein Problem.« Ich wartete, ließ sie sich erst den Regen von dem Parka wischen und ihren Kopf von der Kapuze befreien. Dunkle lange Haare, die ihr wirr ins Gesicht hingen, kamen zum Vorschein.

»Vielen Dank, ich …« Weit aufgerissene braune Augen starrten mich hinter einer großen Brille ungläubig an. »Hunter?«

»Ja?«, gab ich irritiert zurück.

»Hunter Johnson?«

Ich runzelte die Stirn und versuchte die junge Frau in eine meiner Gedächtnisschubladen zu sortieren. Sie kam mir vage bekannt vor, aber ich konnte nicht einordnen, woher. »Entschuldigung, aber … Kennen wir uns?«

Sie nahm die Brille ab, wischte sich die feuchten Haarsträhnen aus dem Gesicht und sah mich lange an. Und schlagartig war alles wieder da.

Ich schluckte. »Ivy …« Und bevor ich verstand, was mit mir passierte, setzte mein Herzschlag für einen Moment aus und schlug dann wie ein Punchingball hart gegen meine Rippen. »Ivy … verdammt …« Ich konnte meinen Blick nicht von ihr abwenden, konnte nicht aufhören, ihr Gesicht anzustarren. Das Gesicht, das mich vor vierzehn Jahren verlassen hatte. Einfach so, ohne eine Nachricht, ohne eine Vorankündigung. Das Gesicht, das ich so lange Jahre nicht vergessen hatte. Bis ich mich nach dem Tod meiner Mutter gezwungen hatte, es in die Versenkung zu schicken. Mir eingeredet hatte, dass mehr Zeit für uns nicht vorgesehen war. Dicke Ketten hatten die Kiste der Erinnerung verschlossen, bevor ich sie auf den Grund meiner Seele verbannt hatte. Und jetzt öffnete sich das Schloss mit einem Klick, und alles, was ich erfolgreich vergessen hatte, war mit einem Schlag wieder da.

»Ivy …«, flüsterte ich ein weiteres Mal ihren Namen. Ich wusste nicht, ob sie wirklich vor mir stand, oder aber ich einem üblen Tagtraum aufgesessen war. Aber mein Gegenüber nickte stumm, und der Hauch eines Lächelns lag auf ihren Lippen. »Was …? Wie …?« Fassungslos ließ ich meinen Blick über jeden Quadratzentimeter ihres Gesichts wandern, auf der Suche nach dem, an das ich mich erinnerte.

Schon immer hatte Ivy die Augen eines Rehs gehabt. Dunkel und mit weichem, verschüchtertem Blick. Aber jetzt war ihr Blick weder weich noch verlockend, sondern zeigte sich genauso irritiert wie meiner, eingerahmt von dick geschminkten Wimpern und schwarzem Lidschatten. Und auf ihren Lippen klebte Lippenstift in irgendeinem furchtbaren Braun. Ich fragte mich, ob das der Grund war, warum ich sie nicht erkannt hatte. Als ich sie das letzte Mal gesehen hatte, hatte sie noch kein Make-up getragen. Sie hatte es nicht nötig gehabt, und ich war mir sicher, dass sie es auch jetzt nicht nötig gehabt hätte. Manche Menschen waren einfach von Natur aus schön. Und Ivy hatte schon immer in dieser Liga gespielt.

Ihre Haare waren wie damals von einem satten Braun. Ich hatte sie immer mit der Farbe der ersten Kastanien im Herbst verglichen. Aber … *what the hell!* Was war mit ihrer Nase passiert? Wo war die kleine Stupsnase geblieben, die ich so geliebt hatte? Die perfekt geformte Nase war genauso falsch wie das perfekt geschminkte Gesicht, das sie umgab. Wie hatte ich sie so falsch in Erinnerung haben können? Wann hatte sie sich so verändert, dass ich sie fast nicht wiedererkannt hatte?

»Was ist mit dir passiert?« Die Worte kratzten in meinem Hals, und ihrem Blick nach zu urteilen, hätte ich sie lieber herunterschlucken sollen, als sie auszusprechen. Ihre Miene versteinerte sich urplötzlich, ich konnte zusehen, wie sie sich gleich einer Schnecke in ihr Haus zurückzog, und anstatt weiter mich anzusehen, checkte sie den Eingangsbereich des Hotels ab. Doch genauso schnell, wie sie sich zurückgezogen hatte, kam sie auch wieder heraus und fand meinen Blick wieder, aber eine Antwort auf meine Frage blieb sie mir schuldig.

»Ich brauche ein Zimmer«, war das Einzige, was sie entgegnete.

»Ist es Zufall oder hast du …«

»… gewusst, dass ich dich hier finde?«

Ich nickte stumm.

»Gott, nein. Dich habe ich ganz sicher nicht hier vermutet.« Sie schien wirklich verwundert, in ihren Worten wie auch in ihrem Blick lag ein Hauch von Was-zum-Teufel-machst-du-hier? und Ich-kann-nicht-glauben-was-ich-sehe. »Was zum Teufel machst du hier?«, wollte sie dann auch tatsächlich wissen.

Ich schluckte und sammelte mich. »Ich leite das Hotel«, antwortete ich.

»Du?« Erstaunen legte sich auf ihr Gesicht, es fehlte nur noch, dass sie laut loslachte, für so abwegig schien sie das zu halten. Die Ivy, die ich von früher kannte, hatte nie ein Blatt vor den Mund genommen und gesagt, was sie dachte. Diese erwachsene Ausgabe meiner Jugendfreundin aber schien sich zurückzuhalten. Ich fragte mich unwillkürlich, warum. Nach ein paar Sekunden verschränkte ich die Arme vor der Brust und hob das Kinn. »Ich weiß nicht, ob es eine gute Idee ist, wenn du bleibst«, sagte ich. Ich hatte nicht darüber nachgedacht, so was zu sagen. Ich hatte Ivy einmal geliebt, aber jetzt machte es mir Angst, sie vor mir zu sehen. Eine Scheißangst sogar.

Vielleicht bist du ja auch einfach nur überfordert damit, dass du nicht das junge Mädchen zurückbekommst, was du in deinen Erinnerungen eingeschlossen hast. Ich befahl meinem Siebzehnjährigen Ich zu schweigen.

Ihre Augenbrauen schossen nach oben und sie seufzte erschöpft. »Hast du mal rausgeguckt? Glaub mir, wenn ich eine

Alternative hätte, wäre ich nicht hier.« Verunsichert blickte sie mich an, ohne zu blinzeln. Das hatte sie also immer noch drauf. Das war damals eine Art Challenge zwischen uns gewesen. Wer zuerst blinzelt, verliert. Ich hätte gelacht, wenn die Situation nicht so absurd gewesen wäre. Wie in einem schlechten Film stand ich hier und überlegte, was ich ihr entgegensetzen sollte. Doch bevor ich überhaupt zu einer Erwiderung ansetzen konnte, kam Sandy mit roten Wangen und schwingenden Hüften aus dem Speiseraum und blieb mit einem herzlichen Lächeln vor Ivy stehen.

»Oh, ein neuer Gast? Willkommen im Middleton Inn. Was für ein Wetter da draußen, nicht wahr?« Ebenso wie ich hatte sie Ivy nicht erkannt. Das Mädchen, das so oft in ihrer Küche gesessen und mitten im Sommer heiße Schokolade mit Sahne getrunken hatte, oder sich die blutigen Knie von ihr hatte verarzten lassen, weil sie wieder mal zu wild gewesen war.

»Hallo, Sandy. Schön, dich zu sehen.« Ivy setzte ein fast verlegenes Lächeln auf und entblößte perfekte Zähne. Oh verdammt! Wo war die kleine Zahnlücke zwischen ihren Schneidezähnen hin?

Sandy kniff die Augen zusammen, ich sah ihre Anstrengung, sich zu erinnern. Doch dann rieselte die Erkenntnis wie Schneeflocken auf sie herunter. »Ivy?«

»Live und in Farbe.« Ein fast unmerkliches Hochziehen ihrer Schultern begleitete ihre Worte.

»Ich werd verrückt. Was … was machst du hier?« Sandy griff Ivys Hände und hielt sie fest. »Lass dich ansehen, Kind.« Mit dem fachmännischen Blick einer gestandenen Frau nahm sie Ivy unter die Lupe. »Heiliger Donner. Du bist erwachsen geworden. Hübsch wie eh und je. Wie geht es dir?«

Ivy erwiderte Sandys Lächeln, zog dann aber ihre Hände zurück, und es wirkte fast so, als würde Sandys Freude sie überfordern. Oder war es ihr einfach nur unangenehm, an früher erinnert zu werden? »Danke. Mir geht es gut. Sehr gut. Ich habe mich gefragt, ob ihr noch ein Zimmer für mich habt.« Ich schnappte nach Luft, als ihr Blick von Sandy zu mir und zurück huschte. Dieses kleine Biest.

Ihr Erscheinen hier war rätselhaft. Das war nicht die Ivy, mit der ich Papierboote im Fluss schwimmen gelassen hatte und auf Bäume geklettert war. Mit der ich unzählige Wer-zuerst-blinzelt-verliert-Duelle geführt und in die ich mich unsterblich verliebt hatte, als ich siebzehn gewesen war. Natürlich nicht. Ich war ja auch nicht mehr der, der ich einmal gewesen war. Ich bemühte mich, die Erinnerung, die immer lauter an die Tür der Vergessenheit anklopfte, zu ignorieren. Darum würde ich mich später kümmern.

Sandy nickte eifrig. »Aber natürlich! Ich bin mir sicher, dass Hunter ein freies Zimmer für dich findet. Bei dem Mistwetter sollte sich niemand länger als nötig draußen aufhalten. Und du schon gar nicht. Ach, Hunter, ist das nicht schön?« So sehr Sandys Begeisterung in der Regel ansteckend war – diesmal steckte sie mich nicht an. Mein inneres Chaos blockierte das. Und als ihr Blick zwischen Ivy und mir hin und her schwenkte, ahnte ich, dass sie im Geiste vermutlich schon unsere Hochzeit plante. *Verräterin!*

»Das wäre schön. Ich möchte bei dem Wetter wirklich ungern weitersuchen«, antwortete Ivy. »Ich habe eine ganz bescheidene Reise hinter mir und möchte eigentlich nur noch eine Dusche und ein Bett.«

Sandy warf mir einen Jetzt-kümmere-dich-endlich-Blick zu, und ich nickte einfach nur resigniert, weil ich wusste, dass ich aus der Nummer anders gar nicht mehr rauskommen würde. Also zog ich mich hinter den Tresen zurück und öffnete den Buchungskalender am Computer.

»Wie lange hast du vor zu bleiben?« Es fiel mir unsagbar schwer, sie nicht an den Schultern zu packen und alle Antworten aus ihr herauszuschütteln, für die die passenden Fragen seit Jahren in meinem Kopf parat lagen. Aber Antworten waren nicht immer gut. Besonders nicht, wenn man sie in Wirklichkeit gar nicht hören wollte, weil man sich damit womöglich seiner Illusionen beraubte.

Also schüttelte ich sie weder, noch fragte ich, sondern bemühte mich darum, mich ihr gegenüber professionell und mit Anstand zu verhalten. Abwartend sah ich sie an. Beobachtete, wie sie mit den Schultern zuckte und sich ein paar feuchte Haarsträhnen aus dem Gesicht strich.

»Ein paar Tage, schätze ich.«

Wir waren nicht ausgebucht, und natürlich würde ich sie bei so einem Wetter nicht wieder auf die Straße schicken. Die nächste Unterkunft war eine gute Stunde mit dem Auto entfernt, außerhalb von Honey Falls. Bei dem Sturm eine Zumutung. Ich nannte ihr eine Zimmernummer.

»Oder die Suite im obersten Geschoss«, bot ich an.

Sie zögerte kurz, doch dann schüttelte sie den Kopf. »Ich glaube, ein einfaches Zimmer reicht mir. Danke, Hunter.« Mein Name aus ihrem Mund versetzte mein Herz in leichte Aufregung, aber ich ließ mir nichts anmerken. Ich nickte, setzte das Zimmer im Computer auf *belegt*, trat hinter dem Tresen hervor und griff erneut ihren Koffer. »Ich bring dich rauf.«

»Aber …« Sie sah von mir zum Tresen und zurück.

»Die Formalitäten können wir erledigen, wenn du dich ausgeschlafen hast.« Ich wusste jetzt schon, dass ich nicht vorhatte, sie für das Zimmer bezahlen zu lassen. Sie war hier groß geworden. Genau wie ich.

»Danke.« Plötzlich bröckelte ihre Fassade und ich sah, wie erschöpft sie war. Unter ihren Augen lagen dunkle Schatten, als hätte sie Tage nicht geschlafen, ihre Haut war blass und sie strahlte nicht mehr die pure Lebensfreude aus wie früher. Ein abgestumpfter Blick nahm auf, was sie noch aus Kindertagen kannte, aber ich konnte nicht sagen, ob sie es auch registrierte.

Wir schafften es ohne Worte und ohne Zwischenfall in das erste Stockwerk, und am Ende des Flurs öffnete ich die Tür für sie.

»Ich hoffe, das Zimmer ist nach deinem Geschmack.« Ich hatte es für sie ausgewählt, weil es nach hinten in den Garten raus ging und somit sehr ruhig war. Und weil es das Zimmer war, in dem wir als Kinder heimlich eine Kissenschlacht veranstaltet hatten. Ob sie sich daran erinnerte? »Bad und Dusche findest du hier«, ich stieß die nur angelehnte Tür zum Badezimmer auf, in dem frische weiße Handtücher auf dem Bord auf ihre Benutzung warteten, und legte dann den Koffer auf den Kofferständer neben dem Kleiderschrank, »und bei Fragen oder Wünschen stehen wir dir natürlich auch zur Verfügung. Eine Minibar gibt es nicht, aber … falls du etwas brauchst, ruf mich an.« Dabei zeigte ich auf das Telefon, das auf dem kleinen Schreibtisch gegenüber dem Bett stand.

»Das wird nicht nötig sein.« Sie sah mich nicht an, während sie ihre Tasche auf das Bett fallen ließ und sich den Parka von den Schultern streifte. Ich sah sie an, denn ich wollte wissen, was sich noch an ihr verändert hatte. Zum Vorschein kam ein schlanker Körper in einem rostroten Pulli und dunkler Jeans. Ein leicht blumig orientalischer Duft stieg mir in die Nase. Ich erhaschte einen Blick auf ein Tattoo, das über ihrem Puls an ihrem Handgelenk hervorblitzte, als sie die Ärmel des Wollpullovers nach oben schob. Ein Origamivogel, schattiert in pastelligem Rosa, mit ausgebreiteten Flügeln und umhüllt von kleinen Sternen. Als würde er im Nachthimmel seine Kreise ziehen. Die Ränder waren leicht gerötet, vermutlich war es erst kürzlich gestochen worden.

»Danke, Hunter«, unterbrach sie meine Überlegung, und

ich setzte das Tattoo auf die Liste der unausgesprochenen Fragen.

»Kein Problem. Schlaf dich aus. Und …« Diesmal trafen sich unsere Blicke nach ein paar Sekunden des Schweigens. Aber beim besten Willen, so sehr ich es auch versuchte – ich konnte nicht deuten, was ihrer aussagte. Es lag nichts darin, was mir bekannt vorkam. Kein Funken der Gefühle, die vor Jahren darin gelegen hatten. Nichts erinnerte mehr an die Zeit, in der unsere Teenagerseelen einander näher gewesen waren als irgendwas sonst.

Für einen kleinen Moment hatte die Hoffnung wie Feuer in meiner Brust gebrannt, aber jetzt wandte ich den Blick von ihr ab. Mit der Erkenntnis, dass manche Träume nicht ohne Grund starben, wenn man erwachsen wurde.

Ich legte die Schlüsselkarte auf den Tisch neben das Telefon und ging zur Tür. »Frühstück gibt es bis elf Uhr, Lunch ab zwölf.«

Ich verließ das Zimmer, ohne sie noch einmal anzusehen. Als ich die Tür hinter mir ins Schloss zog, wurde die Liste der nicht ausgesprochenen Fragen länger:

Was hatte Ivy zurück nach Honey Falls gebracht, an den Ort, an dem sie mich ohne ein Wort zurückgelassen hatte? Wie konnte ein Mensch, von dem man dachte, ihn gut zu kennen, sich so verändern? Wo war das lebenslustige Mädchen hin, das ich all die Jahre nie ganz vergessen hatte? Und – hatte sie auch mal an mich gedacht?

3. Skye

Nach nur wenigen Stunden Schlaf wachte ich am nächsten Morgen in vertrauter Umgebung auf. Ich hatte das Zimmer sofort wiedererkannt und konnte nicht anders, als von geplatzten Kissen, verstreuten Federn und zwei Kindern zu träumen, die unbeschwert ihre Kindheit auskosteten. Das Bett war mittlerweile ausgetauscht worden, aber wenn ich die Augen schloss, hallte immer noch das fröhliche Lachen von den Wänden dieses Zimmers wider. Es war so lange her, und ich hatte den Gedanken daran und an alles andere so lange unter Verschluss gehalten.

Gähnend streckte ich mich, stand mit mulmigem Gefühl im Magen auf und zog die schweren Vorhänge beiseite. Aber ich blickte nur auf graue Wolken am Himmel, aus denen unablässig dicke Schneeflocken auf den bereits weißen Boden fielen. Der Regen hatte sich über Nacht in Schnee gewandelt, und der Schicht vor dem Fenster meines Zimmers nach zu urteilen, musste es die ganze Nacht über geschneit haben. Und es sah nicht so aus, als würde es in absehbarer Zeit aufhören.

So hatte ich mir meinen Neuanfang in Honey Falls weiß Gott nicht vorgestellt, als ich gestern angekommen war. Dass ich hier sogar auf Hunter Johnson treffen könnte, hatte ich ebenfalls nicht bedacht. Und schon gar nicht, dass ich mein Comeback hier als Ivy Roberts bestreiten musste. Diesen Namen hatte ich vor zehn Jahren abgelegt, zusammen mit meiner kindlichen Vergangenheit. Seitdem hatte ich nicht mehr an mein altes Ich gedacht. Jetzt wurde es mir aus dem Nichts entgegengeschleudert. Dass Hunter meinen alten Namen benutzt hatte, hatte mich daran erinnert, wer ich einmal gewesen war. Ein junges Ding, völlig überfordert mit den Gefühlen der ersten zarten Liebe. In dem Glauben, irgendwann die Weltherrschaft an sich reißen und für immer glücklich bleiben zu können. Was für ein Irrtum. Der Unfall und der Tod meines Vaters hatten alles verändert.

Ich war meinem ersten Impuls, Hunter zu erzählen, was aus mir geworden war, wer ich war, nicht gefolgt, denn ich wünschte mir sehnlichst einen Neuanfang. Hier bekam ich die Chance, unter dem Radar zu fliegen. Und deshalb ließ ich ihm in dem Glauben, dass Ivy zurück wäre.

Ich sah raus auf das Schneetreiben. Die dicken Flocken wirbelten umher und formten sich zu Erinnerungen. Das mit Hunter und mir war vierzehn Jahre her und längst in der Kiste der Vergangenheit vergraben. Ich war fest davon ausgegangen, dass er mittlerweile irgendwo im Ausland lebte. Hatte er nicht immer nach Neuseeland gewollt, um Schafe zu züchten? Warum war er dann noch hier und leitete das Hotel seiner Familie in dieser gottverdammten Provinz? Vielleicht hätte ich es ahnen müssen, als ich gestern wegen des Boots diesen Flashback bekommen hatte. Der Gedanke an Hunter war viel zu präsent gewesen, als dass darauf nicht eine Begegnung hätte folgen müssen. Und das nur, weil ich aufgrund des Wetters die erste Nacht nicht in meinem neuen Zuhause hatte verbringen wollen. Vielleicht hatte ich es mir auch erhofft und war deswegen ins Middleton Inn gefahren, anstatt mich ein paar Meilen weiter in ein Motel einzuquartieren. Ja, vielleicht hatte ich es einfach darauf angelegt. Ich war schließlich schon immer gut darin gewesen, mich selbst zu belügen.

Die halbe Nacht hatte ich darüber nachgegrübelt, ob es so etwas wie Schicksal wirklich gab. In unserer kindlichen Naivität waren wir damals davon überzeugt gewesen, dass wir heiraten würden, wenn wir alt genug wären. Als rebellierende Teenager hatten wir uns blauäugig ewige Liebe geschworen und wären sogar bereit gewesen, durchzubrennen und alles hinter uns zu lassen, nur um zusammen sein zu können. Aber ich war erst vierzehn gewesen, hatte doch gar nicht gewusst, was Liebe wirklich war, hatte selbst zu Hause lange keine mehr erfahren, und dann war sowieso alles anders gekommen. Ich hatte Hunter aus meinem Leben verbannen müssen und mir dann nie wieder einen Gedanken an ihn erlaubt. Denn das hätte mich umgebracht. Hunter war meine erste große Liebe gewesen, und die Gefühle für ihn hatten all die Jahre tief unter der Oberfläche meiner falschen Identität gelodert. Spätestens seit gestern Abend wusste ich nun – nur ein Funken reichte, um wieder etwas in mir in Brand zu setzen. Aber war es nur die Erinnerung? Die Sehnsucht nach seiner Freundschaft? Oder gar das Aufkeimen der alten Gefühle? Ich konnte nicht erfassen, was genau es war, dafür war ich viel zu durcheinander. Und ich hatte Angst vor der Antwort.

So wie Hunter sich mir gegenüber verhalten hatte, schien er keine derartigen sentimentalen Gefühle für mich zu haben. Und ich wusste nicht, ob das gut oder schlecht war. Ich dachte an seine Worte. *Was ist denn mit dir passiert?* Sein Spruch hatte mich verletzt. Ja, ich hatte mich verändert. Ich meine, hatte er wirklich erwartet, dass ich für immer das kleine, pummelige, pickelige Mädchen mit den traurigen Augen, der schiefen Nase und den straßenköterfarbenen Haaren bleiben würde? Mein Leben hatte mir Möglichkeiten gegeben – ich hatte sie genutzt. Aber in seinem Blick hatte erst Überraschung, dann Ablehnung gestanden. Und Ablehnung war etwas, mit dem ich noch nie gut umgehen konnte. Deswegen war es – wie Hunter sagte – keine gute Idee hierzubleiben. Aber wenn es so weiterschneite, würde es sich schwierig gestalten, auch nur einen Fuß nach draußen zu setzen. Und da es bei dem Wetter angenehmer war, hier festzusitzen, als in einem Haus ohne Heizung und mit kaputtem Dach, war der Aufenthalt hier wohl das kleinere Übel. Zur Not würde ich mich eben nur in meinem Zimmer aufhalten. Oder mich bei Sandy in der Küche verstecken.

Ich hatte mich wirklich gefreut, sie wiederzusehen. Auch, wenn ich das nicht so gut hatte zeigen können. Überfordert von so viel Mütterlichkeit, hatte ich wieder die Mauer um mich herum hochgezogen, um sie auf Abstand zu halten. So wie ich es schon immer am besten gekonnt hatte und eigentlich nicht mehr tun wollte. Schließlich sollte ab jetzt alles anders werden. Ich hatte diesen Weg gewählt, um ein neues, besseres Leben zu beginnen. Aber gut – Rom wurde auch nicht an einem Tag erbaut.

Wenigstens hatte ich keine Termine, und auf ein paar Tage kam es nicht an. Den Schneefall konnte ich nun mal nicht beeinflussen. Ich hatte noch den Rest meines neuen Lebens Zeit, das musste ich mir doch in der Tat immer wieder ins Gedächtnis rufen. Nun ja, nach fast zwanzig Jahren Showbiz unter Hochdruck und mit Termindruck, dem man einfach hilflos ausgeliefert war, kein Wunder. Dem Ganzen drehte man eben nicht einfach so den Rücken zu. Die Jahre hatten Spuren hinterlassen und mich geformt.

Aber wenn ich hier schon festsaß, konnte ich auch versuchen, es als Auszeit zu nutzen und mich etwas zu entspannen. Was einfacher gedacht als getan war, wenn man bedachte, dass Hunter Johnson nur ein Stockwerk unter mir saß und mich wahrscheinlich gerade verfluchte. Wäre ich nur weitergefahren. Aber das Middleton Inn war die erste Adresse gewesen, die mir eingefallen war und auf meiner Route gelegen hatte, und es war nun mal ein wirklich hübsches Hotel. Klein, sauber und mit neuenglischem Charme. Ich hatte gewusst, mit wie viel Liebe die Zimmer eingerichtet worden waren. Das Mobiliar war immer noch ein Mix aus Alt und Neu und hätte sich gut als Kulisse einer cosy Lovestory geeignet.

Nach einer heißen Dusche und mit frischen Klamotten war ich eine Stunde später so weit wieder hergestellt, dass ich mein Zimmer verließ, um mich auf die Suche nach etwas Essbarem zu machen. Hunter hatte gesagt, Frühstück gebe es bis elf Uhr. Ich nahm die Treppe statt des Aufzugs, und als ich unten ankam, hörte ich Besteck auf Geschirr klappern. Ein angenehmer Geruch nach Eiern und Speck kroch in meine Nase, und parallel begann mein Magen zu knurren. Das Letzte, das ich gegessen hatte, war ein Schokoriegel am Flughafen gestern Nachmittag gewesen.

Suchend und voller Erwartung bog ich um die Ecke, doch dann prallte ich mit jemandem zusammen und hatte einen Moment lang Mühe, mich auf den Beinen zu halten.

»Oh Gott, Entschuldigung«, stammelte ich noch während ich taumelte, riss den Kopf hoch und blickte in die schönsten Augen, die ich jemals gesehen hatte. Das Braun der Iris, umrahmt von tiefschwarzen Wimpern, vermischte sich mit dem Schwarz der Pupillen, und für den Bruchteil einer Sekunde verlor ich mich in einem Meer aus Dunkelheit und einem Duft, der mich wohlriechend umhüllte. Bis zwei kräftige Hände mich festhielten, noch bevor mein Verstand begriffen hatte, was überhaupt passiert war. Aber es war zu spät, mein Körper reagierte bereits. Mein Herz schlug schneller, in meinem Magen machte sich dieser süße Schmerz bemerkbar, den ich schon viel zu lange nicht mehr gespürt hatte.

»Oh Gott, ich –«

»Nein, meine Schuld«, unterbrach Hunter mich mit seiner tiefen Stimme, die mir Gänsehaut über den gesamten Körper laufen ließ. Mein Mund war staubtrocken und ich schluckte schwer. Hunter war schon damals größer gewesen als ich, was bei meiner damaligen Körpergröße auch nicht weiter schwer gewesen war. Aber jetzt waren wir erwachsen und er immer noch gut einen Kopf größer als ich, wenn nicht sogar mehr. Und als hätten unsere Blicke aufeinander gewartet, hielten sie sich fest. Ich weiß nicht, ob Hunter bewusst war, was er für eine unglaubliche Anziehungskraft besaß. Er war stark. Und ich war schwach. Mein Puls raste und pumpte das Blut in rasanter Geschwindigkeit durch meine Adern. Ich musste raus aus dieser Situation, das überforderte mich.

Vorsichtig trat ich einen Schritt zurück, und endlich löste sich sein Griff und hinterließ ein heißes Prickeln auf meinen Armen.

»Ivy? Alles okay?«, fragte er und sah mich mit einem seltsamen Blick an, der mir unter alle Hautschichten drang.

»Was? Ja. Ja, alles okay«, gab ich zurück und bemühte mich, mir meine innere Unruhe nicht anmerken zu lassen. Allein wieder Ivy genannt zu werden, brachte mich total durcheinander. Daran musste ich mich erst wieder gewöhnen. »Bin ich zu spät?« Ich sah an ihm vorbei in Richtung Geschirrklappern und Stimmengemurmel.

Er warf nur einen Blick auf die alte Standuhr, die rechts von uns an der Wand stand. Ich folgte seinem Blick. Es war gerade mal zehn Uhr am Morgen, warum sah er mich an, als hätte ich Tage durchgeschlafen?

»Ich bin gestern lange gefahren. Also … ich war einfach müde und habe mal ausgeschlafen …«

»Du musst mir nichts erklären.« Sein Blick durchdrang mich.

»Warum … warum starrst du mich dann so an?« Scheiße! Wusste er, wer ich war? War er womöglich ein Fan? Hatte er meine Karriere verfolgt? Nein, das ist Bullshit, schoss es mir durch den Kopf. Dann hätte er gestern Abend ganz anders reagiert. Der Hunter, den ich kannte, hielt nicht mit seiner Meinung hinter dem Berg. Er war offen und ehrlich. Verstecken spielen lag ihm nicht. Er hätte mich sofort darauf angesprochen, wenn er von meinem Leben gewusst hätte.

»Ich starre dich nicht …« Seine Brust hob und senkte sich während eines tiefen Atemzugs, und ich meinte, einen leicht genervten Ausdruck auf seinem Gesicht zu sehen, aber einen Wimpernschlag später sah ich wieder in die Miene eines Geschäftsmannes. »Nein, du bist nicht zu spät. Fürs Frühstück ist noch ausreichend Zeit. Komm mit, ich zeig dir deinen Tisch.« Sein Tonfall war neutral. Er behandelte mich wie einen Gast, nicht wie seine Jugendfreundin. Es fühlte sich falsch an, wie eine beliebige Fremde vor ihm zu stehen. Es versetzte mir einen Stich. Die Distanz zwischen uns fühlte sich furchtbar an. Vielleicht sollte ich ihm meine Gründe nennen, ihm erklären, warum ich damals plötzlich fortgegangen war. Vielleicht wäre das die Chance, an dieser Stelle einen klaren Cut zu machen. Mit gutem Willen könnten wir noch mal neu anfangen. Aber dann würde er Fragen stellen. Und es könnten Fragen sein, die ich nicht beantworten wollte. Nein, ich sollte Hunter nicht in Dinge reinziehen, mit denen er vielleicht nicht zurechtkommen würde. Er musste nicht wissen, wer ich wirklich war, was ich getan und was ich durchgemacht hatte. Manche Dinge sollten einfach im Verborgenen bleiben. Meine Vergangenheit gehörte dazu.

Hunter dirigierte mich bis zur hintersten Ecke direkt ans Fenster. Von dort aus konnte ich in den verschneiten Garten des Hotels sehen. Wunderschön. Nur noch vereinzelt blitzten ein paar Blätter zwischen all dem Weiß hervor. Während ich geschlafen hatte, musste Frau Holle Hunderte von Betten voller Federn über uns ausgeschüttelt haben. Ich erinnerte mich an die Winter in Honey Falls. Es gab immer viel Schnee und eisige Kälte. Aber die Sommer waren warm und schwül und entschädigten für die harten Monate. Und sie hatten für die

Zeit außerhalb der Ferien entschädigt, in der Hunter und ich uns nicht hatten sehen können.

»Vielen Dank«, sagte ich möglichst abgeklärt, als Hunter mir den Stuhl zurechtzog, fast wie in einem der Restaurants in L.A. oder sonst wo auf der Welt, in denen ich schon gespeist hatte. Viel zu oft begleitet von Paparazzi. Hier jedoch brauchte ich mit Sicherheit keine Angst zu haben, dass plötzlich ein Blitzlichtgewitter aufzog. Nicht mal eine Handvoll Menschen wusste, dass ich hier war. Und ohne Make-up, den Kontaktlinsen, den blonden Haaren und einem professionellen Styling sollte ich als Mädchen von nebenan durchgehen. Ich hatte alles hinter mir gelassen, was nur möglich war. Niemand würde mich so schnell mit Skye Ridley in Verbindung bringen.

»Du kannst dich am Buffet bedienen, Kaffee, Tee und kalte Getränke stehen dort.« Er zeigte an die Wand, an der sich Tische unter unzähligen Speisen und Kannen zum Selbstbedienen bogen. Es sah appetitlich aus und roch noch besser, mein Magen knurrte bei dem Anblick. Schnell spannte ich den Bauch an, aber das nutzte nichts mehr. Entschuldigend verzog ich das Gesicht. Hunter hingegen entlockte das keine Regung. Er stand da wie ein Mitglied der Königsgarde in London, das nicht mal ansatzweise den Mundwinkel verzog, wenn man vor ihm Grimassen schnitt. Ich hatte es versucht, als ich als Sechzehnjährige zu Dreharbeiten dort gewesen war. Und war gescheitert. Auf Hunters Miene lag so viel Frust, und ich war der Grund dafür.

»Dann wünsche ich einen guten Appetit.« Hunter nickte mir knapp zu, dann drehte er sich um und verschwand aus meinem Blickfeld.

Im Speisesaal saßen noch vier weitere Gäste, ein älteres Pärchen, ein noch älterer weißhaariger Mann und ein Mittdreißiger im Anzug, der nur auf sein Tablet starrte und vermutlich geschäftlich unterwegs war. Zehn Tische standen verteilt im

Raum, alle mit genügend Abstand zum nächsten, sodass sich niemand beengt fühlen sollte. Sie waren mit weißen Tischdecken, Stoffservietten und glänzendem Besteck eingedeckt worden, und wenn ich es nicht besser wüsste, würde ich nicht glauben, in einer Kleinstadt zu sein.

»Du siehst wesentlich ausgeruhter aus als gestern, wenn ich das so sagen darf?«

Ich schreckte auf und sah in Sandys immer strahlendes Gesicht. Seit ich sie kannte, versprühte sie gute Laune und hatte für jedes Problem ein offenes Ohr, für jede Wunde ein Pflaster und für jeden Kummer eine heiße Schokolade mit viel Sahne. Sandy war die gute Seele des Hauses, und ich war froh, dass sie noch hier war.

»Du darfst mir alles sagen, Sandy. Setz dich doch.« Ich zog den Stuhl zu meiner Rechten etwas zurück, und nach einem kurzen Moment des Abwägens setzte sie sich tatsächlich zu mir. »Wie lange haben wir uns jetzt nicht mehr gesehen?«, fragte ich. Vielleicht wäre ein bisschen Small Talk der Weg zurück zum Vertrauten.

»Vierzehn Jahre«, kam es wie aus der Pistole geschossen. »Vierzehn Jahre ist es her, dass du Hunter das Herz gebrochen hast.« Obwohl sie mir gerade einen Pfeil durchs Herz schoss, lächelte sie mich liebevoll an.

»Autsch.« Der Stich saß und brannte ordentlich.

Sie zuckte mit den Schultern. »Ich weiß nicht, was du hier machst, Süße, aber wenn du vorhast, ihm noch mal das Genick zu brechen, dann …«

»Nein. Nein, Sandy. Das habe ich nicht vor. Ich habe ja nicht mal gewusst, dass er hier ist. Ich bin hier, weil …« Ich stoppte, denn fast hätte ich ihr den wahren Grund erzählt. Aber der tat hier gar nichts zur Sache.

»Weil?«

»Familienangelegenheiten. Aber wieso ist Hunter hier? Sollte er nicht in Neuseeland Schafe hüten?«

Sandy riss die Augen auf. »In Neuseeland … was? Dein Ernst?« Es dauerte keine zwei Sekunden, da erfüllte ihr herzliches Lachen den Speiseraum, die wenigen anderen Gäste sahen schon zu uns rüber. »Ach Kindchen, das waren Träume, denen er nie nachgegangen ist. Als seine Mutter gestorben ist, hat er …«

»Seine Mutter ist tot?« Das war ein Schock. Sandy nickte. »Das tut mir leid.«

»Ja. Kurz nachdem …« Sie winkte ab. »Wer bin ich, dass ich dir seine Lebensgeschichte erzählen kann? Wenn du seine Gründe wissen willst, frag ihn selbst. Und wenn ich dir einen guten Rat geben darf …« Fragend sah sie mich an, ich nickte stumm. Wir waren zwar nicht verwandt, aber sie hatte mir damals sehr nahegestanden. Von ihr würde ich jeden Rat annehmen. »Hunter ist ein guter Mensch. Und er würde für die, die er liebt, alles tun. Also vermassle es nicht.«

Ich setzte an, ihr zu sagen, dass ich überhaupt nicht vorhatte, irgendwas zu vermasseln. Weil es nichts zu vermasseln gab. Weil ich gar keine Wiederholung zulassen wollte von dem, was wir damals gehabt hatten. Dass ich überhaupt nicht deswegen hier war und sowieso ganz schnell wieder verschwinden würde. Aber dazu kam ich nicht, denn sie legte mir während sie aufstand ihre Hand auf meine und drückte sie. »Und du bist auch ein guter Mensch, meine Liebe. Du musst dich nur trauen, es auch zuzulassen. Du musst nicht für immer allein kämpfen.« Sie strich mir sanft über die Wange, dann ließ sie mich allein und setzte ihren Rundgang bei den anderen Gästen fort. Angeschlagen von ihren Worten sackte ich in mir zusammen. Wie hatte sie es nur geschafft, unwissend die richtigen Worte zu finden?

Ich konnte nicht mehr gut mit Menschen umgehen, zu lange war ich in meiner eigenen Welt gefangen gewesen, als dass ich noch Small Talk beherrschte oder mich nach Gesellschaft sehnte, die nicht aus einer Flasche Wodka bestand. Ich bemühte mich um Haltung und hoffte, niemand würde mir ansehen, wie nahe mir ihre Worte gingen. Sie hatte mich damit mitten ins Herz getroffen.

Obwohl mein Magen etwas anderes sagte, war mir der Appetit vergangen. Ich hielt mich an Kaffee und etwas Obst fest und versuchte herauszufinden, was an Sandys Worten dran war und ob ich das Alleinsein genoss oder verabscheute. Es war nicht so, dass ich viel allein gewesen war in den letzten Jahren. Irgendwer hatte sich immer in meiner Nähe aufgehalten. Regisseure, Producer, Stylisten, Berater, Agenten, Kollegen. Und am Ende Ärzte und Psychologen. Und sie alle hatten einen Teil meines Lebens eingenommen, sich mein Leben mit mir geteilt. Allein war ich nur, wenn ich schlief. Und nicht mal das war die Regel.

In den letzten Wochen vor meinem Zusammenbruch hatte es kaum eine Nacht gegeben, in der ich mein Bett nicht mit irgendeinem Mann geteilt hatte. Ich hatte nicht nur mit der Crème de la Crème der Show-Welt an einem Tisch gesessen, sondern sogar mit ihr in einem Bett geschlafen. Menschen, die mir nahestanden, hatte ich vor den Kopf gestoßen und war zu einer verdammten Bitch verkommen. Erst nach dem Entzug und in der Therapie hatte ich begriffen, dass ich die Scherben meines Lebens nicht aufsammeln und kleben konnte, wie ich es eigentlich vorgehabt hatte. Ich hatte sie zusammenkehren und wegwerfen müssen. Es durfte nichts, rein gar nichts übrig bleiben. Aber hin und wieder trat ich barfuß in eine vergessene Scherbe, die mich jäh daran erinnerte, was ich getan hatte. Und dann kämpfte ich darum, die Blutung zu stoppen und die Wunde zu versorgen. Auf keinen Fall durfte ich rückfällig werden. Weder bei den Suchtmitteln noch bei Hunter. Ich durfte ihm nicht zeigen, dass er mir noch immer etwas bedeutete, ihm die Gelegenheit geben, Fragen zu stellen. Viel zu sehr schämte ich mich für das, was ich getan hatte. Aber da ich mich mein halbes Leben hinter einer Maske versteckt hatte, würde ich damit keine Probleme haben. Es war scheiße, aber es war auch besser so. Denn wenn er meine Gefühle nicht erwiderte, dann wäre das mein Untergang. Ein zweites Mal würde ich mein Herz nicht kitten können.

4 Hunter

Geheimnisvolle Besucher, die während eines Sturms in einsamen Hotels strandeten – so was kannte ich nur aus Filmen. Mir war schnell klar geworden, dass die Ivy mit den braunen Augen, der geraden Nase und den hohen Wangenknochen vor irgendwas oder irgendwem auf der Flucht war. Ich war mir sicher, dass es etwas gab, vor dem sie Angst hatte, und wusste genauso gut, dass es mich nicht interessieren sollte. Aber jetzt hatte sich die Büchse der Pandora geöffnet und ich machte mir Gedanken. Viel zu viele und alle in die verkehrte Richtung. Das würde mir nicht guttun. Ich wusste es.

»Telefon für dich, Hunter.« Conny, die Rezeptionistin des Hotels – zumindest an den Tagen, an denen ihre kleine Tochter in der Kinderkrippe war –, reichte mir das Telefon und entfernte sich so lautlos, wie sie gekommen war, wieder aus meiner Nähe. Als ich mich meldete, schallte mir das fröhliche Lachen meiner Schwester Megan ins Ohr.

»Hey, Hunt! Wie läuft's bei euch so?« Ich hörte den Fahrtwind durchs Telefon.

»Gut, und bei euch?«

»Nate und ich haben gestern die Grenze von Kalifornien passiert. Oh Hunt, die Fahrt war einfach traumhaft …«

Meine Schwester ließ mich an ihrer Reise über die Route 66 teilhaben, die sie vor wenigen Wochen zum zweiten Mal begonnen hatte. Megan war im letzten Frühjahr Hals über Kopf abgereist, nachdem sie mir mitgeteilt hatte, dass sie das Erbe unserer Mutter verkaufen wollte und es nur meiner Zustimmung bedurfte. Als ich von New York hergekommen war, um ihr die Flausen aus dem Kopf zu vertreiben, war sie schon in L. A. bei ihrer besten Freundin Piper und kurz darauf mit einem Aussteiger namens Nate auf der Route 66 unterwegs gewesen. Und obwohl ich vom Hotelgewerbe keine Ahnung und auch nicht geplant hatte, länger als ein paar Tage in Honey Falls zu bleiben, hatte mich meine einstige Heimatstadt mit ihren schrulligen Bewohnern und Eigenheiten in ihren Bann gezogen. Weil ich mir mittlerweile auch sicher war, mein altes Leben in New York nicht mehr leben zu wollen, musste mich auch niemand zum Bleiben überreden. Und jetzt war es so, dass ich das Hotel und alles, was dazugehörte, als meinen verdammten Job betrachtete. Ich war froh, dass es ihr gut ging und sie glücklich war. Nate hatte ihr Herz erobert und sie seines.

Megan plapperte weiter, zählte mir die Stationen der letzten Tage auf, die sie bereist hatten, während Nate im Hintergrund immer dazwischenrief, wenn sie Sachen durcheinanderbrachte. Ich schmunzelte. »Wir werden noch ein paar Tage hierbleiben, und dann machen wir uns über die Südstaaten auf den Weg nach Honey Falls.«

»Ihr kommt hierher?« Das war mir neu. Megans Plan hatte eigentlich vorgesehen, sich in L.A. niederzulassen und sich dort ein Leben an der Seite ihres Freundes Nate aufzubauen. Sie sagte, die Kleinstadt, unsere Heimatstadt, übe seit der Trennung von ihrem Ex-Mann Doug keinen Reiz mehr auf sie aus. Das Einzige, was ihr fehle, sei das Hotel, aber ich war mir sicher gewesen, dass sie an der Westküste auch einen entsprechenden Job finden würde. Aber wie es schien, hatten ihre Pläne sich geändert.

»Dougs Verhandlung ist für nächsten Monat angesetzt«, teilte sie mir mit.

»Und du willst dabei sein?«

»Ich will ihm in die Augen sehen, wenn er seine gerechte Strafe bekommt.«

Meine Schwester war erwachsen geworden. Sie war nicht mehr das unsichere Mädchen, das sie an Dougs Seite gewesen war.

»Und danach? Willst du ganz zurückkommen?«

Megan stutzte, ich konnte fast hören, wie die Zahnräder in ihrem Gehirn arbeiteten, ineinandergriffen und Sätze bildeten. Es dauerte einen Augenblick, bis sie mir antwortete. »Nein. Auf keinen Fall. Du weißt, dass mich in Honey Falls nichts mehr hält.«

»Aha.«

»Bist du sauer?«

»Sollte ich?«

»Nein. Aber ich stelle dich jetzt zum zweiten Mal einfach vor vollendete Tatsachen. Du hättest allen Grund, sauer zu sein.«

Ich schwieg einen Moment. Das hatte sie tatsächlich, und anfangs hatte es mir auch überhaupt nicht gefallen. Aber jetzt … »Ich bin nicht sauer. Es ist okay, Meg. Ich bin wirklich gerne hier.« Sie wusste nichts von meinem Leben. Sie ahnte nicht im Entferntesten, was im letzten Jahr bei mir und mit mir passiert war. Und das Telefon war kein gutes Transportmittel für solche Nachrichten.

»Das ist gut. Ich bin endlich glücklich, Hunt. Und ich will nie wieder zurück … in den Zustand, in dem ich unglücklich war.«

»Das musst du auch nicht, Meg«, sagte ich gleich.

»Ich weiß. Mir geht es gut hier. An Nates Seite«, setzte sie leise hinterher, und ich hörte die Verliebtheit, die in ihrer Stimme mitschwang.

Megan war meine kleine Schwester, und seit sie auf der Welt war, fühlte ich mich für sie verantwortlich. Und nach alldem, was sie erlebt hatte, hatte sie es verdient, glücklich zu sein. Ich kannte Nate nicht und musste jetzt einfach darauf vertrauen, dass sie mir die Wahrheit sagte.

»Okay. Dann sprechen wir über alles, wenn du hier bist?«

Sie atmete einmal tief durch. »Ja, das machen wir. Danke, Hunt.«

»Pass auf dich auf.«

Nachdem wir uns verabschiedet hatten, schnappte ich mir meine Jacke. Ich wollte einen Rundgang ums Haus machen, sehen, ob der Sturm Ziegel gelockert oder der Schnee unter seiner Last etwas zerdrückt hatte. Ich war früher ein recht guter Handwerker gewesen, allerdings waren meine Qualitäten eingerostet, hatte ich bisher doch kaum Gelegenheit gehabt, etwas zu reparieren. In New York war das nicht nötig gewesen, dort gab es für jede quietschende Tür einen Hausmeister. Hier auch, aber ich überzeugte mich gerne selbst.

Als ich in die Eingangshalle kam, lief ich erneut unserem neuen Gast über den Weg. Diesmal aber sah ich sie rechtzeitig, sodass ich einen Schritt zurück machen und unerkannt bleiben konnte. Und ich nutzte den Abstand, um sie für einen Moment zu betrachten. Sie stand am Fenster und sah raus auf den Schnee, der immer noch stetig auf den Boden fiel. Ihre langen Haare lagen offen über ihren Schultern, die ein wenig nach vorn gesackt waren, während der Rest ihrer zierlichen kleinen Statur in einem Hoodie und Jeans ziemlich grade stand. Sie hatte ihren Parker über dem Arm, und mir war klar, dass ich sie nicht da raus lassen konnte.

»Bei dem Wetter schaffst du keine fünf Schritte da draußen.«

Ivy wandte sich um, und der Ansatz eines Lächelns verlor sich schnell in einer steilen Falte auf ihrer Stirn. »Und warum nicht? Es ist nur Schnee. Außerdem steht mein Auto vor der Tür.«

»Aber die Straßen sind nicht geräumt.«

Sie verschränkte ihre Arme vor der Brust, sodass ihr Mantel vor ihrem Körper baumelte. Ihre Augenbrauen zogen sich zusammen, und skeptisch sah sie mich an. Heute hatte sie kein Make-up aufgelegt, ihre Augen waren nicht von schwarzem Lidschatten umrahmt und ihre vollen Lippen nicht angemalt. Sie trug auch keine Brille. Vielleicht war das auch nur ein modisches Accessoire gewesen. Dankbar, ihr wahres Gesicht sehen zu können, betrachte ich es länger, als ich vorgehabt hatte. Ich fragte mich wieder und wieder und wieder, was sie zurückgetrieben hatte.

»Du starrst mich schon wieder an«, wies sie mich zurecht.

Ich seufzte stumm. »Solange du keinen Jeep mit Allrad fährst, wirst du nicht vom Hof kommen. Und ich gehe nicht davon aus, dass du bei dem Sturm einen Waldspaziergang machen willst. Zumindest hatte ich dich nicht für so unvernünftig gehalten. Du weißt doch, wie unberechenbar die Stürme hier sein können.«

Einen Moment lang starrten wir uns an wie zwei Gegner im Ring. »Glaubst du wirklich, dass ich mir von dir Vorschriften machen lasse?«

»Warum gehst du mich so an?« So zickig kannte ich sie nicht. Nicht mal als Teenager war sie so patzig zu mir gewesen. Ich wartete nicht auf eine Antwort. »Und nein, das wäre vermessen zu glauben. Aber du bist mein Gast, also fühle ich mich für deine Sicherheit verantwortlich. Und ich kenne dich zu gut. Auf keinen Fall will ich die Nacht damit verbringen, dich zu suchen, weil du dich im Sturm verlaufen hast. Abgesehen davon würdest du die Nacht da draußen nicht mal überleben, und das weißt du genau. Also hör auf, dich so kindisch zu benehmen.«

Sie presste die Kiefer aufeinander, atmete ein und wieder aus. Dann saugte sie ihre Unterlippe ein und sah auf den Boden. Ein, zwei weitere Atemzüge, dann hob sie den Kopf und sah mir in die Augen. »Dann geh ich wohl besser wieder nach oben und warte auf das Ende des Schneefalls.« Ihre Stimme hatte die Bissigkeit verloren, und ein bisschen alte Ivy blitzte hervor. Sie griff ihren Parker fester und steuerte mit gestrafften Schultern auf die Treppe ins obere Geschoss zu. Ich nahm an, dass es ihr verdammt schwerfiel, sich ihren Fehler einzugestehen. Und mir fiel es schwer, sie so gehen zu lassen.

»Ivy?«, rief ich hinterher, bevor sie ganz außer Hörweite war. Sie blieb stehen, drehte sich aber nicht um. »Wie wäre es mit einem Kaffee?«, lenkte ich ein. Sie war schon immer stur gewesen, hatte nur schwer nachgeben können, deshalb wartete ich gar nicht erst darauf, dass sie den ersten Schritt machte. Das würde nämlich nie passieren. »Es könnte einige Zeit dauern, bis der Schnee aufhört«, setzte ich versöhnlich hinterher. »Oder vielleicht lieber Tee? Eggnog? Heiße Schokolade?«

Ihre Starre löste sich nur langsam, aber dann drehte sie sich zu mir um, und es legte sich ein klitzekleines, fast unmerkliches Lächeln auf ihr Gesicht. »Eine heiße Schokolade wäre schön«, sagte sie leise, und ich konnte die Erleichterung in ihrem Gesicht erkennen.

»Ich würde dich ja in die Küche einladen, aber auf dem Sofa hätte nur noch einer Platz.«

»Stimmt. Du bist verdammt groß geworden«, konterte sie.

Ich lachte leise. Sie mochte stur sein, aber sie war nicht nachtragend. Glücklicherweise hatte sich das auch nicht geändert. Ich lud sie ein, mir in den Aufenthaltsraum zu folgen, der nur eine Tür weiter lag. Hier standen gemütliche Sofas und Ohrensessel, in denen man es sich mit Blick auf den verschneiten Garten bequem machen konnte, wenn man genug hatte von der Enge seines Zimmers. Über eine Wand zog sich ein stattliches Bücherregal, beladen mit Büchern aus verschiedenen Genres. Meine Schwester hatte ein Händchen dafür, was die

Lesevorlieben der Gäste betraf. Bisher hatte hier noch jeder etwas für seinen Geschmack gefunden. Auch die Einrichtung des ganzen Hotels war mit Sorgfalt gewählt worden. Megan hatte mit Kleinigkeiten wie Bildern, Vasen, Kissen oder neuem Geschirr moderne Aspekte gesetzt und den Einfluss unserer Mutter damit bereichert. Dieser Stil verkörperte alles, wofür unser Haus stand.

Im Moment befanden sich keine weiteren Gäste hier, und ich steuerte auf meinen Lieblingsplatz mit den zwei Sesseln am Fenster zu. Er lag in der Nähe des Kamins, in dem jetzt ein knisterndes Feuer brannte und den Raum erwärmte, während draußen der Wind immer mehr zunahm und den Schnee im Garten verwehte. Grün war so gut wie gar nicht mehr zu sehen, und nach einem Blick in den bedeckten weißen Himmel war ich mir sicher, dass wir hier für eine Weile festsitzen würden. Ich war dankbar, dass die Lebensmittellager voll waren und es auch genügend Holz für den Kamin gab. Und irgendwie auch dafür, dass Ivy hier gestrandet war.

»Möchtest du einen Schuss in die Schokolade? Rum oder Whiskey oder –«

»Nein. Nein, danke.«

Während sie sich auf den Sessel in der Ecke setzte, von dem aus sie in den Raum sehen konnte und das Schneetreiben durch das Fenster beobachtete, besorgte ich Kaffee für mich und heiße Schokolade für Ivy in der Küche.

»Manche Dinge ändern sich nie«, sagte Sandy, als sie sah, wie ich Schokolade in die heiße Milch rührte. Sie saß am kleinen Tisch in der Küche und hatte Block, Stift und ein Tablet vor sich liegen. Und ebenfalls einen Kaffeebecher in der Hand. »Ich finde, sie wirkt so verloren. Warum sie wohl hier ist?«

Oh, ich kannte diesen Blick und schüttelte sofort den Kopf. »Vergiss es, Sandy. Du wirst hier niemanden verkuppeln. Schon gar nicht mich und … Nein, das schmink dir ab.«

»Verkuppeln?« Ihr Blick sprach Bände, besonders ihre Wangen, die noch ein bisschen rosiger wurden, als sie es von Natur aus schon waren, verrieten sie. »Kümmern, Hunt. Einfach nur kümmern. Sie scheint so … entwurzelt. Ohne Halt. Ich kümmere mich einfach nur um sie. Und das solltest du auch tun. Ihr wart euch schließlich mal sehr nahe.«

»Sicher«, brummte ich. Sich um Menschen kümmern konnte Sandy gut. Vor allem, weil sie so feine Antennen und gute Instinkte hatte und mit ihren Vermutungen immer richtig lag. Auch auf mich wirkte Ivy verloren, und natürlich wusste Sandy das. Sie wusste immer alles. Jetzt warf sie mir nur einen wissenden Blick zu, bevor ich mich umdrehte und die heißen Getränke auf ein Tablett stellte.

»Sie wird ihre Gründe für ihren Besuch in Honey Falls haben.«

»Mit Sicherheit. Genau wie du.«

Ich seufzte innerlich, aber antwortete nichts darauf. Hastig griff ich das Tablett und kehrte der Küche den Rücken zu, ohne dass Sandy noch mehr weise Sprüche von sich geben konnte. Ich liebte Sandy, wirklich. Aber manchmal nervte sie auch.

Als ich zurückkam, saß Ivy immer noch so da, wie ich sie verlassen hatte, aber jetzt hatte sie das Smartphone in der Hand und ihren Blick darauf geheftet. Ihre schlanken Beine hatte sie übereinandergeschlagen und wippte mit dem oben liegenden Fuß leicht auf und ab. Ein Tick, den sie schon als Jugendliche gehabt hatte, immer wenn sie nervös gewesen war. Ich verkniff mir ein Schmunzeln und verteilte die Becher auf dem Tisch. Dann setzte ich mich ihr gegenüber und das Handy verschwand in ihrer Handtasche. Dankend griff sie nach ihrer heißen Schokolade, legte beide Hände um den Becher und roch daran.

»Ohne Alkohol«, bestätigte ich.

»Hm … ja, das rieche ich«, murmelte sie, bevor sie vorsichtig einen Schluck trank. »Mh, sie ist immer noch so lecker.«

»Die beste Schokolade in ganz Honey Falls«, sagten wir gleichzeitig und lachten zusammen. Und für einen winzigen Moment verflüchtigten die dunklen Wolken ihrer Ankunft sich und machten der Unbeschwertheit Platz, die uns vor vielen Jahren begleitet hatte. Aber eine SekundeMoment später war es damit auch schon wieder vorbei.

»Was verschlägt dich hierher, Ivy?« Ich konnte nicht länger so tun, als interessierte es mich nicht. Es war ja nicht nur Neugier, die mich umtrieb. Es war die Sorge, dass irgendwas nicht in Ordnung war.

Sie stellte den Becher ab und sah mich lange an. »Es tut mir leid, wenn ich unhöflich war. Ich bin es einfach nicht mehr gewohnt, nette Menschen um mich zu haben.« Ihre Entschuldigung überraschte mich, aber bevor ich zu einer Antwort ansetzen konnte, sprach sie weiter. »Familienangelegenheiten. Du weißt sicher, dass Tante Margret vor acht Jahren gestorben ist.«

Ich runzelte die Stirn. »Nein, das wusste ich nicht.« Ich beugte mich etwas vor, konnte mich aber gerade noch davon abhalten, ihre Hand in meine zu nehmen. »Das tut mir sehr leid, Ivy. Ich weiß, wie nahe ihr euch gestanden seid.«

Ivy sah durch mich hindurch, als sie nickte und die Lippen aufeinanderpresste. »Sie war krank. Und ich war nicht bei ihr, als sie eingeschlafen ist.« In ihren Augen schimmerte es feucht, und nun hielt ich mich nicht mehr zurück. Ich griff nach ihrer Hand und drückte sie fest. Ivy warf mir einen irritierten Blick zu, aber sie zog die Hand nicht weg.

Ich wusste nicht, was ich sagen sollte. Ich kannte ihre Gründe nicht, warum sie nicht hatte da sein können oder wollen. Also schwieg ich und hielt einfach nur ihre Hand. Vielleicht half es ja. Die Alternative wären der einhundert Jahre alte Single Malt in meinem Schreibtisch oder noch eine heiße Schokolade gewesen. Aber ich brauchte ihr weder das eine noch das andere anzubieten. Ivy schniefte die Tränen einfach weg und hatte sich zwei Minuten später schon wieder voll im Griff.

»Sorry, das …« Sie wedelte mit den Fingern, sprach ganze Sätze mit einer Handbewegung. Ich kannte das von früher.

»Ist okay. Es ist okay, auch mal nicht okay zu sein«, sagte ich leise. Fast schockiert sah sie mich an. Mit einem Ausdruck auf dem Gesicht, als hätte sie so was noch nie zuvor gehört. Hatte ihr das denn nie jemand gesagt? Warum war ich nicht da gewesen, um es ihr zu erklären?

»Weißt du, wie lange der Sturm noch anhalten soll?«, fragte sie und ich wusste, dass das nur eine Ablenkung von dem eigentlichen Thema war. Nämlich der Frage, was sie acht Jahre nach dem Tod ihrer Tante hierher zurückgebracht hatte.

»Der Wetterbericht hat für den ganzen heutigen Tag Schnee und Sturm vorausgesagt. Morgen auch. Also, ich fürchte …« Bevor sie mir ihre Hand entzog, ließ ich sie los. Es fiel mir schwer, aber es war besser.

»Ich hänge fest«, beendete sie meine Gedanken. Ich nickte langsam. »Wie gut, dass ich noch ein Zimmer bekommen habe«, sagte sie dann und zeigte den Ansatz eines Lächelns. Allerdings umspielte es nur ihren Mund, nicht ihre Augen.

»Ich hoffe, dir wird nicht langweilig.«

Sie sah zum Bücherregal. »Es gibt ja genügend Lesestoff. In den letzten Jahren hatte ich wenig Zeit dafür.«

»Heute hättest du auf jeden Fall Zeit dafür.«

»Ja, das stimmt.« Ihre Gesichtszüge wurden weicher, und sie schien sich allmählich zu entspannen. »Aber mit Liebesschnulzen kann ich nichts anfangen.«

»Ich kann dir ein paar gute Thriller empfehlen«, sagte ich.

»Du liest immer noch?«

Meine Hand zeigte auf die Bücherauswahl an der Wand. »Ich bin mit Büchern groß geworden, meine Mutter war eine Leseratte, und die Winter hier sind lang, wenn man allein ist. Natürlich lese ich noch.«

Sie schlug die Augenlider nieder. »Das mit deiner Mutter tut mir sehr leid. Ich wusste nicht, dass sie …«

Ich nickte stumm, wollte jetzt nicht darüber reden. Ivy spürte das. Ihr Blick schweifte nach draußen. »Weißt du noch, als wir Schlitten gefahren sind? Auf dem Hügel bei unserem Haus. Und wenn der See zugefroren war, dann sind wir darüber geschlittert, bis es nicht mehr weiterging.« Ein versonnenes Lächeln legte sich auf ihr Gesicht.

»Wie könnte ich das vergessen?« Wir waren Kinder gewesen, als wir uns das erste Mal gesehen hatten. Ivy hatte gerade ihren achten Geburtstag hinter sich gebracht, ich stand kurz vor meinem elften. Sie war cool gewesen, hatte Steine flitschen lassen auf dem See und immer gute Laune gehabt. Seitdem waren wir unzertrennlich gewesen und hatten jedem Winter oder Sommer, den sie bei ihrer Tante verbringen sollte, entgegengefiebert. Und ich hatte nichts davon vergessen, denn diese Zeit gehörte zu der unbeschwertesten und glücklichsten in meinem Leben. Bevor das wahre Leben über uns hereingebrochen war.

»Was gäbe ich darum, noch einmal mit dem Schlitten den Hügel runterzusausen«, hörte ich sie leise sagen.

»Wir haben unsere Schlitten sicher noch irgendwo im Schuppen versteckt.«

Sie strahlte. »Gott, ja! Ich bin zwar schon lange nicht mehr so mutig wie damals, aber das mit dem Schlitten – das kriege ich hin.« Jetzt sah sie mir zum ersten Mal fest in die Augen. »Es tut mir leid, Hunter. Es tut mir so, so leid.«

Ich hätte gerne gefragt, was genau sie meinte. Ich hätte gerne gewusst, warum sie wirklich hier war. Und ich hätte gerne gehört, dass ich der Grund war. Aber weil die Wahrscheinlichkeit verschwindend gering war, fragte ich nicht. Ich dachte an mein Leben, das ich hinter mir gelassen hatte – vor dem ich weggelaufen war, weil sich die Gelegenheit geboten hatte –, und mir wurde schlagartig bewusst, dass wir vielleicht mehr gemeinsam hatten, als wir uns bewusst waren.

Nachdem sie ihre Tasse geleert hatte, stand sie auf. »Ich habe dich schon viel zu lange aufgehalten. Vielen Dank für alles, Hunter.«

Ich stand ebenfalls auf. »Immer und jederzeit. Das weißt du.«

In diesem Moment huschte das Lächeln über ihr Gesicht, das ich kannte. Es gehörte der alten Ivy. Der, die hinter mir auf dem Schlitten gesessen und mich angefeuert hatte, schneller zu fahren. Die, die von ihrem ersten Kuss so überrumpelt gewesen war, dass sie geweint hatte. Die Ivy, die ich in meiner Erinnerung verwahrt hatte. Aber so schnell der Moment gekommen war, war er auch schon wieder vorüber.

Sie nahm ihren Parker, der über der Sessellehne hing, nickte mir noch einmal zu und verließ dann den Raum. Ich sah ihr hinterher.

In den letzten Minuten war ich zu dem Schluss gekommen, dass ich ihre Gesellschaft immer noch genoss, und wünschte mir tatsächlich, dass der Sturm länger anhalten und uns eine zweite Chance geben würde. Aber jetzt blieb ich allein zurück. Mit schneller klopfendem Herzen und der Frage, ob der starke Kaffee daran schuld war oder Ivy Roberts.

5. Ivy

Der Sturm rüttelte am Fenster des Hotelzimmers, und das Heulen des Windes, der um die Ecken pfiff und nicht aufhörte, Schnee zu bringen, ließ mich immer wieder aufschrecken. Es war mittlerweile drei Uhr am Nachmittag, aber draußen so dunkel, als wäre es Nacht. Ich saß zugedeckt im Bett und versuchte mich mit Facebook, Instagram und Co von meinen Gedanken an Hunter Johnson abzulenken. Was natürlich nicht möglich war, wenn man ihn dort stalkte. Jahrelang hatte ich mir genau das verboten, jetzt wollte ich einfach wissen, mit wem ich es zu tun hatte. Es lagen so viele Jahre zwischen dem, was wir einst hatten werden wollen, und dem, was wir geworden waren. Jahre und Welten.

Wir waren so verliebt gewesen, hatten uns so erwachsen gefühlt und uns, naiv und verträumt, wie wir damals waren, ausgemalt zu heiraten. Keiner der Erwachsenen hatte das für eine gute Idee gehalten. Wir schon. Hätten wir es mal durchgezogen. Ich war mir sicher, dass alles anders gelaufen wäre. Aber wir haben nun mal nur ein Leben, und mindestens ein Drittel von meinem hatte ich schon vergeigt. Ab jetzt wollte ich es besser machen.

Seit Monaten war ich nicht mehr bei Facebook oder Instagram gewesen. Weil ich es nur schwer ertrug, die hässlichen Kommentare unter den Postings zu lesen, die ich in meinem alten Leben verfasst hatte. Die mich an mein altes Leben erinnerten. Deswegen hatte ich mir neue Profile zugelegt, von denen niemand wusste, wer sich wirklich dahinter verbarg.

Laut Internet war Hunter bis vor ein paar Monaten noch

erfolgreicher CEO eines Telekommunikationsunternehmens mit Hauptsitz in New York gewesen. Kein Wort über Schafe züchten in Neuseeland. Alle Bilder, die auf der Seite des Unternehmens und auch zu seinem Namen zu finden waren, bildeten ihn in teuren Anzügen mit breitem Lächeln und immer in verschiedenen arroganten Posen ab, die zeigten, wie sehr er sich seines Erfolges bewusst war. Ich kannte diese Körperhaltungen. Ich hatte sie selbst etliche Jahre lang eingenommen. Und ich war gut darin gewesen, sie selbst an dunklen Tagen durchzuhalten. Niemand hatte bis zuletzt auch nur geahnt, wie angeschlagen ich unter dieser eisernen Hülle gewesen war. Erst, als ich keine Kraft mehr gehabt hatte, als ich zu kaputt gewesen war und es nicht mehr geschafft hatte, die Siegerpose einzunehmen, erst da war die Wand zerbrochen, hinter der ich mich seit meiner Kindheit versteckt hatte, und hatte alles freigelegt, was ich so sorgsam versucht hatte zu verbergen: mich selbst.

Was war Hunters Grund gewesen, sein Leben in New York hinter sich zu lassen? Warum war er zurück nach Honey Falls gekommen? Warum hat er seine scheinbar großartige Karriere am Big Apple dem Hotel in einem Provinznest geopfert? Dazu stand nichts im Internet. Ich fragte nicht, warum ich mir damit den Nachmittag um die Ohren schlug. In den letzten Monaten hatte ich gelernt, dass ich aufhören musste, mich selbst zu belügen. Und die ehrliche Antwort hieß: Hunter Johnson hatte mir damals mein Herz gestohlen und es bis heute nicht zurückgegeben. Aber das merkte ich erst jetzt. Jahrelang hatte ich meine Empfindungen unterdrückt, jetzt kroch dieser zarte Keim aus dem Schutt auf meiner Seele und wollte wieder an die Oberfläche. Ich war unsicher, ob ich ihn lassen sollte.

Nach dem Desaster mit Tristan und den letzten Monaten voller Schmerz und Depressionen wollte ich doch nur mein eigenes Leben auf die Reihe kriegen. *Mich* auf die Reihe kriegen.

Und mich darauf vorbereiten, mich irgendwann auch bei den Menschen zu entschuldigen, die mir immer nahegestanden hatten. Bis ich sie abgrundtief enttäuscht hatte. Ja, dazu gehörte auch Tristan. Und Hunter Johnson.

Ich seufzte tief, und nachdem ich mich mit gemischten Gefühlen durch unzählige Artikel geklickt hatte, die Hunter auch nur erwähnten, ertappte ich mich dabei, wie ich mich selbst googelte. Berichte über meinen Zusammenbruch im letzten Jahr ploppten auf, und Fotos von meinem betrunkenen, unter Drogen stehenden Ich fluteten die Webseiten. Die Paparazzi hatten mich in Situationen abgelichtet, an die ich mich selbst überhaupt nicht erinnern konnte. Auch an die Männer neben mir konnte ich mich nicht erinnern, geschweige denn wusste ich ihre Namen. *Oh Gott!* Das war mein Leben gewesen. Ein Leben, auf das ich immer stolz gewesen war. Oder besser: Ein Leben, das mir vorgegaukelt hatte, stolz darauf sein zu können. Dabei war ich nichts weiter als eine Bitch.

Ich schloss die Augen. Ich hasste es, aber ich konnte nichts dagegen tun, dass die Stimmen um mich herum wieder lauter wurden. Aus allen Richtungen riefen sie meinen Namen. Lockten mich, beschimpften mich. Da waren Hände, die nach mir griffen, mich festhalten wollten. Oder mich fortschieben? Wie auch immer – ich war ihnen ausgeliefert. Ich sah Finger, die auf mich zeigten. Ich wandte den Blick ab, fühlte mich klein und hilflos, wollte mich vor der ganzen Welt verstecken. Aber dann sah ich die Flasche. Oh Gott, ja. Einen Schluck. Nur einen. Dann geht es mir wieder gut. Versprochen.

Oh ja, da wäre es dann wieder, das wohlige Kitzeln, wenn der Alkohol mir die Kehle runterlief. Die tiefe Ruhe in mir, sobald er in meinem Magen ankommen würde. Gott, ich würde mich frei fühlen. So frei, federleicht. Ich würde fliegen, die Welt in all ihren bunten Farben sehen, Schwarz und Weiß ausblenden, alle dunklen Ränder fortwischen. Alles um mich herum nur noch halb so finster machen und den Druck auf meiner Brust verschwinden lassen. Ich liebte es. Mehr brauchte ich nicht. Das waren verdammt schöne Momente.

Aber sie hätten dich fast zerstört!

Die Tränen rannen heiß über meine Wangen. »Verdammt!«

Ich pfefferte das Handy angewidert von mir. Statt scheppernd auf den Boden zu krachen und in tausend Einzelteile zu zerspringen, landete es mit einem sanften Plumps auf dem dicken Teppich. Nicht mal das kriegte ich hin. *Verdammt, verdammt, verdammt!* Mein Puls hatte sich beschleunigt und mein Hals war rau und verlangte nach einem Wodka. Oder besser noch gleich nach einer ganzen Flasche. Da stand das Telefon. Ich bräuchte nur den Zimmerservice anzurufen. Hatte Hunter nicht gesagt, ich solle mich melden, wenn ich Wünsche hätte? Ich schluckte, ballte die Fäuste und versuchte mich gegen das entsetzliche Verlangen zu wehren. Es war so quälend süß und rief nach mir. Immer lauter, aber ich hielt mir die Ohren zu. »Nein! Ich brauche das nicht mehr. Ich bin durch mit dieser Phase meines Lebens. Ich habe alles hinter mir gelassen. Ich bin im Hier und Jetzt …« Wieder und wieder betete ich mein Mantra runter. Und irgendwann beruhigte mein Puls sich wieder, und auch mein Atem hetzte nicht mehr durch meine Brust. Erst als ich glaubte, mich im Griff zu haben, stand ich mit wackeligen Knien auf und trank direkt aus der Wasserflasche, die auf dem kleinen Tisch stand. Das Telefon würdigte ich keines Blickes. Langsam, aber sicher wurde das Verlangen nach Alkohol weniger. Bis die Bilder blasser wurden und schließlich verebbten.

Aufgewühlt durch die dunklen Bilder meiner Vergangenheit stellte ich mich unter die Dusche und ließ das Wasser mit hartem Strahl so lange auf meinen Körper treffen, bis ich nichts mehr fühlte. Irgendwann trat ich eingewickelt in ein viel zu flauschiges Duschtuch ans Fenster, legte meine Hände und meine Stirn an die kühle Glasscheibe und starrte auf den Schnee. *Was zum Teufel hatte ich mir dabei gedacht?* Ich konnte nur beten, dass ich irgendwann darüber hinwegkommen würde.

Am Abend schneite es immer noch. Wie konnte nur so viel von dem weißen Zeug da oben versteckt sein? Hunter und sein Wetterbericht sollten wohl recht behalten. Aber die unberührte Schneedecke im Garten des Hotels erweckte im diffusen Licht der Außenbeleuchtung den Gedanken an Reinheit und Unschuld. Welch eine Ironie.

Mir war kalt und ich hatte mich nach der Dusche wieder ins Bett gelegt, mir die Decke bis zum Kinn gezogen und mit offenen Augen stundenlang nur gedöst. Ich war erschöpft, aber schlafen konnte ich nicht. Viel zu viel Angst hatte ich davor, die Augen zu schließen, wieder die Bilder zu sehen und erneut das Verlangen in mir zu spüren. Ihm womöglich nachzugeben. Und das durfte auf keinen Fall passieren. Ich hatte mich nicht aus dem Sumpf rausgekämpft, um jetzt schwach zu werden. Ich musste durchhalten. Um meinetwillen.

Ich sehnte mich nach einem knisternden Feuer im Kamin, dazu eine heiße Schokolade. Nach heimeliger Wärme und danach, nicht mehr allein zu sein. Ich sehnte mich nach Geborgenheit. Nach jemandem, der mich an die Hand nahm und mich führte. Weg von den Verlockungen, hin zu den guten Dingen im Leben. Aber da war niemand. Ich war allein. Und das hatte ich mir selbst zuzuschreiben. Ich hatte alle vor den Kopf gestoßen. Hatte die von mir gestoßen, die mir hatten helfen wollen. Mir ging die letzte Begegnung mit Tristan nicht aus dem Kopf. Ich erinnerte mich gut daran, wie er in meinem eigenen Haus vor mir gestanden hatte, um mir die Hand helfend entgegenzustrecken. Und daran, wie ich sie weggeschlagen hatte und seine Freundin eine krebskranke Schlampe genannt hatte. Gott, ich schämte mich so sehr dafür und wenn ich es ungeschehen machen könnte, würde ich es tun. Aber das konnte ich nicht. Ich konnte mich nur entschuldigen. Aufrichtig entschuldigen. Sobald ich mich im Griff hatte und keine Gefahr mehr bestand, wieder in alte Gewohnheiten zu fallen. Denn damit musste nun endgültig Schluss sein. Ich wollte meinen Frieden damit machen. Neu anfangen und wieder so etwas wie Normalität in mein Leben lassen. Normalität … wie ging das eigentlich? Ich hatte keine Ahnung, aber ich ahnte, dass ein Leben doch mehr zu bieten haben musste als Finsternis und Qual. Es musste doch die Chance auf ein bisschen Normalität und Frieden geben. Und ein bisschen Liebe.

Gott, ich war achtundzwanzig Jahre alt, ein gefeierter Filmstar – okay, das war mal –, aber ich sollte nicht hier sitzen und in Selbstmitleid zerfließen. Das war nicht mein Plan. Und es würde mir auch nicht helfen, verdammt!

Vielleicht würde Gesellschaft mir guttun. Oder das Lesen von einem guten alten Buch mich von den dunklen Erinnerungen ablenken, die wie lästige Schatten meine Gedanken bestimmten. Außerdem hatte ich Hunger. Bis auf das Obst zum Frühstück hatte ich meinem Magen keine Nahrung geliefert. Jetzt hasste er mich dafür.

Ich konnte nichts essen, wenn ich Kummer hatte. Aber das war nicht immer so gewesen. Mit zwölf, als mein Körper zu dem einer Frau heranreifte, begannen neben meinem Busen auch meine Hüften rundlicher zu werden. Mich selbst störte es nicht, bis zu dem Zeitpunkt, an dem es meine Mutter störte. Ab da war es auch für mich ein Problem. Und nachdem ich Honey Falls den Rücken gekehrt hatte, hatte ich auch dem gesunden Essen den Rücken gekehrt. Es gab Tage, da reichte mir ein Apfel.

Ich schlüpfte in meinen Hoodie, bürstete mir schnell über

die Haare und verließ in Trainingshose und Sneakers das Zimmer. Ich hoffte, dass die Rezeption wirklich vierundzwanzig Stunden lang besetzt war und ich noch etwas Magenfüllendes bekommen würde. Fürs Dinner war es längst zu spät, die Uhr zeigte kurz vor Mitternacht. Ein Sandwich würde mir schon reichen, und wie aufs Stichwort knurrte mein Magen, während die Treppe unter meinen Schritten knarrte.

Es knarzte und quietschte überall in diesem alten Haus. Der Eingangsbereich war neben einer schummrigen Deckenbeleuchtung mit zwei hübschen Stehlampen beleuchtet, von denen eine im Fenster neben der Tür und die andere auf dem Tresen stand. Dieser war nicht besetzt, aber ich fand den Weg zum Aufenthaltsraum mit der schönen Bücherwand auch so.

Bis auf das prasselnde Feuer im Kamin war der Raum leer. Auch hier rüttelte der Wind an den Fensterläden und pfiff heulend um die Hausecken. Es war irgendwie unheimlich und gemütlich zugleich und brachte ein wenig Gruselfeeling à la American Horror Story. Gänsehaut überzog meine Arme und trotz der heimeligen Wärme fror ich.

Ich durchquerte den Raum, der auch hier nur mit zwei Lampen in den Fenstern beleuchtet war, und ein kurzer Blick streifte den Tisch, an dem ich am Vormittag mit Hunter gesessen hatte. Die Wärme, die ich dabei empfunden hatte, war schön gewesen. Ich wünschte mir, dass wir das wiederholen würden. Auch, wenn ich es nicht sollte.

Ich ließ meine Finger langsam über die unzähligen Buchrücken wandern. Neben einigen Klassikern wie *Vom Winde verweht*, *Onkel Toms Hütte* oder *Tom Sawyer* befanden sich auch Romanreihen wie *Twilight*, *Die Tribute von Panem* und *Fifty Shades of Grey* in dem großen Regal. Aber das alles war nicht mein Beuteschema. Ich suchte nach einem spannenden Thriller und wurde ganz unten im Regal schließlich fündig. Bevor ich das Buch herausziehen konnte, hörte ich ein lautes Knarren. Als ich den Kopf hob und zur Tür sah, war alles still. Ich lauschte einen Augenblick, aber als alles ruhig blieb, widmete ich mich wieder dem Regal. Doch als ich das Buch herauszog, fiel es mir aus der Hand und landete polternd auf dem Holzboden.

»Mist«, fluchte ich leise, aber offensichtlich nicht leise genug. Den Bruchteil einer Sekunde später wurde der Raum mit hellem Licht geflutet. *Blitzlichter!* Ich erschrak zu Tode, fiel auf den Hintern und riss aus Reflex die Arme hoch, um mich zu verstecken.

»Ivy …?«

»Nein, ich …« Nicht nur das plötzlich aufflammende Licht erschreckte mich, sondern auch Hunters unerwartetes Auftauchen. Was hatte er vor? Meine Brust schmerzte und zog sich bei jedem Atemzug wie in einem Schraubstock zusammen, mein Herzschlag hatte längst den Beat eines Rocksongs angenommen.

»Ivy!«

Ich hörte meinen Namen und bemerkte das Zittern in meinem Körper.

»Was ist mit dir?« Was war hier los? Ich schüttelte unmerklich den Kopf, spürte unerwartet einen festen Griff an meinem Arm. Hunter Johnson hielt mich, bevor ich in den dunklen Abgrund fiel.

Als ich wieder zu mir kam, fand ich mich in einem Sessel wieder, mit einer Decke um meine Schultern. Sofort wurde mir wärmer. Ich blinzelte mehrmals und starrte dann in Hunters Gesicht, aber alles verschwamm vor meinen Augen.

»Scheiße, was war das? Geht es dir gut?«

Vorsichtig öffnete ich die Augen, und dann sah ich ihn klarer. Er hockte mit besorgter Miene vor mir, und der Duft seines Duschgels oder Rasierwassers erreichte mich. Es roch irgendwie nach Holz, aber auch nach Moos. Und sogar einen Tick nach Vanille. Eine ungewöhnliche Mischung, aber sie war angenehm, beruhigend und irgendwie tröstlich.

»Ich … Kannst du das Licht ausmachen?«

»Was?«

»Es ist verdammt hell hier.« Meine Stimme zitterte.

Innerhalb von Sekunden dimmte er das Oberlicht. »Besser?«

Ich nickte nur, mein Hals war plötzlich trocken und rau wie Wüstensand, und alle Worte, die ich mir zurechtgelegt hatte, waren in der Weite der Wüste verlorengegangen. Ich hätte gerne etwas zu meiner Entschuldigung vorgebracht, aber die plötzlich auftretende Panik vor Kameras und die Anwesenheit von Hunter hatte meinen Kopf leer gefegt.

»Geht's wieder?« Besorgnis stand in seiner Miene.

Zaghaft nickte ich. »Ja, ich … alles okay.« Der Arzt hatte mich gewarnt, dass die Panikattacken zurückkommen könnten, wenn ich das Mirtazapin absetzen würde. Aber ich hatte nicht länger in einem Nebel voller Antidepressiva leben wollen. Nach dem Alkohol- und Drogenentzug war ich in ein schwarzes Loch gefallen und hatte mich wie ein Besucher in meinem eigenen Körper gefühlt. Die Tabletten hatten mir geholfen, mich zurechtfinden. Seit ich sie abgesetzt hatte, weil ich es allein schaffen wollte, reagierte ich oft anders auf Situationen als noch davor. So wie eben.

Hunters Augenbrauen zogen sich zusammen, während sein Blick mich festhielt. »Ein Glas Wasser?«

»Nein. Nein, es geht schon«, murmelte ich. Mir war das schrecklich unangenehm, und ich wollte nur noch weg hier. Aber ich fürchtete, dass meine Beine mich noch nicht tragen würden.

»Okay …« Nachdem ich seinem Blick mit einem gezwungenen Lächeln standhalten konnte, nickte er und beugte sich dann runter, um das Buch aufzuheben. Scheinbar war es mir aus der Hand gefallen. Oder ihm? Offenbar fehlten mir ein paar Sekunden. Ich traute mich fast nicht, es erneut entgegenzunehmen, aus Angst vor meiner eigenen Schwäche. Aber ich wusste, dass solche Panikattacken von nun an auch zu meinen täglichen Herausforderungen gehören würden und ich da durch musste, wenn ich überleben wollte. Also sammelte ich meinen Mut, atmete ein und griff nach dem Buch. Und es ging ohne einen weiteren Zwischenfall in meinen Besitz über.

»Alles wieder gut?«

Ich nickte und schaffte es, ein ehrliches Lächeln über mein Gesicht huschen zu lassen. »Ja, danke. Es war ... Manchmal da ...« Ich brach ab. Wie hätte der Satz auch enden sollen?

Hunter nickte, als würde er verstehen. »Du musst mir nichts erklären. Aber ich kann nicht leugnen, dass du mir einen Heidenschreck eingejagt hast.«

Ich presste die Lippen aufeinander und grub meine Zähne in die Unterlippe. »Tut mir –«

»Du musst dich auch nicht entschuldigen.« Sanft unterbrach er mich erneut. Seine Stimme klang ganz anders als gestern. Viel weicher, liebevoller. »Du weißt, dass ich immer für dich da bin, egal, was passiert. Das habe ich dir damals geschworen, und ich habe es verdammt ernst gemeint. Nichts, was in den letzten Jahren passiert ist, ändert etwas daran.«

Ich konnte Hunter nur mit großen Augen ansehen. Vor Rührung traten mir die Tränen in die Augen, ich blinzelte sie schnell weg. Dann holte ich tief Luft, atmete aus und sah ihm fest in die Augen. »Danke, Hunter.«

Er nickte stumm, aber in seinem Blick erkannte ich tausend unausgesprochene Fragen. Ich war dankbar, dass er sie nicht stellte. Vielleicht hatten wir ja beide dieselbe verdammte Angst vor Antworten. Es war schon nicht einfach, mit meiner Vergangenheit klarzukommen. Noch schwerer aber war es, darüber zu reden. Denn das hieß, mich nackt zu machen. Und nackt hieß, verwundbar zu sein. Und verwundbar war ich fast mein ganzes Leben lang gewesen. Trotz eines Panzers von Alkohol und Drogen. Aber verwundbar wollte ich nie mehr sein.

6. Hunter

Der Sturm wütete noch die ganze Nacht über, und die Schneewehen hatten am Morgen die Fenstersimse in der unteren Etage erreicht. Aber die Lage war nicht besorgniserregend. Wir hatten genügend Vorräte, um mindestens eine Woche zu überstehen. Ebenso ausreichend Holz für den Kamin, dessen Feuer ununterbrochen knisterte und seine gemütliche Wärme im ganzen Haus verteilte. Die wenigen Gäste, die wir zurzeit beherbergten, hielten sich nun vorzugsweise hier auf und lasen ein Buch oder die Zeitung von vorgestern. Denn bei dem Wetter traute sich auch kein Zeitungsjunge vor die Tür. Der Fernseher in der Ecke blieb aus, nachdem der Schnee wohl einige Leitungen beschädigt hatte. In New York wäre das unvorstellbar – hier auf dem Land aber völlig normal.

»Der Wetterdienst hat das Ende des Sturms angekündigt. Es sollte in der nächsten Stunde aufhören zu schneien.« Sandy steckte kurz vor sechs am Morgen ihren Kopf in Megans Büro, das in den letzten Monaten zu meinem geworden war, und die leisen Geräusche des Hotelbetriebs drangen an mein Ohr.

»Das ist gut«, murmelte ich, aber heftete meinen Blick weiter auf die Steuerunterlagen vor mir. Es fiel mir schwer, mich auf die Zahlen zu konzentrieren, obwohl ich mich normalerweise gerne damit beschäftigte. Aber ich war nicht ganz bei der Sache.

»Alles klar bei dir?« Sandys Kopf steckte immer noch zwischen Tür und Rahmen, besorgt musterte sie mich. Wenn sie nicht quasi zur Familie gehört und ich nicht genau gewusst hätte, dass ihre Sorge um mich echt war, hätte ich sie hinauskomplimentiert. Aber so blieb mir nur, sie irgendwie zu beruhigen, sodass sie von mir abließ und sich um die wirklich wichtigen Dinge in diesem Haus kümmerte.

Ich zwang mich also zu einem entspannten Lächeln, hob den Kopf und nickte. »Ja, sicher. Die Steuer …«, setzte ich hinterher, als würde das alles erklären. Tat es aber nicht und Sandy runzelte kurz die Stirn. Ich wich ihrem Blick aus, in dem Wissen, dass sie es wusste. Aber erfreulicherweise fragte sie nicht nach, sondern verzog sich und schloss die Tür hinter sich, sodass ich nur noch das Pfeifen des Windes und das leise Schaben der Zweige eines Rhododendrons am Fenster hörte.

In der letzten Nacht hatte ich nur wenig geschlafen. Meine Ohren hatten auf den Sturm gehört, meine Gedanken bei Ivy festgehangen. Ich legte den Kugelschreiber beiseite, lehnte mich im Stuhl zurück und rieb mir müde über die Augen. Aber statt entspannender Dunkelheit schob sich das Gesicht von Ivy vor meine geschlossenen Lider. Der verschreckte Blick, die Panik, die sich nach und nach darin ausgebreitet hatte, das Zittern ihres zierlichen Körpers, das verkrampfte Lächeln auf ihren Lippen. Was zum Teufel war nur mit ihr los? Der Gedanke, dass sie etwas erlebt hatte, was diese Reaktion hervorgerufen hatte, drängte sich mir auf. Ich dachte an Megan und daran, wie furchtbar und einprägend solche Erlebnisse waren. Vielleicht hatte sie Streit mit ihrem Freund gehabt und war in einer Nacht- und Nebelaktion abgehauen? Wobei der Gedanke an einen anderen Mann mich fast verrückt machte. Aber was auch immer, schalt ich mich. Das sollte kaum meine Sorge sein, doch seit Megans Geschichte mit ihrem Ex-Mann war ich wachsamer. Ich konnte bis heute nicht begreifen, warum ich bei meiner Schwester nichts gemerkt hatte. Bestimmt hatte es Anzeichen gegeben, aber ich war zu sehr mit meiner Arbeit beschäftigt gewesen, als dass ich sie erkannt hätte. Auch wenn alles noch mal glimpflich ausgegangen war und der Scheißkerl gerade auf die Verhandlung wegen seines gewalttätigen Verhaltens wartete, hatte ich seitdem mit meinem Gewissen zu kämpfen.

Ich sollte mich bei ihr entschuldigen. Sie sollte hier keine Angst haben, sie sollte sich hier sicher und willkommen fühlen.

Anstatt mich weiter mit den Steuern herumzuärgern, beschloss ich, mich mit Schneeschippen abzulenken. In dem Sturm war für den Hausmeister, der sich sonst um diese Dinge kümmerte, kein Durchkommen. Also packte ich hastig den Papierkram in die Ablage zurück, wo er auch den Rest des Tages bleiben konnte. Körperliche Arbeit würde meine Gedanken wieder auf das Wesentliche lenken und mir vielleicht die Chance auf ein klärendes Gespräch mit unserem schreckhaften Gast geben.

Nachdem ich mich umgezogen hatte, bahnte ich mir einen Weg durch den kniehohen Schnee zum Schuppen, in dem die Gartengeräte und das Sommerequipment aufbewahrt wurden. Es hatte endlich aufgehört zu schneien, und der wolkenverhangene Himmel lichtete sich allmählich. Ich machte die Schneefräse bereit, füllte Benzin nach und schmierte die Kette, bevor ich erst mal einen Anfang mit der Schaufel freilegte. Es dauerte eine Stunde, bis der Weg vom Schuppen bis zum Hintereingang freigeschaufelt war und ich die Fräse nach draußen schieben konnte. Nach einiger Anstrengung bekam ich sie endlich zum Laufen.

Nach zwei Stunden harter Arbeit hatte ich mich so weit verausgabt und alle wichtigen Flächen rund um das Middleton Inn von Schnee befreit, dass ich mich nur noch nach einer Dusche sehnte. Ich betrat das Hotel durch den Hintereingang, entledigte mich in der Waschküche meiner nassen Arbeitskleidung und eilte in Jeans und T-Shirt über den leeren Flur in mein Zimmer, das zwischen Küche und Büro lag. Ich konnte mich noch nicht dazu durchringen, in das angrenzende Haus zu ziehen, in dem Megan und ich unsere Kindheit verbracht hatten. Zusammen mit unserer Mom. Alles erinnerte noch an sie, Megan hatte nichts darin verändert. Auch sie hatte den Verlust nach all den Jahren nicht verkraftet. Vermutlich würden wir das nie. Mom fehlte, und daran würde sich niemals etwas ändern.

Nach einer heißen Dusche organisierte ich mir in der Küche einen Kaffee.

»Hunt, wie läuft's?« Malcom, der alte Chefkoch – das Pendant zu Sandy, da er mindestens genauso lange in diesem Haus arbeitete – grüßte mich, während er seine Nase über einem der vielen Töpfe auf dem riesigen Herd verweilen ließ.

Ich wusste, dass er nicht auf eine ausschweifende Antwort wartete, und nickte daher nur kurz. Er nickte zurück. Ich mochte die Gespräche mit ihm.

Mit einem Kaffee in der Hand wollte ich mich wieder ins Büro verziehen, um den Papierkram würde ich nicht drum herumkommen, aber ein helles Lachen aus dem Aufenthaltsraum ließ mich meinen Weg stoppen. Vorsichtig trat ich an die Tür und da sah ich Ivy gemeinsam mit den Wrights an dem Tisch sitzen, an dem ich gestern mit ihr gesessen hatte. Sie spielten Karten, und ihrem fröhlichen Gesichtsausdruck nach schien es, als würde sie gerade ein gutes Blatt haben, während Mr Wright konzentriert seine Möglichkeiten durchging. Ich blieb stehen, nippte an meinem Kaffee und ließ die Szene auf mich wirken. Ihre Haare hatte sie wieder zu einem Knoten auf dem Kopf gebunden, einzelne Strähnen umrahmten ihr Gesicht, das ohne Make-up auskam. Ihre hohen Wangenknochen gaben ihr einen nordischen Touch, der natürliche Schwung ihrer Augenbrauen betonte ihre schönen Augen. Sie drehte mir ihr Profil zu, und mir fehlte der winzige Schwung, mit dem die Nasenspitze früher mal ein klitzekleines bisschen nach oben gezeigt hatte. Ihre Finger waren schmal, die Nägel unlackiert, und sie trug keinen Schmuck. Und in dunklen Jeans und einem karierten Holzfällerhemd über einem weißen Shirt machte sie den Eindruck eines Mädchens von nebenan. Es schien ihr besser zu gehen. Das beruhigte mich. Vielleicht maß ich der Situation auch zu viel Bedeutung bei. Möglicherweise war ich durch Megans Geschichte einfach überempfindlich. Ich sollte es am besten einfach darauf beruhen lassen.

Jemand räusperte sich, und ich schreckte ertappt zusammen, als ich Sandy hinter mir erkannte. Sie zwinkerte mir verschwörerisch zu. »Na, stalkst du sie gerade?«

»Sandy …«

»Ich mach gar nichts.«

»Tu nicht so.«

Sie hob abwehrend die Hände, aber ich konnte ihr verschwörerisches Schmunzeln sehen, als sie den Rückzug antrat. Ich bemühte mich um einen strengen Blick und ließ sie nicht aus den Augen, bis sie um die Ecke verschwunden war, erst dann setzte ich mich selbst in Bewegung. Doch vorher warf ich Ivy noch einen Blick zu, den sie im selben Moment auffing und mit einem zaghaften Lächeln erwiderte. Mein Herz stolperte kurz, ich nickte ihr nur zu und verschwand zügig aus ihrem Blickfeld in mein Büro.

Ein erneuter Versuch, mich um die Steuern zu kümmern, wäre vergebene Mühe. Zahlen und Listen waren jetzt nicht das, was mich ablenken würde.

Diese Empfindungen, die unerwartet nach so vielen Jahren in mir aufwallten, gaben mir das Gefühl, ein Mensch zu sein und nicht der Zombie, als der ich die letzten Jahre verbracht hatte. Emotionen kämpften sich an die Oberfläche, die ich schon lange für tot oder wenigstens eingeschlafen geglaubt hatte. Doch die Anwesenheit von Ivy brachte meinen Körper und meine Gedanken durcheinander, und ich war mir nicht ganz sicher, ob das so gut war. Was, wenn sie wieder einfach verschwinden würde? Sollte ich wirklich darauf vertrauen, dass das nicht passierte?

Ein Sonnenstrahl verirrte sich durch das Fenster auf meinen Schreibtisch, und als ich nach draußen sah, blitzte ein Stück blauer Himmel durch die dicken Wolken. Der Wind hatte nachgelassen, die Baumwipfel schwiegen, und kurzerhand beschloss ich, einen langen Spaziergang zu machen, um den Kopf frei zu bekommen. Ich stürzte aus dem Büro, holte eine Jacke aus meinem Zimmer und stolperte in der Eingangshalle direkt über die Frau, die seit gestern wieder meine Gedanken beherrschte.

Ivy stand in Mantel und dicken Boots am unbesetzten Empfangstresen und blickte sich suchend um.

»Kann ich helfen?«, fragte ich und blieb in angemessener Entfernung zu ihr stehen. Nicht noch einmal wollte ich schuld an einer Überreaktion sein.

Sie wandte sich um, und als sie mich erkannte, huschte ein knappes Lächeln über ihr Gesicht. »Ich wollte eigentlich nach einem Taxi fragen«, antwortete sie. »Mein Auto ist eingeschneit.«

Ich warf einen kurzen Blick durchs Fenster auf den Parkplatz vor dem Haus, den ich zwar mit der Fräse geräumt hatte, aber auf dem sich einige Schneehügel verteilten, unter denen vereinzelt etwas Lack und Chrom hervorblitzte.

»Da wirst du kein Glück haben. Die Straßen sind glatt und vereist, das wird mindestens noch bis morgen dauern.«

Resigniert sah sie mich an und verdrehte tatsächlich die Augen. »Also bleibt mir wieder nur eine heiße Schokolade?«

»Oder Tee. Oder Kaffee? Ein Buch? Oder ein Spaziergang mit mir.«

Überrascht hoben sich ihre dunklen Augenbrauen fast bis unter den Rand ihrer schwarzen Wollmütze.

»Sorry, ich wollte nicht anmaßend sein. Der Sturm ist vorbei und ich dachte –«

»Nein. Nein, das war nicht anmaßend. Aber …«

»Aufdringlich«, gab ich zu. »Vergiss es einfach, okay? Ich werde jetzt meinen Rundgang machen und –«

»Ja, warum eigentlich nicht. Klar, gerne. Spaziergang klingt toll.«

Jetzt war ich überrascht und versuchte die Beschleunigung meines Herzschlags zu ignorieren, als sie mich für einen winzigen Moment anlächelte. Und das, was sich da auf ihren geschwungenen Lippen zeigte, war mehr als hübsch. Es war schon fast unanständig. Schnell wandte ich den Blick ab. »Ich wäre froh, hier mal etwas rauszukommen. Also, nicht, dass ich das Hotel nicht mag, es ist nur …« Sehnsüchtig warf sie einen Blick in den blauen Himmel.

»Budenkoller. Ich kenne das. Ein Spaziergang hilft.«

»Ja, das denke ich auch. Ich komme gerne mit.«

7. Hunter

Aufregung erfasste mich, die ich versuchte, unter Verschluss zu halten. Ich stellte den Kragen meiner Jacke auf und zog den Reißverschluss zu. Dann setzte ich die weiche Beanie auf, die in der Jackentasche auf ihren Einsatz gewartet hatte. Megan hatte sie mir vor drei Jahren zu Weihnachten geschenkt. Zum Anzug hatte sie nicht gepasst, aber hier hatte ich endlich die Gelegenheit, sie zu tragen.

Die kalte Winterluft füllte unsere Lungen, und Ivy vergrub ihr Kinn tiefer in ihrem Schal, den sie mehrfach um ihren Hals geschlungen hatte. Bis auf Nase und Augen war nichts mehr von ihrem hübschen Gesicht zu erkennen. Sie schob die Hände in die Taschen ihres Mantels und stieg neben mir vorsichtig die gestreuten Verandastufen hinunter.

Schweigend spazierten wir über den Parkplatz, und ich steuerte den Weg Richtung See an, der etwa zwei Kilometer vom Hotel entfernt lag. Wir hatten Glück, die Wege waren durch die Schneeverwehungen so weit frei, dass wir sie trockenen Fußes nutzen konnten. In den Bäumen glitzerte der Schnee, und ab und an fiel uns eine Ladung aus dem Geäst vor die Füße. Weit hinter den Bäumen versteckt sahen wir sogar zwei Elche, die auf der Suche nach Nahrung waren.

»Oh mein Gott.« Ivy schlug sich die Hände vor den Mund und sah gebannt auf das, was wir von den großen Tieren erkennen konnten, bis sie schließlich außer Sicht waren. »Ich habe so lange keine Elche mehr gesehen«, gab sie zu.

»Hier leben immer noch einige von ihnen«, erklärte ich.

»Im Sommer stehen sie oft in den Gewässern hier oder auf den Wiesen zum Grasen.«

»Ich hatte total vergessen, wie sehr wir hier in der Natur sind.«

Wir setzten unseren Weg fort, über die kleine Brücke überquerten wir den Bachlauf, dessen Wasser der Strömung folgte. »Weißt du noch? Hier haben wir früher die Papierboote schwimmen lassen«, erinnerte ich und zeigte auf die Stelle gleich hinter der Brücke, wo kleine Felsen ins Wasser ragten. Nicht nur ein Mal sind wir darauf ausgerutscht, ins Wasser gefallen und haben uns dann auf der Wiese von der Sonne trocknen lassen. Ich vermisste die Zeit. Da war alles noch so unbeschwert gewesen.

»Hast du eigentlich gut geschlafen?«, fragte ich, als wir weitergingen. Es fühlte sich auf Dauer merkwürdig an, schweigend durch den Schnee zu laufen, wo ich doch so viele Fragen hatte. Besonders nach dem, was letzte Nacht geschehen war. Doch ich wollte nicht mit der Tür ins Haus fallen. Damals war Ivy nicht schreckhaft gewesen, aber da hatte sie auch noch nichts zu verbergen gehabt. Ich war mir mittlerweile sicher, dass sie mit einer ganzen Menge hinter dem Berg hielt. Theoretisch ging mich das alles ja auch nichts an. Sie ging mich nichts an. Aber praktisch …

Wir kannten uns fast unser ganzes Leben. Hatte ich da nicht auch ein Recht darauf, für sie da zu sein?

»Nein, nicht wirklich«, gab sie zu, den Blick geradeaus auf den Weg gerichtet. »Obwohl das Bett sehr bequem ist«, setzte sie hinterher. Dann grinste sie. »Weißt du noch, wie wir uns damals in das Zimmer geschlichen und eine Kissenschlacht gemacht haben?«

Ich schmunzelte. Sie erinnerte sich. »Oh ja. Sandy war stinksauer und hat uns so lange nicht da raus gelassen, bis wir alles wieder aufgeräumt hatten.«

»Und danach hat sie uns heiße Schokolade gemacht. Ich mag Sandy. Es ist schön, dass sie immer noch hier ist.«

»Ich kann mir nicht vorstellen, dass sie irgendwann nicht mehr bei uns ist.«

»Hunter … wegen gestern Abend«, setzte sie an, und bevor ich abwinken konnte, sprach sie schon weiter. »Ich habe in den letzten Monaten einiges durchgemacht und bin noch immer etwas durcheinander. Manchmal überkommt mich dann einfach so ein Gefühl … gegen das ich nichts tun kann«, erklärte sie.

Kurz trafen sich unsere Blicke, und ich begrüßte die Abweisung darin wie einen alten Bekannten.

»Das tut mir sehr leid«, sagte ich und merkte selbst, wie platt das klang. »Ich kann mir kaum vorstellen, wie du dich dabei fühlen musst«, versuchte ich, etwas tiefgründiger zu antworten.

»Ich komme klar, so schlimm ist das nicht«, wehrte sie ab und schnaubte leise. »Ich wollte jetzt auch nicht aus einer Mücke einen Elefanten machen. Ich bin keine Prinzessin und will auch kein Mitleid. Es sollte nur erklären, warum ich gestern so … reagiert habe.«

»Okay.« Sie wollte nicht drüber reden, natürlich. Warum sollte sie auch ausgerechnet mir ihr Herz ausschütten? »Und du sollst wissen, dass ich weiter immer für dich da bin. Das war ernst gemeint, okay?«, wiederholte ich meine Worte. Ich würde sie niemals fallen lassen. Dafür hing mein Herz viel zu sehr an ihr. Die Frage, warum sie meine Briefe nie beantwortet hatte, schlich sich auf meine stumme Liste.

Ob die Röte auf ihren Wangen durch die Kälte oder meine Worte kam, war schwer zu sagen. Aber es war niedlich und unterstrich ihre Natürlichkeit. Ich war froh, dass sie das Make-up weggelassen hatte und so die alte Ivy immer mehr durchblitzte. Wenn ich genau hinsah, dann waren sogar noch die wenigen Sommersprossen auf ihrer Nase zu sehen. Im Winter waren sie kaum zu sehen gewesen, während sie im Sommer immer kräftig auf ihrer Haut getanzt hatten.

Die nächsten Meter stapften wir schweigend den Hügel hinauf, dessen Kuppe wir ein paar Minuten später erreichten. Unbewusst hatten wir den Weg eingeschlagen, den wir als Kinder täglich gegangen waren. Den Weg zwischen dem Hotel und dem Haus von Ivys Tante. Jetzt standen wir auf dem höchsten Punkt der Strecke und hatten freien Blick auf das Middleton Inn in der einen Richtung und auf den See in der anderen. Die halb gefrorene Wasseroberfläche glitzerte in der Sonne und blendete uns.

Ivy kniff die Augen zusammen und schirmte mit der Hand die Sonne ab, die mittlerweile den Himmel zurückerobert hatte. »Es ist immer noch derselbe Ausblick«, murmelte sie fast andächtig, und ich konnte ihr nur zustimmen. Die Bäume waren etwas größer geworden, die Flächen rundherum teilweise bebaut. Das Haus, das vor Jahrzehnten abgeschieden vom Rest der Stadt gelegen hatte, fügte sich stückweise in die Gemeinschaft ein, wenn auch noch mit zu viel Abstand, um vollends integriert zu sein. Aber noch immer lag der See im Sommer inmitten von viel Grün, und sein klares Wasser lud zum Baden und Abkühlen ein. Und im Winter versteckte sich die Oberfläche unter einer glitzernden Eisschicht, und rundherum war alles weiß. Ich hatte diese Ecke von Honey Falls schon immer gemocht.

»Ich hätte jetzt gerne einen Schlitten dabei«, spielte ich auf unsere Kindheit an.

Dankbar lächelte sie mich an. »Ich hatte es nicht mehr so nahe in Erinnerung. Damals kam mir der Weg immer so endlos lang vor.«

»Das liegt wohl an deinen kurzen Beinen«, neckte ich sie.

Ivy kicherte. Es war schön, sie so unbekümmert zu sehen. »Pass auf, dass du dir nicht gleich einen Schneeball einfängst.«

Ich lachte nur und wackelte mit den Augenbrauen. »Wir wissen beide, wer dabei den Kürzeren zieht, oder?«

Ivy verdrehte die Augen, aber die Unbeschwertheit zeichnete sich noch immer auf ihrem Gesicht ab. »Angeber.«

»Ja, das entspricht meiner Natur.«

»Ich weiß«, stieß sie begleitet von einem theatralischen Seufzen hervor. Aber dann wurde sie wieder ernster. Sie presste kurz die Lippen aufeinander, dann zeigte sie den Hügel runter. »Komm, gehen wir. Dann zeige ich dir mein Haus. Oder besser, meine Ruine.«

Erst jetzt verstand ich, was sie mir gestern hatte sagen wollen. Nach dem Tod ihrer Tante hatte sie das Haus geerbt. Mein Herzschlag bäumte sich auf und galoppierte für wenige Schläge unkontrolliert voran. Hieß das … »Du willst bleiben?«

Sie hielt den Blick auf das Haus gerichtet, dem wir nun Schritt für Schritt näher kamen. »Darüber habe ich mir noch keine Gedanken gemacht.«

Ich nickte stumm. Ihre Antworten waren so vage, dass man alles Mögliche hineininterpretieren konnte. Ich wollte das aber nicht. Ich wollte mir keine Hoffnungen machen, die sich dann doch nicht erfüllten. Mein Herz lag ihr nach all den Jahren wieder zu Füßen, und ich konnte nichts dagegen tun. Aber es präsentierte sich offen und verletzlich vor ihr – ich durfte nicht zulassen, dass sie erneut darauf herumtrampelte. Andererseits schrie es auch danach, sie hierzubehalten und nie wieder gehen zu lassen. Das hatte ich schon einmal gewollt. Aber sie war gegangen, und ich hatte nie wieder etwas von ihr gehört. Ich war siebzehn gewesen, und selbst meine Mom hatte gesagt, dass es andere Frauen geben würde und ich mich irgendwann wieder verlieben würde. Aber sie hatte unrecht gehabt.

Ivy ahnte nichts von meinen Gedanken oder Gefühlen. Und

solange sie ihre Pläne nicht mit mir teilte, würde ich den Teufel tun und ihr davon erzählen.

Den Hügel hinab hatte der Wind den Schnee nicht fortgeweht, sodass unsere Jeans sich an den Beinen langsam durchnässten. Am Fuß des Hügels standen die ersten Bäume, es waren etwa fünf Reihen Kiefern, die uns noch vom Haus trennten. Oder wie sie es genannt hatte: der Ruine.

Als Ivy damals nicht mehr wiedergekommen war, hatte ich noch einmal an der Haustür geklopft und nach ihr gefragt. Aber mehr, als dass sie nicht wiederkommen würde, hatte ihre Tante mir nicht erzählt. Danach hatte ich mich noch eine Zeit lang regelmäßig auf die Lauer gelegt, das Haus beobachtet. Aber Ivy kam tatsächlich nicht zurück. Ich war jahrelang nicht mehr hier gewesen, und so hatte ich es nicht in Erinnerung gehabt.

Das Dach wies ein paar undichte Stellen auf, die Holzwände waren verwittert und einige Fensterläden hingen schief in den Angeln.

Ivy blieb stehen, sah erst zum Haus, dann zu mir. »Was meinst du – bekommt man das wieder hin?«

Ich runzelte die Stirn. »Es sieht wirklich sehr baufällig aus und das Dach ist kaputt.« Ich wollte ihr keine falschen Hoffnungen machen. »Ich schätze, drinnen sieht es nicht besser aus?«

»Würde ich so nicht sagen«, dementierte sie. »Es ist einiges zu tun, aber ich bin mir sicher, das kriegt man wieder hin.«

»Das Grundstück ist sicher ein paar Dollar wert«, überlegte ich.

»Nur ein paar?«

»Ich schätze, eine halbe Million oder mehr wird man dafür schon hinblättern müssen. Allein die Lage ist ein Traum.«

Nachdenklich sah sie mich an, dann zog sie einen Schlüssel

aus ihrer Umhängetasche und ging zur Eingangstür. »Komm mit, ich zeig dir mein Haus.«

Ich folgte ihr, wobei ich aufpasste, wohin ich meine Füße auf den Treppenstufen hoch zur Veranda setzte. Auch dieses Holz war morsch und würde keinen weiteren Winter mehr durchhalten.

Im Haus war es tatsächlich nicht so schlimm, wie ich gedacht hatte. Es roch muffig, und eine dicke Staubschicht hatte sich über alle Gegenstände und Möbel gelegt, aber vielleicht wäre hier mit Putzmitteln und Farbe doch mehr zu retten, als der Blick von außen vermuten ließ.

»Home sweet home«, murmelte Ivy und bedeutete mit den Armen einen Halbkreis.

»Ich glaube, die schlimmsten Baustellen sind wirklich draußen«, versuchte ich nun positiv zu denken. Ivy schien an dem Haus zu hängen, sie würde tun, was nötig war, um es zu erhalten. »Dafür gibt es Handwerker. Das Dach müsste neu gedeckt und ein paar Bretter ausgetauscht werden. Wenn die Bausubstanz in Ordnung ist, kann man alles reparieren.«

»Woher willst du wissen, dass die Substanz in Ordnung ist?«, fragt sie mit skeptischem Blick.

»Das weiß ich nicht. Aber ich kenne ein paar Leute hier, die das schnell herausfinden können. Wenn du möchtest, dann rufe ich sie später an.«

»Das wäre sehr hilfreich, danke. Möchtest du eine Führung?«

Ich war vielleicht ein oder zwei Mal in dem Haus gewesen. Wenn wir uns getroffen hatten, dann draußen in der Natur oder bei uns im Hotel.

Ivy lotste mich durch den unteren Teil des Hauses, in dem sich die Küche, das Wohnzimmer und ein kleines Bad befanden. Nach oben ging es über eine knarrende Holztreppe, hier gab es zwei weitere Zimmer und ein größeres Bad mit Wanne und Dusche. In diesem Stockwerk waren die Töpfe und Schüsseln, die Ivy wohl aufgestellt hatte, bevor sie ins Hotel geflüchtet war und die schon kurz vor dem Überlaufen waren, nicht zu übersehen. Hier und da tropfte es auch an anderen Stellen. Es wurde Zeit für ein neues Dach, bevor die Bausubstanz Schaden nahm.

»Das Haus ist es wirklich wert, instandgesetzt zu werden«, befand ich nach unserem Rundgang. »Es hat Charme, und sicher stecken hier auch viele Erinnerungen für dich drinnen, oder?«

Ivys Blick verklärte sich für einen Moment. »Ja, einige. Aber es sind nicht nur die Erinnerung, die mich hier …« Wie ertappt stoppte sie mitten im Satz.

»Sondern?«, hakte ich behutsam nach, aber sie schüttelte abwehrend den Kopf.

»Ich denke, wir sollten zurückgehen«, sagte sie leise und stand schon an der Tür, bevor ich mich überhaupt in Bewegung gesetzt hatte. Mit meiner Frage hatte ich sie verschreckt. Ivy war offensichtlich voller Geheimnisse.

»Ich wollte dir nicht zu nahe treten«, versuchte ich mich zu entschuldigen.

»Ist schon gut. Es gibt Dinge, über die ich nicht gerne rede, okay?«

»Natürlich.« Ich versuchte Verständnis zu zeigen, aber ihr mangelndes Vertrauen enttäuschte mich dennoch.

Sie schloss die Tür ab und bog dann auf den Weg zum See ab, der sich direkt am Grundstück befand. Wir mussten nur zwischen ein paar Bäumen hindurch, und dann lag er auch schon vor uns.

»Ich habe im Garten das Boot gefunden. Vielleicht ist es noch intakt«, sagte sie.

Als sie den Kopf herumdrehte und mich ansah, trafen sich unsere Blicke für ein paar Sekunden. Ich spürte wieder die alte

Verbundenheit und hoffte, dass Ivy sie auch spürte. Aber wenn es so war, dann war sie eine gute Schauspielerin, denn sie ließ nichts davon durchdringen. »Komm, lass uns zum See gehen«, schlug sie vor. Ich nickte, und über einen mit Schnee bedeckten Pfad durch ein kleines Waldstück kamen wir kurz darauf ans Ufer des Sees.

»Wunderschön«, sagte Ivy leise und vergrub die Hände in den Manteltaschen.

Schweigend standen wir ein paar Minuten da, beobachteten die stille Oberfläche und hingen jeder unseren Gedanken nach. Zumindest war das bei mir der Fall. Verstohlen betrachtete ich sie aus dem Augenwinkel und fragte mich zum wiederholten Mal, was sie so tief verletzt hatte, dass sie davor geflohen war und in Kauf genommen hatte, alte Wunden aufzureißen.

8. Ivy

Ich hatte wirklich kurz davor gestanden, Hunter die Wahrheit zu sagen. Es gab so viel Unausgesprochenes zwischen uns, und ich fürchtete, dass die Kluft, die ich damals gerissen hatte, sich verbreitern würde, je länger ich schwieg. Aber im letzten Moment hatte ich mich gebremst. Ich war mir sicher, dass er es nicht verstehen würde. Hunter war ein Mensch, der in sich selbst ruhte. Ich hatte in meinem Leben niemanden kennengelernt, der geradliniger und charakterstärker war als er. Womit ich mich in den letzten Jahren stark gefühlt hatte, würde er als Schwäche sehen. Und obwohl ich wusste, dass er damit recht hätte, wollte ich es zum jetzigen Zeitpunkt noch nicht von ihm hören. Vorher musste ich mich selbst am Schlafittchen packen und aus dem Sumpf ziehen. Ich musste das für mich tun.

Ich hatte die Reißleine gezogen, weil ich an einem Tiefpunkt in meinem Leben angekommen war, den ich nie geglaubt hätte zu erreichen. Benebelt und kaputt in einer Hotelbadewanne liegend, war mir klar geworden, dass ich etwas ändern musste. Dass ich Hilfe brauchte. Weil ich sonst vor die Hunde gehen würde. Den ersten Schritt hatte ich mit dem Entzug gemacht. Jetzt hieß es, die weiteren Schritte ohne Hilfe nicht zu versemmeln. Ich musste stark bleiben.

»Geh heute Abend mit mir essen.«

Hunters Worte holten mich so abrupt aus meinen Gedanken, dass ich ihn anstarren musste wie ein paralysierter Elch.

»Verdammt, Ivy!« Er lachte trocken auf, als ich kein Wort herausbekam. »Ist es wirklich so schlimm? Es ist nur ein Essen. Unter Freunden. Kein Versprechen für die Ewigkeit«, setzte er kopfschüttelnd hinterher und drehte mir dann den Rücken zu. Der Schmerz, der mich überrollte, weil er sich von mir abwandte, stach mir fies ins Herz. Ich spürte in dieser Sekunde, dass das nicht das war, was ich wollte. Er sollte sich nicht von mir abwenden. Viel zu sehr hatte ich mich gerade wieder daran gewöhnt, dass er mich ansah. Mich, und nicht die verzogene Filmgöre, die Menschen wie Spielfiguren benutzte und ihr halbes Leben unter Drogen gestanden hatte, weil sie sich selbst nicht ertragen hatte.

Der Wind hatte wieder etwas aufgefrischt und wehte mir die Haare ins Gesicht, ich strich sie zurück und richtete meine Mütze neu. Dann nahm ich all meinen Mut zusammen, trat zwei Schritte auf ihn zu, sodass ich ihn ansehen konnte. Als sein resignierter Blick auf mich hinuntersah, schluckte ich, aber ich streckte meine Hand aus und nestelte verlegen an seiner Jacke.

»Sorry, ich war nur überrumpelt. Ich war in Gedanken und du hast mich … Egal. Ja, ich gehe gerne mit dir essen, Hunter. Sehr gerne.«

Im ersten Moment verriet seine Miene nichts, aber dann zupfte ein verhaltenes Lächeln an seinen Mundwinkeln. »Okay …«

»Gibt es das Diner noch? Wie hieß es noch gleich?«

»Martys?« Jetzt grinste er. »Ja, das gibt es noch. Der Besitzer hat zwar vor ein paar Jahren gewechselt, aber das war das Beste, was dem Laden hätte passieren können.«

»Wieso? Schmecken die Pommes jetzt nicht mehr nach Fischfett?« Ich giggelte bei der Erinnerung.

Er zuckte mit den Schultern. »Keine Ahnung, ich habe nie welche gegessen, falls du dich erinnerst.«

»Du hasst Pommes.«

Er nickte.

»Du hast immer diese ekligen Sandwiches in dich reingestopft, die schon den halben Tag in der Auslage gelegen haben. Ungekühlt. Und dann noch einen fetten Schokomilchshake hinterher.« Ich schüttelte mich, allein die Erinnerung verursachte Brechreiz in mir. »Ich habe nie verstanden, wie du auf so was stehen konntest.«

»Alles war besser als Frittiertes. Und wie du siehst«, er zeigte einmal an sich rauf und runter, »ich lebe noch.«

Ich nahm ihn nicht weniger unauffällig unter die Lupe, aber dann nickte ich wohlwollend. »Ja. Und es hat dir offensichtlich nicht geschadet. Du bist immer noch gut in Form.«

»Nicht mehr. Ich habe schon länger keinen Sport gemacht«, gab er zu.

»Warum nicht?«

»Ich bin wohl faul geworden. Mir fehlt das morgendliche Joggen durch den Central Park. Natürlich kann ich auch hier laufen gehen, aber bisher konnte ich mich nicht aufraffen. Die Arbeit im Hotel fordert mich bisher ziemlich, und ich bin wohl einfach bequem geworden.«

»Ich sollte auch wieder mehr für mich tun«, gab ich zurück.

»Was hindert dich?«

»Faulheit?«, wich ich aus. »Aber das Haus hat jetzt erst mal Priorität. Ich schätze, beim Renovieren werde ich einige Kalorien verbrennen.«

Er runzelte die Stirn. »Als hättest du das nötig. Ich bin versucht, Malcom zu bitten, dir Fett, Zucker und Sahne unters Essen zu rühren.«

Solche Aussagen nervten mich. »Ich finde, sich in seinem Körper wohlzufühlen, ist nicht verwerflich. Egal, ob andere damit einverstanden sind oder nicht«, blockte ich ab. »Ich beschwere mich ja auch nicht, dass du …« Verdammt, es gab nicht mal was, worüber ich mich bei Hunter beschweren konnte.

»Na? Was?«

»Vergiss es«, winkte ich ab. »Ich finde es nur nicht fair, nur auf sein Äußeres reduziert zu werden.«

Hunter sah mich irritiert an. »Als ob. Habe ich das jemals getan, Ivy? Habe ich dich jemals auf dein Aussehen reduziert? Habe ich mich je an der Zahnspange gestört oder an deinen runden Hüften? Und deine Nase …«

Unwillkürlich fasste ich mir an die Nase. »Was ist mit meiner Nase?«

Er schnaubte. »Deine Nase war immer wunderschön. Ja, sie war einen kleinen Tick schief, aber … Warum hast du sie machen lassen?«

Ich verengte den Blick. »Du hast keine Ahnung, wovon du redest.«

»Dann erkläre es mir«, verlangte er.

Ich schüttelte den Kopf. »Vergiss es, Hunter. Ich muss dir gar nichts erklären.« Gott, da war sie wieder, Skye, die Bitch. Zickig und überheblich. Ich wollte mich abwenden, musste weg von seinem prüfenden Blick, dem ich niemals auf Dauer standhalten würde. Aber er ließ das nicht zu, sondern hielt mich am Arm fest.

»Ich will es aber wissen. *Was* hat dich so verändert? *Warum* hast du dich so verändert?«

Ich war so zwar gezwungen, stehen zu bleiben, aber nicht, ihm auch in die Augen zu sehen. Also starrte ich stur auf den Schnee unter meinen Füßen und versuchte die in mir aufsteigenden Gefühle zu ignorieren. Vergeblich. Ich spürte das Brennen in den Augen und wusste, dass ich gleich losheulen würde. Warum ließ er mich nicht einfach in Ruhe? Warum konnte er nicht einfach gehen und mich hier allein lassen? Warum schaffte ich es nicht, ihm genau das zu sagen?

»Ivy …« Sein Ton war weich, und ich spürte, wie der Schutzwall bröckelte. Die ersten Steine fielen, und lange würde er nicht mehr standhalten können.

»Hunter, bitte …« Sein Griff lockerte sich nicht. Unbarmherzig hielt er meinen Arm umklammert, und ich hatte einfach nicht die Kraft, mich zu wehren. Vielleicht sollte ich es aber auch gar nicht mehr. Weil ich überhaupt nicht wollte, dass er ging oder mich in Ruhe ließ. Ich hatte ihn doch gerade erst wiedergefunden. *Los, spring endlich über deinen Schatten!*

Also hob ich den Kopf, und als ich in seine traurigen Augen sah, erkannte ich schlagartig, warum ich mich vom hässlichen Entlein in einen sterbenden Schwan verwandelt hatte. »Ich wollte nichts mehr mit dem Mädchen gemeinsam haben, das sich damals in dich verliebt und dich dann verlassen hat. Ich wollte alle Erinnerungen an unsere Zeit auslöschen.«

Hunter wurde blass. »Warum?« Er verstand es nicht, das hatte ich geahnt. Und es würde schwer werden, es ihm zu erklären, aber ich versuchte es.

»Es war nicht mein Plan, dich zu verlassen, Hunter. Das musst du mir glauben. Aber meine Mutter hat mir keine Wahl gelassen. Ich war erst vierzehn, verdammt.« Verzweifelt schloss ich die Augen, die Erinnerung an den Schockmoment vor vierzehn Jahren war wieder so präsent, als würde ich ihn zum ersten Mal erleben. Tränen brannten heiß hinter meinen Lidern, und letztlich stahlen sich einige hinaus und wollten über meine Wangen laufen. Unwirsch wischte ich sie weg, rieb mir die Augen und sah Hunter wieder an. Er stand unbeweglich, mit undurchsichtiger Miene da. Ich kannte ihn und wusste, dass es ihm naheging. Aber er riss sich zusammen, um mich nicht zu unterbrechen. Und das war gut so. Ich hätte nicht gewusst, ob ich ein zweites Mal den Mut gehabt hätte, mich ihm zu öffnen. Alte Wunden aufzureißen war immer gefährlich.

»Als ich an dem Tag zum Haus meiner Tante zurückgekommen bin, war ich so glücklich. Ich habe mich schon auf den nächsten Tag gefreut und konnte es kaum erwarten, die Nacht hinter mich zu bringen, um dich wiederzusehen. Aber dann stand da ein Auto vor dem Haus, das ich nicht kannte, und im Wohnzimmer fand ich meine Mutter und ihren damaliger Freund vor. Schlagartig war jedes Glücksgefühl verflogen. Als sie mir sagten, dass ich meine Sachen packen und mit nach Hause fahren sollte, war das die Hölle für mich. Ich wollte nicht fort, der Sommer hatte doch gerade erst angefangen, aber …« Die Erinnerung an den schwärzesten Tag meines vierzehnjährigen Ichs brannte mir ein Loch in den Magen. Aber noch schlimmer war es, in Hunters starre Miene zu blicken.

»Warum hast du mich nicht … ich weiß nicht, angerufen? Mir zurückgeschrieben? Irgendwas?«

»Zurückgeschrieben?« Meine Augenbrauen zogen sich zusammen. »Wie meinst du das?«

»Ich habe dir Briefe geschrieben. Hast du sie denn nie bekommen?«

Wie betäubt schüttelte ich den Kopf. »Ich weiß nichts von irgendwelchen Briefen …«

»Ich habe dir Briefe geschrieben. In der Hoffnung, dass du dich irgendwann melden würdest.«

»Aber wohin hast du sie geschickt?«

»Ich habe sie deiner Tante vor die Tür gelegt. Jede Woche einen Brief.«

Die Erinnerung an unsere Trennung war so intensiv, als wäre das alles gerade erst passiert. Der Schmerz, den ich damals empfunden hatte, ebenfalls. »Ich habe nicht einen davon erhalten.«

Hunter nickte und verzog kurz den Mund. »Das habe ich befürchtet.

Wie es aussah, dachte er ebenso wie ich daran, was hätte sein können, wenn … »Aber … Warum hast du dich nicht gemeldet?«, hakte er nach.

»Als ich unter dem Einfluss meiner Mutter stand, hatte ich keine Chance, auch nur einen Schritt ohne sie zu machen. Sie hat mein Leben bestimmt, ich hatte einfach keine Möglichkeit, mich da rauszuziehen. Ich war viel zu jung, um meinen Kopf durchzusetzen und meinen eigenen Weg zu gehen. Na ja, und danach … Weil ich Schiss hatte, Hunter. Ich hatte Schiss, dass du mich nicht mehr mögen würdest.«

»Warum?«

Ich holte tief Luft, wie für ein Geständnis. »Weil ich da schon lange nicht mehr die war, die du gekannt hast.«

»Vielleicht hätte mich das nicht gestört«, warf er ein.

Ich lachte kurz auf. »Doch, das hätte es. Sieh mich an, Hunter. Du magst weder meinen flachen Hintern noch meine neue Nase. Von Make-up und Silikonbrüsten mal abgesehen.« Als er mich anstarrte wie ein Alien, verdrehte ich die Augen. »Nein, ich habe keine falschen Titten. Aber hätte ich welche, hätte es dich gestört, verdammt!«

»Das weißt du nicht«, erwiderte er, aber ein Blick reichte, um seine Worte Lügen zu strafen. »Manchmal muss man Kompromisse eingehen«, setzte er schon etwas weniger enthusiastisch hinterher.

»Das hätten wir nicht geschafft.«

»Das glaube ich kaum. Wir zwei, du und ich«, eindringlich sah er mich an, sein Kampfgeist war zurück, seine Miene wie gemeißelt, »wir hätten alles geschafft. Ja, verdammt, wir waren jung. Aber wir hatten doch alle Zeit der Welt. Warum also hast du mir nicht vertraut?«

Auf diese Frage hatte ich keine Antwort. Hunter war mein Freund und gleichzeitig mein bester Freund gewesen. Ihm hätte ich vertrauen müssen, das stimmte. »Das war ein Fehler«, räumte ich also ein. Und das fiel mir nicht mal schwer.

»Ja, das war ein Fehler. Wir haben so viel Zeit verschenkt.« Er schluckte, sein Adamsapfel hüpfte. »Aber wir haben jetzt Zeit. Ja, vielleicht ist es verrückt zu glauben, wir könnten da wieder anknüpfen, wo wir damals aufgehört haben, aber das müssen wir doch auch gar nicht …«

»Nein, das müssen wir nicht«, hörte ich mich stammeln, weil mir langsam die Argumente ausgingen. Ich hatte so viel zu sagen, aber keine Worte mehr dafür. Ich wusste einfach nicht mehr, was richtig und was falsch war. Wie konnte ich dorthin zurück, wo ich einmal glücklich gewesen war, wenn ich doch so viele Geheimnisse vor dem Mann hatte, dem ich eigentlich vertrauen sollte? Wie sollte das gehen? »Ich weiß nicht, ob das funktioniert«, sagte ich leise. Als ich ihn ansah, hatte er seinen Kopf abgewandt und starrte auf das Wasser. »Hunter, ich –«

»Schon okay, Ivy. Ich meine, du hast recht. Wir waren Teenager, jetzt sind wir erwachsen. Und wir wissen beide«, langsam drehte er den Kopf zu mir, und in seinen Augen sah ich dieselbe Zerrissenheit, wie sie in mir brodelte, »dass wir damals keine Chance gehabt hätten. Und heute sind unsere Leben so verschieden, wir sind so weit auseinander … Machen wir uns einfach nichts vor, okay?«

Mein Hals war trocken, ich wollte schlucken, aber es ging nicht. Die Härte seiner Worte kratzte in meiner Kehle, und wie schon nach unserer ersten Begegnung, wollte ich sie mit Wodka lindern. Doch ich musste mich zusammenreißen, das Verlangen beiseiteschieben. Auf keinen Fall durfte Hunter etwas merken. Also zwang ich mich, den Kloß in meinem Hals trocken runterzuschlucken, ignorierte den Schmerz, den er verursachte, und straffte die Schultern.

»Du hast recht. Es sollte nicht sein.«

Damit war alles gesagt.

Schweigend legten wir den Weg zum Hotel zurück, und die Stille drückte sich wie Eisplatten auf meine Brust. In diesem Moment wünschte ich mir nichts mehr, als niemals zurückgekommen zu sein. Dann würden all die Gefühle, die jahrelang in mir gebrannt hatten und jetzt auf dem Weg an die Oberfläche waren, weiter in der dunkelsten Ecke meiner Seele verharren und nicht den Schmerz heraufbeschwören, der unweigerlich kommen musste.

9. Hunter

»Noch einen.« Ich knallte das Glas auf den Tresen und warf Deegan einen ungeduldigen Blick zu.

»Ob das so gut ist?« Seine buschigen Augenbrauen waren weiß geworden, und tiefe Furchen hatten sich in sein wettergegerbtes Gesicht gegraben. Deegan Collins war Ire durch und durch und hatte diesen Pub schon geführt, als ich noch an der Milchflasche genuckelt hatte. Er kannte mich seit meiner Geburt. Vielleicht benahm er sich deswegen ab und zu wie ein Vater.

»Ich bin kein Kind mehr, Deegan.« Ungeduldig schob ich das Glas näher an die Kante. Noch ein Stück mehr und es würde auf die frisch polierten Gläser hinter dem Tresen fallen. Das würde ihm gar nicht gefallen.

»Aber du bist wütend. Und da ist Alkohol wohl die schlechteste aller Lösungen.« Deegan zog die Nase kraus und warf mir einen Blick aus seinen blauen Augen zu, der mehr Lebensweisheit enthielt, als ich jemals zusammenkratzen würde. Zumindest nicht, wenn ich mich weiter so gehen ließ. Aber das war mir an diesem Abend egal. Den ersten Whiskey hatte ich runtergestürzt, den zweiten wollte ich genießen.

»Es gibt Momente im Leben eines Mannes, die eignen sich nicht zum Philosophieren«, brachte ich theatralisch hervor.

»Ärger mit Sandy?« Er zwinkerte amüsiert. Er und Sandy kannten sich schon eine halbe Ewigkeit. So wie die meisten hier. So war das in einer Kleinstadt nun mal.

»Nein. Mit der ist alles cool.«

»Cool?«

Ich winkte ab. »Ivy«, sagte ich dann. Das musste reichen, doch Deegan verstand nicht. »Ivy Roberts. Die Kleine, die bei Margret Patterson gewohnt hat.« Ich spürte das Loch in meinem Bauch, das schwarz war wie die Nacht und groß wie ein Krater.

Deegans Miene hellte sich auf. »Die, in die du so verknallt warst?« Als ich nickte, runzelte er die Stirn. »Die war immer süß. Und wieso hast du Ärger mit ihr?«

Obwohl ich selbst erst wenige Monate zurück in meiner Heimatstadt war und nicht über mich selbst sprach, versuchte ich, Deegan die Zusammenhänge zu erklären. »Sie ist zurück und hat sich so verändert. Ich hatte mir das anders ausgemalt.«

Deegan nickte zustimmend, als würde er verstehen, was ich gerade durchmachte, und stellte das Glas, das er gerade poliert hatte, ins Regal. Ich fragte mich, warum Barmänner eigentlich ständig Gläser polierten. Irgendwann mussten sie doch alle mal sauber sein.

»Weiber.« Deegan holte die Flasche Single Malt hervor und schenkte mir nach. »Geht aufs Haus.« Dann ließ er mich damit allein und kümmerte sich um den Tross Arbeiter, die mit Bier und Whiskey ihren Feierabend einläuten wollten.

Ich griff nach dem Glas und hielt die bernsteinfarbene Flüssigkeit ins Licht, sodass es sich darin brach. Dann nahm ich einen großen Schluck und genoss das Brennen, das der Single Malt in meiner Kehle hinterließ. Wenn es mir doch nur den schalen Geschmack runterspülen könnte, den Ivys Auftauchen in Honey Falls hinterlassen hatte.

Es war nicht so, dass ich sie nicht hier haben wollte. All die Jahre hatte ich immer mal an sie gedacht, sie nie ganz vergessen, aber irgendwann auch aufgehört, über sie nachzudenken. Dass sie so unerwartet auftauchte, verwirrte und faszinierte mich gleichermaßen. Sie hatte sich verändert, klar. Aber es war ja nicht nur das Äußerliche, was mich an ihr irritierte. Sie war verschlossener und zurückhaltender, als ich sie in Erinnerung hatte. Ihr Lachen war nicht mehr so strahlend und ihre Augen nicht mehr die eines Mädchens. Sie war zur Frau geworden und hatte sich von mir entfernt. Vierzehn Jahre standen zwischen uns. Vierzehn Jahre, von denen ich nicht wusste, wie sie sie verbracht hatte. Vierzehn Jahre, in denen ich nicht an ihrem Leben hatte teilhaben können. Vierzehn Jahre, in denen ich Abstand von ihr genommen hatte. Und trotzdem ging sie mir nahe. Viel zu nahe.

Der nächste Schluck Whiskey erwärmte meine Kehle, und ich kratzte mit dem Fingernagel über die Kerben im alten, abgegriffenen Holz des Tresens. So viele Menschen hatten hier schon gesessen, hatten Erinnerungen miteinander geteilt und vielleicht auch gemeinsam gelitten. Deegans Pub war seit jeher der Treffpunkt von Jung und Alt, wobei es nach achtzehn Uhr nur noch die Älteren waren, die sich hierher verirrten, an den Tischen zusammensaßen, tranken und am Wochenende auch ordentlich feierten. Ein Pub wie dieser lud dazu ein, sich hier nicht allein zu fühlen, sondern unter Gleichgesinnten. Man lachte zusammen, feierte zusammen und trauerte auch zusammen. Als unsere Mutter gestorben war, hatte Deegan einige Tage nach der offiziellen Beisetzung eine Gedenkfeier gemacht, und alle Gäste haben auf sie getrunken und sich an sie erinnert. Ich hatte genau hier gesessen. Das war das letzte Mal gewesen, dass ich vor meinem Umzug nach New York hier gewesen war. Jetzt war ich wieder zurück und froh, einen Ort wie diesen zu haben, an dem nicht viele Fragen gestellt wurden.

Deswegen reagierte ich auch kaum, als sich jemand auf den Hocker neben mir setzte. Doch als ich meinen Namen hörte, drehte ich den Kopf herum und erkannte Mitch Carter. Mitch war in der Highschool in meinem Jahrgang gewesen, und wir hatten neben einigen Fächern auch die Vorliebe für Partys und Mädchen geteilt. Er hatte sich kaum verändert. Die Haare trug er immer noch kurz, nur der Dreitagebart war einem Vollbart gewichen. Und wie damals schon steckte sein kräftiger Körper in abgewetzten Jeans und Holzfällerhemd.

Als er mich erkannte, zog sich ein breites Grinsen über sein Gesicht. »Ich glaub's ja nicht! Hunter? Hunter Johnson? Verdammt, ich habe gehört, dass du zurück bist.« Er umarmte mich ungeschickt, und ich ließ es schmunzelnd über mich ergehen. »Was treibt dich zurück in dieses Kaff?«, wollte er wissen, nachdem er bei Deegan ein Guinness geordert hatte.

»Das Hotel.«

»Ja, klar. Megan ist weg, das hab ich schon gehört. Sehr schade.« Als Halbstarker war er mal eine Zeit lang scharf auf Megan gewesen, aber das hatte ich ihm ganz schnell ausgetrieben. Er beugte sich vertrauensvoll zu mir rüber. »Doug hat sich sogar bei mir beworben. Aber den Zahn hab ich ihm gleich gezogen.«

»Beworben?« Mir war erstens entgangen, was Mitch beruflich machte, und zweitens, dass Megans Ex-Mann offenbar auf Jobsuche war.

»Im Werk haben sie ihn rausgeworfen.« Das war mir neu. »Zu viel Alkohol und Pöbeleien.«

Zufrieden nickte ich. »Karma is a Bitch.« Ich wusste, dass Megan keinen Unterhalt nach der Scheidung eingefordert hatte, also war Dougs Einkommen jetzt irrelevant.

»Arme Megan. Man erzählt sich ja so einiges.«

»Und was genau erzählt man sich so?« Mit hochgezogenen Augenbrauen wartete ich auf das, was er bereit war, mir zu erzählen. Meine Fingerknöchel traten weiß hervor, als ich das Glas umfasste.

Vielleicht sah Mitch mir die Anspannung an, jedenfalls hielt er sich nicht mit primitiven Erzählungen auf, mit denen Doug vermutlich im Bekanntenkreis geglänzt hatte. »Mittlerweile stehen nicht mehr viele Leute hinter ihm. Wie er sich benimmt, passt auch auf keine Baumrinde mehr.« Mitch hatte schon immer merkwürdige Vergleiche gezogen.

»Und du?«

»Schon lange nicht mehr. Seit er bei mir um 'nen Job gebettelt hat, hab ich ihn nicht mehr gesehen.«

Ich winkte Deegan zu uns und bestellte noch eine Runde für Mitch und mich. Wir stießen an und ich war froh, dass ich wenigstens dieses Thema abhaken konnte. Fast zumindest, denn Dougs Verhandlung wegen Gewalt und Vergewaltigung in der Ehe fand erst nächsten Monat statt. Ich betete um Gerechtigkeit und darum, dass sie ihn wegsperren würden. Vergewaltiger waren nicht unbedingt willkommen im Knast und würden schon ihre gerechte Strafe bekommen. Dann würde Megan vielleicht auch wieder zurückkommen wollen. Aber was dann? Sollten wir das Hotel zu zweit führen? Das würde niemals gut gehen. Wir liebten uns, ja, aber waren längst nicht immer einer Meinung. Mit allergrößter Wahrscheinlichkeit wären wir es auch bei Entscheidungen im Hotel nicht. Und Megan konnte stur sein, wenn sie wollte. Genau wie Ivy. *Fuck!*

Schon waren meine Gedanken wieder da, wo sie nicht sein sollten, und ich versuchte mich abzulenken.

»Seit wann bist zu zurück?«

»Seit einem halben Jahr.«

»Warum hast du dich noch nicht bei mir blicken lassen?«

»Der Weg ist in beide Richtungen gleich lang.« Ich hatte meine Ankunft nicht publik gemacht, war nur selten in der Stadt und auch erst das zweite Mal im Pub seit meiner Rückkehr. Dennoch sollte man meinen, dass sich die frohe Kunde in einer Kleinstadt wie dieser schneller verbreitet hätte.

Mitch lachte und stieß sein Glas ein meins. »Ja, da hast du recht. Asche auf mein Haupt. Hey, ich habe gehört, Ivy ist auch wieder da?«

Danke für die Erinnerung, Mitch …

»Wenn du das gehört hast, wird es wohl stimmen«, knurrte ich. Er würde sowieso keine Ruhe geben.

»Und?«

»Was und?«

»Na, was will sie hier?«

»Das Haus ihrer Tante renovieren.«

»Wohl besser sanieren«, warf Mitch ein. Er kannte das Haus und wusste anscheinend, wie es darum bestellt war. »Sie will hierbleiben?«

Ich zuckte mit den Schultern.

»Und dann?«

Ich sah Mitch an, seine Augen waren glasig, der Whiskey sprach aus ihnen. »Frag sie doch selbst, wenn du so interessiert bist.«

»Bist du es nicht?«

»Was?«

»Interessiert. Ihr wart doch mal zusammen, oder?«

»Das ist lange her.« *Viel zu lange.*

»Stimmt. Und jetzt ist da nichts mehr?«

»Was nichts mehr?«

»Keine Gefühle oder so?«

Meine Hand knallte auf den Tresen. »Mann, Mitch! Was willst du wissen? Ob ich Besitzansprüche auf Ivy anmelde? Nein, tu ich nicht. Neugier befriedigt? Gut.«

Mitch war kurz zusammengezuckt, aber grinste, als er zum Trinken ansetzte. Nachdem er einen Schluck seines Biers genommen hatte, nickte er. »Ja. Dann kann ich ja mal meine Fühler ausstrecken.«

Mein Kopf fuhr rum. »Vergiss es.«

»Aber du hast gesagt –«

»Vergiss, was ich gesagt habe. Du lässt deine verdammten Griffel von Ivy, ist das klar?«

Mitch war schon damals ein Schwerenöter gewesen, der

nichts hatte anbrennen lassen. Es fehlte noch, dass er Ivy angrub. Das würde ich nicht zulassen.

»Also hast du doch noch Gefühle für sie«, trumpfte er auf.

Ich antwortete nicht, sondern kippte den Rest Whiskey runter. Die Wahrheit lag ja wohl klar auf der Hand.

Mitch nickte wissend und trank ebenfalls den Whiskey aus. »Ich hab damals schon gewusst, dass ihr füreinander bestimmt seid. Da macht die Zeit gar nichts. Gefühle hat man, oder man hat sie nicht«, sinnierte er.

»Wie poetisch«, spottete ich. Ich musste weg von dem Thema. Weg von den Gedanken an Ivy und daran, dass Mitch recht hatte. Mit allem. Wem wollte *ich* eigentlich was vormachen?

»Aber vielleicht kann ich an anderer Stelle helfen«, bot er an.

»Hab ich nicht gerade gesagt, dass du –«

»Ich kenne mich mit alten Häusern aus«, warf er ein und zuckte nicht zurück, als ich ihm zu nahe kam. »Und könnte Ivy vielleicht bei der Sanierung unter die Arme greifen.« Ich zog mich zurück und hob die Augenbrauen als Zeichen, dass er weiterreden sollte. Wie er mir erklärte, war er in die Fußstapfen seiner Familie getreten, die seit Generationen das Bauunternehmen in Honey Falls führten. »Ich hab alle Gewerke unter mir. Also egal, was sie braucht, ich kann's besorgen oder hinbiegen. Ich guck's mir gern mal an.«

»Ich richte es ihr aus.«

Ein Blick auf die Uhr, und ich winkte Deegan heran, um meinen Deckel zu bezahlen. Dann gab ich Mitch die Hand. »Danke, Mann.«

»Kein Ding.«

Deegan sah mich sorgenvoll an. »Mach dir nicht so einen Kopf, Junge«, sagte der, als er die Scheine in die Kasse legte. »Es läuft sich alles zurecht. Und Ivy … Versau es nicht.«

»Hör auf den alten Mann, Hunter.« Mitch grinste. Ich stand auf und nickte beiden noch mal zu, dann verließ ich den Pub.

Die Neonbeleuchtung über der Tür des Pubs tauchte den schneebedeckten Gehweg in grünes Licht, und die kalte Luft erwischte mich frontal, ließ den Whiskey seine volle Wirkung entfalten und versetzte mich in einen Zustand zwischen Wohlfühlen und Übelkeit, der auf dem Weg zum Hotel aber verblasste. Ich nahm mir fast eine Stunde Zeit für den Rückweg. Die Wirkung des Whiskeys flaute ab und machte mich wieder klar. Außerdem hielt mich der Gedanke daran, Ivy womöglich über den Weg zu laufen, vom schnelleren Gehen ab. Es war erst kurz vor zehn, die Wahrscheinlichkeit, dass sie noch wach war, war hoch. Dass sie auf mich wartete, allerdings gering. Und das gab dem mulmigen Gefühl Futter, welches sich seit unserem Spaziergang in mir breitgemacht hatte. Es wollte einfach nicht verschwinden, sondern hielt mich irgendwo zwischen Verärgerung und Hoffnung.

Ich war verärgert, dass Ivy zurückgekommen war, weil es alles verkomplizierte. Mein Leben war ruhig und einfach geworden, seit ich nach Honey Falls zurückgekommen war. Mitch würde vielleicht sagen: Vergleichbar mit einem Haus, das stabil stand, obwohl einige Balken fehlten. Jetzt aber hatte Ivy einige der Balken berührt, halb oder sogar ganz herausgezogen. Das Haus wackelte und drohte, in sich zusammenzubrechen. Es war nicht abzusehen, wie lange es noch halten würde. Und dann war da noch die Frage, ob Ivy die Teile auffangen würde. Seit dem Nachmittag ahnte ich, dass sie genau das nicht tun würde. Und das war schwer hinzunehmen. Doch Deegans Worte hämmerten den Rest des Wegs in meinem Kopf. *Versau es nicht.* Wäre das überhaupt möglich? Einen Versuch wäre es jedenfalls wert. Ivy war es wert.

10. Ivy

Die Zimmerdecke war weiß. Sie hatte nicht einen Schmutzfleck oder gar ein Spinnennetz irgendwo in der Ecke. Das wusste ich so genau, weil ich seit einer geschlagenen Stunde auf dem Bett lag und nach oben starrte. Vielleicht nur, weil ich nicht schlafen konnte und es nicht mochte, im Dunkeln zu liegen. Vielleicht aber auch in der primitiven Hoffnung, die Antworten auf meine unzähligen Fragen dort oben zu bekommen. Aber egal, wie lange ich noch das Nicht-Blinzeln-Duell mit der Zimmerdecke spielte – ich verlor jedes Mal.

Hunter hatte mir unmissverständlich klargemacht, dass ich mir nichts vormachen sollte, was uns betraf. Und ich musste mir eingestehen, dass er recht hatte. Viel zu blauäugig war ich in die Vergangenheit zurückgereist und hatte auf diese leichte, unbeschwerte Vertrautheit gehofft, die mich vor vierzehn Jahren beflügelt hatte. Aber stattdessen war ich kurz davor, in etwas reinzuschlittern, was viel zu erwachsen war für die kleine Ivy. Obwohl Hunter und ich schon so lange kein Paar mehr waren, fühlte es sich an, als hätten wir eine Beziehungskrise.

Mit einem Stoßseufzer zur Decke entließ ich sie schließlich aus meinem Blick. Es brachte ja doch nichts. Die nackten Zehen gruben sich in den weichen Teppich, als ich aufstand, um mein Handy aus der Tasche zu holen. Dann schaltete ich den Wasserkocher ein und machte mir einen Tee, mit dem ich mich zurück ins Bett verkroch. Wenn ich wenigstens noch ein paar Freunde hätte, dann könnte ich mir jetzt alles von der Seele reden, aber ich hatte alle vergrault. Dennoch zeigte mein Handy einen Nachrichteneingang an. Überrascht öffnete ich die Nachricht und erkannte nicht sofort, wem die Nummer gehörte. Sie war nicht in meinen Kontakten, aber nachdem ich den Text gelesen hatte, wusste ich, dass ich sie sofort abspeichern würde.

Ivy, es tut mir leid. Ich kann nicht so gut mit Worten. Verzeihst du mir? Hunter

Sie war vor einer halben Stunde abgeschickt worden. Ich fühlte das Lächeln, wie es sich in meine Haut grub und über mein Gesicht zog.

Kein Ding. Ich bin nicht nachtragend, wie du weißt. Ich verzeihe dir. Ivy

Ich war nicht nachtragend, aber ich war traurig gewesen. Das hatte sich jetzt erledigt. Nun hüpfte mein Herz vor Begeisterung auf und ab wie ein Flummi. Aufgeregt wartete ich das Aufblinken der blauen Haken ab, die mir anzeigten, dass Hunter die Nachricht gelesen hatte. Aber sie wurden einfach nicht blau, egal wie lange ich sie anstarrte. Vielleicht schlief er schon? An Schlaf war jetzt erst recht nicht mehr zu denken. Ich legte das Handy auf die Oberschenkel und nippte am Tee, als eine Antwort im Chat aufploppte.

Das beruhigt mich und lässt mich bestimmt besser schlafen. Apropos schlafen – wieso bist du noch wach?

Weil ich ein Nachtmensch bin. Und du?

Mal so mal so. Lust auf eine heiße Schokolade?

Sehr gerne.

In zehn Minuten in der Küche.

Okay.

Ich hatte schon viele schräge Dates gehabt, aber das hier war das schrägste von allen. Ich entwirrte in Windeseile meine Haare, spritzte mir Wasser ins Gesicht und schlüpfte in meine bequeme Trainingshose und den übergroßen Hoodie. Mit dicken Socken an den Füßen und dem Buch, das ich bereits ausgelesen hatte, verließ ich wenige Minuten später mein Zimmer und huschte auf leisen Sohlen die Treppen runter. Unter der Küchentür drang Licht durch, ich öffnete sie vorsichtig, und der Duft von heißer Milch mit Kakao kroch in meine Nase. Als ich auf Socken über den karierten Linoleumboden tapste, fühlte ich mich wieder wie vierzehn.

Hunter stand am Herd unter der angeschalteten Abzugshaube und rührte in einem kleinen Topf. Er trug noch dieselben Klamotten wie am Nachmittag, die Schuhe hatten nasse Spuren auf dem Fußboden hinterlassen. War er noch unterwegs gewesen? Ich zog einen Bogen um sie.

»Hey«, machte ich mich bemerkbar.

Hunter drehte sich um und lächelte, als er mich erkannte. »Hey«, erwiderte er und rührte unbeirrt weiter.

»Kann ich was helfen?« Ich blieb in einiger Entfernung zu ihm stehen und hielt mich am Küchenblock fest.

»Du kannst schon mal die Tassen holen.« Er zeigte auf das Regal, aber ich hatte schon das Buch auf den Tisch gelegt und war losgegangen. Ich kannte in dieser Küche auch fast jeden Winkel. Also nahm ich zwei Becher raus und wollte sie neben den Herd auf die Arbeitsplatte stellen. Dabei kam ich Hunter dichter, als ich es gewollt hatte, und ein Geruch von Alkohol überlagerte den Schokoladengeruch. Ich schluckte. Oh Gott.

Meine Hände zitterten, als ich die Becher abstellte, und ich presste die Kiefer so stark aufeinander, dass es schmerzte.

Während er weiterrührte, drehte er den Kopf zu mir. Der Blick aus seinen braunen Augen ließ mich erschaudern und viel zu tief einatmen. Nicht nur den Geruch, sondern auch einen ganzen Teil Erinnerungen.

Es war einer dieser heißen Sommer gewesen, in denen wir barfuß über die Wiesen gerannt und durch den Fluss gewatet waren. Es gab selbst gemachte Zitronenlimonade anstatt heißem Kakao, und abends durfte ich so lange aufbleiben, bis die ersten Sterne am Himmel funkelten. Ich war im Winter zuvor vierzehn geworden, und mein Körper reifte langsam zu dem einer Frau heran. Als wir uns nach fast sechs Monaten endlich wiedersahen, hatte ich mich verändert. Nur äußerlich, aber das war es, was Hunter aufgefallen war. Und dieser Blick, den er mir jetzt zuwarf, erinnerte mich daran. Es lagen Verwirrung, aber auch Bewunderung darin. Heute wie damals erzitterte ich darunter und fühlte mich einmal mehr wie ein kleines Mädchen. Aber eines, das jetzt ganz genau wusste, wie es das Kribbeln in seinem Bauch einzuordnen hatte.

Hastig stellte ich die Tassen ab und trat gleich wieder einen Schritt zurück. Ich wollte nicht, dass Hunter sah, wie meine Hände zitterten. Er sollte nicht wissen, was gerade in mir vorging. Reiß dich zusammen, verdammt noch mal, ermahnte ich mich, bohrte meine Fingernägel in die Handflächen und zählte von zehn rückwärts. Es half.

Ich weiß nicht, ob Hunter etwas bemerkt hatte, aber er kommentierte nichts, sondern konzentrierte sich auf die heiße Schokolade. Als er sie in die Becher gegossen und mit je einem Sahnehäubchen bedeckt hatte, setzten wir uns an den kleinen Tisch in der Küche. Ich sicherte mir das Sofa, er zog sich den Stuhl heran. Der Tisch aber war so klein, dass unsere Knie sich beim Sitzen berührten. Ich zog meines nicht weg. Hunter auch nicht. Es war wie eine schweigende Vereinbarung. Ebenso schweigend löffelten wir die Sahne, nur ab und an begegneten sich unsere Blicke, hielten einander kurz fest und ließen wieder los.

»Ivy, ich –«

»Hunter, ich –«

Gleichzeitig begannen wir zu sprechen. Und stoppten auch gleichzeitig wieder. Und lachten, weil es einfach so typisch für uns war. Tollpatschig und unbedarft. Aber letztlich mussten wir es angehen. Also holte ich noch einmal Luft und setzte an.

»Ich wollte dir nicht wehtun«, sagte ich leise und stocherte in der Sahne herum, die zum Teil in meinem Magen und zum Teil in der heißen Milch geschmolzen war.

Hunter hob den Blick. Das Braun seiner Augen war schon immer dunkler als Schokolade gewesen. »Ich weiß.« Seine Stimme war rauer als damals. Erwachsener. Mein Blick huschte über seine Hände.

»Hast du … jemals …?«

»Geheiratet? Eine Familie gegründet? Nein.« Er wusste sofort, was ich meinte. Nach einem kurzen Moment lachte er sogar. »Nach unserem Schwur hätte sich das falsch angefühlt.«

Ich stimmte ein. »Wir haben gesagt, es war uns ernst.«

Wieder dieser Blick, der mein Herz zum Stolpern brachte und für Hitzewallungen in meinem Körper sorgte. »Das haben wir.«

Ich schluckte. Worte waren überflüssig. Wir wussten beide, dass da noch was zwischen uns war, aber keiner war sich sicher, ob es reichen würde. Das war ein zu hohes Risiko, das weder er noch ich bereit waren einzugehen. Und so standen wir weiter am Rand der Klippe und warteten auf den Schubs. Oder auf die Vernunft.

»Ich habe Mitch wiedergetroffen«, hörte ich Hunter sagen.

Ein Themenwechsel. Also hatte wohl die Vernunft gewonnen. Ich nahm es dankbar an.

»Mitch?« Es dauerte einen Moment, aber dann klingelte es. »Ah, Mitch Carter, richtig? Er ist noch hier? Wie geht's ihm?« Ich erinnerte mich nur vage an den großen unförmigen Kerl.

Hunter richtete mir Mitchs Vorschlag aus, mich bei der Sanierung des Hauses zu unterstützen.

»Würdest du ihn mir empfehlen?« Ich war mir sicher, dass ich auf sein Urteil vertrauen konnte.

»Die Carters sind ein Familienunternehmen. Die Arbeit ist top. Sie haben alle Gewerke unter einem Dach. Also Leute, die dir das Dach neu decken und alles wieder in Schuss setzen können. Neue Leitungen für Strom und Heizung, neue Wände, Fußböden ... Ein neues Bad einbauen oder eine neue Küche. Kommt ganz auf deine Wünsche an. Und natürlich auf deinen Geldbeutel.«

»Geld ist nicht das Problem. Es wäre gut, wenn ich einen Ansprechpartner für alles hätte, oder?«

»Das vereinfacht einiges.« Er nickte, und ich war mir nicht sicher, ob ihn meine Antwort irritierte. Aber ich beschloss, das zu ignorieren.

»Ich habe ihn lange nicht gesehen, würdest du ...?«

»Klar. Ich ruf ihn an.«

Eine Sorge weniger und ein Punkt auf meiner To-do-Liste, den ich abhaken konnte. Ich hatte schon das Internet durchforstet, aber so viele verschiedene Firmen für verschiedene Arbeiten überforderten mich. Wo hätte ich anfangen sollen?

Der Löffel war im unteren Bereich des Bechers angekommen, und ich kratzte bereits auf dem Grund. Lange würde es also nicht mehr dauern, bis wir schlafen gehen würden. Jeder in seinem eigenen Bett.

»Was bedeutet das Tattoo?« Hunter zeigte auf meinen Unterarm, auf dem der Origamivogel unter dem hochgeschobenen Ärmel hervorblitzte. Unwillkürlich strich ich darüber.

»Das ist ein Kranich«, erklärte ich. »In der Mythologie bringt er Glück. In China ist er ein göttlicher Himmelsbote. Und in Japan steht er für Gesundheit und ein langes Leben. Das Sprichwort dahinter sagt: Der Kranich lebt tausend Jahre. Ich mag den Gedanken.«

»Er ist hübsch. Und noch nicht lange her, oder?«

»Nein. Ich habe ihn erst kurz vor meiner Ankunft hier stechen lassen.«

»Gefällt mir gut.«

»Danke. Hast du auch Tattoos?«

Hunter verneinte. »Ich hatte viele Ideen, aber habe alle verworfen. Nichts hat mich geflasht. Muss es doch, wenn man sich tätowieren lässt, oder?«

»Sollte es, stimmt. Schließlich bleibt es für immer.«

Sein Blick streichelte über meinen Kranich, ich spürte die Berührung fast körperlich. »Er passt zu dir. Filigran und doch irgendwie strong.«

Ich lächelte. »Ja, so kann man es auch sehen.«

Damit hatten wir ein paar Minuten überbrückt, der Zeiger der Uhr war weitergewandert, und mein Verstand sagte mir, dass ich ins Bett gehen sollte. Aber mein Herz … Mein Herz wollte die ganze Nacht bei ihm sitzen und über Gott und die Welt sprechen.

»Stehst du immer noch auf Queen?«

»Wie kann man nicht auf Queen stehen?«, empörte er sich.

»Ach, das geht schon.«

»Und du? Immer noch Fangirl von Take That?«

»Sehr witzig.«

»Du wärst nicht die Einzige, die Robbie Williams hinterherweint.«

Ich verdrehte die Augen. »Dem muss man auch hinterherweinen, glaub mir.«

»Wie nahe bist du ihm denn schon gekommen, dass du das mit Sicherheit sagen kannst«, spottete er, und ich biss mir auf die Unterlippe.

»Nicht so nahe«, log ich und senkte den Blick. Denn das war ich. Zumindest nahe genug, um mein Statement untermauern zu können. Wir waren gemeinsam zu einer Verleihung eingeladen gewesen, und nur wenige Zentimeter hatten mich von dem Idol meiner Jugend getrennt. Und dann hatte er mich im Vorbeigehen versehentlich angerempelt und mir das bezauberndste Lächeln geschenkt, das ich je gesehen hatte. Dieser Mann hatte einfach Charisma. Aber er war ein Weltstar und damit auch unerreichbar.

Der Gedanke an Tristan und unser Leben als Stars blitzte auf, und das schlechte Gewissen legte sich wie zäher Schleim über meine Eingeweide. Weil ich wusste, dass ich Tristan ein klärendes Gespräch schuldete. Und weil ich Hunter belog und nichts davon mit ihm teilte. Aber natürlich hielt ich die Klappe, feige, wie ich war, und klammerte mich an den Rest Schokolade, die mittlerweile kalt geworden war.

»Und du bist doch bestimmt immer noch J.Lo-Fan?«, spöttelte ich.

»Sie hat den Hüftschwung erfunden, das ist sexy.« Er breitete die Arme aus und bewegte seinen Oberkörper in Wellen. Ich prustete los.

»Na, das kann ich auch«, brachte ich kichernd hervor.

»Das will ich sehen«, forderte er und ließ seine Augenbrauen wackeln.

»Vergiss es. So einen Anblick muss man sich verdienen.«

Ich begriff zu spät, was ich da von mir gegeben hatte, und wollte in Grund und Boden versinken, als Hunter mir einen Blick zuwarf, der alles bedeuten konnte. Von *Wer hat dich so gesehen?* bis *Sag mir wann und wo und ich werde da sein.* Die Hitze schoss mir in die Wangen, und ich senkte den Kopf. Vielleicht konnten meine Haare das Schlimmste verdecken.

»Also meinst du, ich sollte mich mal mit Queen befassen?«, murmelte ich, um von meiner Unfähigkeit, mit Worten umzugehen, abzulenken.

»Dafür ist es nie zu spät. Wenn du willst, kann ich dir meine Plattensammlung zeigen.« Natürlich musste er darauf rumreiten. Aber das war besser, als verschämt auseinanderzugehen.

»Was ist nur aus der guten alten Briefmarkensammlung geworden?«, fing ich die Stichelei ab.

»Die hätte ich bestimmt auch noch irgendwo. Drüben im Haus.«

»Wohnst du da jetzt?«, fragte ich. Ich konnte mich nur vage an das Haus erinnern, in dem Hunter und Megan aufgewachsen waren. Wir waren die meiste Zeit draußen oder im Hotel gewesen, nur selten war ich in ihrem Wohnhaus zu Gast gewesen. Ich konnte mich gar nicht erinnern, ob das einen bestimmten Grund gehabt hatte. Aber ich wusste, dass es im Hotel immer aufregend und lustig gewesen war.

»Nein, ich habe hier ein Zimmer«, sagte er, und irgendwas in seiner Stimme ließ mich aufhorchen.

»Warum?«

»Weil … Ich bin noch nicht so weit«, gab er mit rauer Stimme zu. Es war ihm nicht leicht gefallen, das war klar. Und ich war kurz versucht, nach seiner Hand zu greifen, um ihm etwas Trost zu spenden. Er hatte seine Mutter verloren, dieser Schmerz würde nie vergehen.

»Ja, dann …« Ich schob den leeren Becher von mir in die Mitte des Tisches und erhob mich. »Danke für die Schokolade.«

Hunter blieb sitzen. »Gern geschehen. Bist du jetzt müde?«

Ohne nachzudenken verneinte ich. »Aber das kommt sicher

bald. Vielleicht nehme ich mir noch ein gutes Buch mit hoch? Das hier war tatsächlich nicht übel«, lobte ich seine Empfehlung.

Hunter reagierte nicht darauf, sondern schien zu überlegen. »Lust auf einen Spaziergang?«

»Jetzt?« Ich sah auf die große Uhr, die in der Küche hing. Es war halb eins in der Nacht.

»Warum nicht? Es ist trocken und die Luft ist klar.«

Mit den Klamotten würde ich keine zwei Minuten überleben. »Ich muss mich umziehen.«

»Ich kann warten.«

Jetzt waren alle Ausreden verbraucht. Das fette Grinsen, das sich auf meinem Gesicht breitmachen wollte, hielt ich zurück. Es war schwer, aber klappte. »Okay. Dann komme ich gleich wieder?«

Ich hatte keine Ahnung, warum ich meine Antworten als Fragen verpackte, aber Hunter verstand mich auch so.

»Okay.« Regungslos blieb er sitzen, während ich mich unschlüssig zur Tür bewegte. Das Buch hatte ich jetzt vergessen, aber das war im Moment nicht wichtig. Wichtig war es, im Geiste schon in meinem Zimmer nach den warmen Klamotten zu suchen. Ich war so ein Chaot, Ordnung halten war noch nie meine Stärke gewesen. Ich hoffte nur, dass sie nicht noch nass auf dem Fußboden lagen.

Als ich die Tür im Rücken hatte, zeichnete sich ein Schmunzeln auf Hunters Miene ab.

»Bis gleich«, krächzte ich und schlüpfte aus der Tür. Dann rannte ich so schnell ich konnte die Treppen hoch und verschwand in meinem Zimmer. Ich hatte Glück – die Softshellhose hing über dem Stuhl, und ein frischer dicker Pulli lag auch noch im Schrank. Hastig schlüpfte ich hinein und wunderte mich dabei über mich selbst.

Noch vor nicht mal zwölf Stunden hatte ich Hunter fast abgeschrieben. Jetzt machte ich gleich einen nächtlichen Spaziergang im Schnee mit ihm. Ein Romantiker könnte Böses dabei denken. Gut, dass ich nicht mal ansatzweise romantisch war. Deswegen holte mich die Frage ein, was Hunter damit bezweckte. Irgendwie war mir klar, dass wir nicht nur um des Spaziergangs willen spazieren gehen würden, sondern weil wir uns noch nicht voneinander trennen wollten, aber raus mussten aus dieser Enge, Luft zwischen uns schaffen mussten. Aber vor allem, weil noch so viel Unausgesprochenes zwischen uns stand. Vielleicht würde die frische Luft helfen, unsere Gedanken zu sortieren und Klarheit zwischen uns zu schaffen. Ich hoffte nur, dass mein Herz so viel Nähe aushielt. Es schlug wie verrückt.

Als ich mich vermummt hatte wie ein Eskimo, rannte ich die Treppen nicht ganz so schnell wieder runter, wie ich sie raufgelaufen war. Hunter hatte in der Zeit schon die Küche verlassen und wartete vor dem Ausgang auf mich.

»Bereit für die Nachtwanderung?« Er öffnete die Tür und hielt sie mir auf. Als ich an ihm vorbei nach draußen trat, zog mir wieder der Geruch seines Aftershaves in die Nase. Gott, ich liebte es.

Wir spazierten nebeneinander her den Weg vom Hotel in Richtung Stadt entlang. Der Himmel war klar, die Sterne funkelten und der Mond spendete genügend Licht. Beide liefen wir mit den Händen in den Jackentaschen, krampfhaft darauf bedacht, den anderen nicht zu berühren. Es war verrückt. Und qualvoll, ihn so nah neben mir zu wissen und nicht anfassen zu dürfen.

Der Weg brachte uns über den kleinen Bach und anstatt über den Hügel zu gehen, der zu meinem Haus führte, bogen wir links ab und stapften weiter auf dem schmalen Weg zwischen den Feldern hindurch. Der Mond über dem hellen

Schnee leuchtete uns den Weg, während wir eine große Runde um das Hotel zogen.

»Weißt du, was ich mich die ganze Zeit frage, Ivy?« Wir waren bereits ein ganzes Stück gelaufen, und die eisige Luft hatte meinen verwirrten Kopf etwas klarer gemacht. Von sortierten Gedanken war ich allerdings noch meilenweit entfernt. Als seine Stimme die Stille zerschnitt, zerschnitt sie auch die Blockade in mir.

»Warum ich für immer gegangen bin?«, wagte ich eine Vermutung. Diese Frage stand zwischen uns, seit ich zurück war. Nein, seit ich gegangen war.

Überrascht ruckte sein Kopf zu mir herum. »Das auch, aber das meinte ich jetzt nicht.«

»Oh, okay …«

»Willst du es mir erzählen?«

»Es ist kein großes Geheimnis«, wiegelte ich ab und wir beiden wussten, dass ich log.

»Versuch nicht, keine große Sache daraus zu machen«, erwiderte er schroff, und ich zuckte zusammen unter der Härte seiner Stimme. »Denn das ist es. Eine verdammt große sogar. Alle meine Gedanken drehen sich doch nur darum, seit du wieder hier bist.« Meine auch, aber das wusste er nicht.

Unsere Schritte knirschten im Schnee. So sehr ich das Geräusch normalerweise liebte, so wenig konnte ich mich jetzt daran erfreuen. Es fühlte sich falsch an, so etwas Schönes, Unschuldiges mit dieser Schwermut in Verbindung zu bringen. »Es war nicht mein Plan zu gehen und niemals wieder zu kommen. Aber ich konnte nichts machen, meine Mutter hatte sich entschieden. Punkt.« Die Dinge beim Namen zu nennen brachte ich nicht fertig, und wie es aussah, merkte er mir an, dass ich nicht darüber reden wollte. Er hakte nicht noch einmal nach, sondern ließ es darauf beruhen. Zumindest vorerst.

Ich kannte Hunter. Er wartete auf den richtigen Zeitpunkt. Und er würde ihn finden.

Der Feldweg endete, und wir mussten durch ein enges Tor, das ihn von der nächsten Wiese absperrte. Beide streckten wir gleichzeitig unsere Finger danach aus, und trotz aller Vorsicht berührte mein Finger dabei den seinen. Einen winzigen Moment lang vereinten sich unsere Universen zu einem, und es fühlte sich an, als geriet dabei mein eigener Planet völlig aus der Bahn. Ich trudelte, spürte die Hitze wie aus einem Vulkan hochschießen und blickte gleichzeitig in den Abgrund, an dem ich stand. Nur ein Schritt und ich würde fallen. Tief fallen. Hunters Blick fixierte mich, sein Mund bewegte sich, als würde er sprechen. Aber ich hörte ihn nicht, das Rauschen in meinen Ohren war orkanartig angeschwollen.

»Erde an Ivy?« Wie von weiter Ferne drangen die Worte durch den Sturm. Hunters Hand griff meinen Arm, und ich wusste in diesem Moment, dass ich sicher war. Nichts konnte mich umhauen oder mit sich fortreißen. Hunter war da und hielt mich. Wie er es immer getan hatte. »Alles okay?«

Ich nickte. Aber der Drang, mir Freiraum zu verschaffen, wurde fast übermächtig. Also trat ich einen Schritt zurück, Hunters Hand ließ meinen Arm los, und er zog das Tor auf. Alles, ohne mich aus den Augen zu lassen. Auf der anderen Seite hielt er mich zurück.

»Ivy … Rede mit mir.« Sein Blick bohrte sich in meinen und forderte Antworten. Antworten, die ich ihm nicht geben konnte. Aber ich konnte wenigstens meinen Gefühlen freien Lauf lassen. Denn viel länger würde ich sie nicht zurückhalten können.

»Ich hätte nicht zurückkommen sollen«, begann ich. »Dann wären keine schlafenden Hunde geweckt worden.«

»Manchmal muss man aufgeweckt werden, um weiterzumachen.«

»Aber ist es das wert? Du hast selbst gesagt, wir machen uns was vor«, erinnerte ich ihn an seine Worte, die nicht mal zwölf Stunden alt waren.

»Weil wir nicht ehrlich zueinander sind.«

»Nicht ehrlich? Du willst, dass ich ehrlich zu dir bin?« Ich zitterte. Verfluchte Scheiße, ich stand an dieser Klippe, und die Vernunft, die uns eben noch vom Rand weggezogen hatte, stieß mich jetzt direkt darauf zu. Nur noch auf Zehenspitzen stand ich da, schwankte und wusste – wenn ich fiel, dann würde ich ihn mitreißen. Aber vielleicht war es an der Zeit. Vielleicht mussten wir fallen, um dann hart aufzuschlagen, in der Realität, und zu begreifen, dass wir die Vergangenheit nicht wiederholen konnten. Vielleicht wäre dann wenigstens wieder ein normaler Umgang miteinander möglich. Ich sah ihm fest in die Augen. »Ich habe dich geliebt, Hunter«, stieß ich verzweifelt hervor. »Ist das ehrlich genug für dich?«

»Dein Ernst?« An seiner Miene konnte ich nicht ablesen, ob er mir entgegenkommen oder mich im Regen stehen lassen würde. Aber so war Hunter. Er wusste, dass ich meine eigene Entscheidung treffen musste, und würde mich niemals beeinflussen. Aber das brauchte er auch nicht. Selbst wenn er mich jetzt und hier stehen lassen würde – es war mein Ernst. Wie konnte ich das noch leugnen? Bei all den Gedanken, die nur um ihn kreisten, all dem Herzklopfen, das er mir bescherte, seit wir uns wieder begegnet waren. Wir waren wie zwei Planeten, die einander umkreisten, ohneeinander nicht existieren konnten. Es gab kein Licht ohne Dunkel und kein Dunkel ohne Licht. Wir waren wie Yin und Yang, wie Sommer und Winter, Sonne und Regen. Wie heiße Schokolade mit Sahne. Wir gehörten zusammen. Wie konnte ich mich nicht nach ihm sehnen?

Ich setzte meinen Fuß einen Schritt weiter vor, zog den anderen hinterher. Als unsere Jacken sich berührten, suchten meine Finger seine, und als sie einander gefunden hatten und so zaghaft festhielten, als wäre es das erste Mal, da ließ ich meine Mauer fallen und zeigte Hunter, was ich all die Jahre tief in mir verborgen getragen hatte: die Liebe zu ihm.

Hunters Augen weiteten sich fast unmerklich, während sich meine Tränen sammeln wollten. Aber ich wollte stark sein. Diesen Moment wollte ich klar erleben, nicht verschwommen. Ich schluckte, blinzelte und sah ihm fest in die Augen. »Ich habe dich vermisst.«

Hunter zuckte nicht zurück. Seine Finger griffen meine fester, und ich spürte seine Welle der Erleichterung, die ihn durchlief, auch in mir.

Der wenige Abstand zwischen uns verringerte sich noch weiter, und als er seine Stirn gegen meine lehnte, ohne dass unsere Blicke sich voneinander lösten, fühlte ich das Zittern. »Ich habe dich auch vermisst«, raunte er. »Ich habe dich so sehr vermisst …«

Und dann waren seine Lippen auf meinen. Ungestüm und ohne Scheu küsste er mich, entfachte das alte Feuer neu, und in diesem Moment wusste ich, wie sich nach Hause kommen anfühlte. Es war wie damals. Wir kämpften nicht mehr allein – wir waren endlich wieder eins.

11. Hunter

Ivy zu küssen, als sie vierzehn gewesen war, hatte mich schon umgehauen. Aber eine achtundzwanzigjährige Ivy in meinen Armen zu halten, ihre sinnlichen Lippen auf meinen zu spüren, ihren zarten Körper an meinen zu drücken … Es war ganz anders, als ich es in Erinnerung hatte, als ich es mir ausgemalt hatte. Ivy war erwachsen geworden, ihr Körper war erwachsen geworden. Ich konnte nicht leugnen, dass ich nichts dagegen gehabt hätte, Ivy sofort in mein Bett zu bringen. Aber ich wollte nichts kaputtmachen, was jetzt endlich wieder anfing zu wachsen. Nicht umsonst verglich man die Liebe wohl gerne mit einer zarten Pflanze.

»Ist dir kalt?«, fragte ich, als ich ihr Zittern unter meinen Händen spürte.

»Total! Aber das ist mir grade so was von egal …«

Ich grinste, legte meinen Arm um ihre Schultern und dirigierte sie in Richtung Hotel. Wir gingen den Rest der Strecke zügig zurück. Ich war mir sicher, dass es nicht nur an der Kälte lag, sondern dass wir aus anderen Gründen schnell ins Warme wollten.

Ivy so nahe bei mir zu spüren, ihren Körper hier an meiner Seite zu haben, nach all den Jahren, war unbeschreiblich und setzte Gefühle in mir frei, die ich lange verloren geglaubt hatte. In den letzten Jahren hatte ich mehrere Affären gehabt mit Frauen, die mir nicht mal halb so viel bedeutet hatten, wie Ivy es tat. Aber sie hatten mich wenigstens erfolgreich aus dunklen Zeiten rausgeholt, die ich hin und wieder erlebt hatte. Zeiten, in denen ich nur gearbeitet hatte, um nicht allein sein zu müssen. Weil ich es nicht aushielt, allein zu sein. Weil die Sehnsucht mich dann übermannte. Und das waren dann die Nächte, in denen ich schwach geworden war, Facebook und Co. nach dem Namen Ivy Roberts durchsucht und nichts über sie gefunden hatte. In denen ich mir eingestanden hatte, dass sie vielleicht nicht gefunden werden wollte oder mich einfach vergessen hatte. Dass sie vielleicht längst ein glückliches Leben führte, mit einem Mann an ihrer Seite, den sie liebte. Dass ich sie besser vergessen sollte. Das waren die Nächte, in denen der Single Malt in der Nacht und die Kopfschmerztabletten am Morgen meine besten Freunde waren.

Meine Freunde hatten längst aufgegeben, in diesen Zeiten nach mir zu suchen. Weil sie wussten, dass sie mich nicht erreichen würden. Das Einzige, was mir dann half, waren Schnaps und Frauen. Viele Frauen. Ich wollte vergessen. Aber Ivy Roberts hatte ich mir einfach nicht aus dem Gedächtnis vögeln können.

Und jetzt war ich froh darum.

»Das ist fast wie früher«, sagte Ivy, und ein winziges Lächeln stahl sich auf ihr Gesicht. Dann hielt sie an, stellte sich vor mich und legte ihre freie Hand in meinen Nacken. Bereitwillig ließ ich mich zu ihr ziehen, um sie zu küssen. Dieser Kuss war warm, weich und schmeckte eindeutig nach mehr. Es war, als brauchte sie Bestätigung, dass das hier Wirklichkeit war. »Ich fühle mich wie Dornröschen. Durch einen Kuss aus einem langen Schlaf erwacht«, flüsterte sie, als unsere Lippen sich wieder voneinander lösten.

»Wenn ich dein Prinz bin, ist das okay.«

»Du warst immer mein Prinz, Hunter«, antwortete sie. Ihr Lächeln war zaghaft, aber echt, und ihre Lippen auf meinen konnten nicht lügen.

Eine halbe Ewigkeit später setzten wir unseren Weg fort. Kalt war mir überhaupt nicht, mir war heiß. Und als wir nach weiteren zehn Minuten endlich den Parkplatz des Hotels erreichten, dirigierte ich sie zum Hintereingang. Ohne ein weiteres Wort nahm ich sie an die Hand und öffnete die Tür. Bevor ich sie mit mir zog, sah ich mich um, ob die Luft rein war. Erst als die schwere Tür meines Zimmers hinter uns ins Schloss fiel und ich den Schlüssel herumdrehte, war ich mir sicher, dass uns jetzt nichts mehr dazwischenkommen würde.

Mein Herz raste, und als ich mich umdrehte und Ivy ansah, erkannte ich, dass es ihr nicht anders ging.

»Alles okay?«, fragte ich leise, und als sie stumm bejahte, legte ich meine Hände auf ihre Wangen und lehnte meine Stirn an ihre. »Ich kann es noch gar nicht glauben«, flüsterte ich. Meine Stimme klang so fremd in meinen Ohren. Sie hatte nichts von dem Hunter Johnson, der mehr als tausend Mitarbeiter unter sich gehabt hatte, auf der Bühne gestanden und mit fester Stimme große Reden geschwungen hatte. Sie erinnerte mich eher an den kleinen Hunter, der auf der Suche nach Ivy barfuß durch den Wald gerannt und jetzt völlig außer Atem war.

»Geht mir genauso«, raunte Ivy, und ihre braunen Rehaugen sagten dasselbe. Wir ließen die Schuhe an der Tür stehen und schoben uns eng beieinander weiter ins Zimmer. Ihre Finger strichen über meine Arme und legten sich dann auf meine Brust. Fragend sah sie mir in die Augen, während sie den Mantel über ihre Schultern auf den Boden gleiten ließ. »Darf ich dich ausziehen?«

Noch nie hatten solche Worte süßer geklungen. »Du darfst alles«, sagte ich und stand still wie ein Zinnsoldat, als sie den Reißverschluss meiner Jacke runterzog, sie öffnete und mir von den Schultern streifte. Mit einem dumpfen Geräusch fiel sie auf den weichen Teppich. Ivy machte einen Schritt drüber, als sie mich zum Bett schob, ohne den Blick von meinem zu lösen. Kaum spürte ich den Bettpfosten an meinen Kniekehlen, begann sie schon, mir das Hemd aufzuknöpfen und voll unverhohlener Neugier meine Brust freizulegen. Ihre Finger waren warm, und nichts erinnerte mehr daran, dass wir noch vor wenigen Minuten im kalten Wind gestanden hatten. Ich stöhnte leise auf, als ihre Fingerkuppen über meine Brustwarzen strichen, sanft und fast so, als wäre diese Begegnung zufällig gewesen. Ivys Mundwinkel zuckten, und ich ahnte, dass diese Frau vor mir nichts mehr mit dem verschüchterten Mädchen gemein hatte, welchem ich den ersten Kuss gestohlen hatte. Der Druck ihrer Handflächen, die über meine Brust zum Bauchnabel strichen, wurde fester, und kurz vor meinem Hosenbund verharrte sie. Ich keuchte auf, als ihre Fingernägel sanft über die Haut darüber kratzten. Ungläubig sah ich sie an, während sie ihre Hände weiterwandern ließ, über meine Hüften, meinen Hintern und zurück nach vorne. Dann kniete sie sich hin, um die Hose zu öffnen.

Ich packte ihre Hand und hielt sie fest. »Was tust du da?«

»Dich ausziehen«, gab sie zurück.

»Aber doch nicht so schnell.«

»Warum nicht?« Ihre Hände ließen von meiner Hose ab.

Ich strich ihr mit dem Daumen über die Lippen. »Weil ich dich genießen möchte, Ivy. Ich habe Jahre von diesem Moment geträumt, ich will nicht, dass er so schnell vorbeigeht. Wir haben doch alle Zeit der Welt.« Sanft zog ich sie wieder auf die Beine und in meine Arme.

»Ich habe Angst, dass ich dir nicht gefalle«, stieß sie unvermittelt hervor.

Überrascht sog ich die Luft ein und legte meine Hände auf ihre Wangen. »Ivy, wie kannst du so was denken?«

In ihren Augen schimmerte es feucht. »Ich … Weil ich mich so verändert habe.«

»Aber deswegen mag ich dich doch nicht weniger«, stellte ich klar. Wie war das passiert? Wie war aus dem jungen, selbstbewussten Mädchen eine hübsche junge Frau geworden, die so unsicher war, wenn es um sie selbst ging? Mein Blick wurde weicher, und ich zog sie so eng an meine nackte Brust, dass nichts und niemand mehr zwischen uns gepasst hätte. »Du bist wunderschön, Ivy. Und lass dir von niemandem etwas anderes erzählen.«

Stumm schmiegte sie sich an mich, und für ein paar Herzschläge lagen wir einfach nur da und hielten einander.

Ich fühlte mich wirklich wieder wie siebzehn. Nur mit dem Unterschied, dass ich jetzt bereit war, mit ihr zu schlafen. Ivy und ich waren über Knutschen und ein bisschen Fummeln unter dem Pullover nie hinausgekommen. Aber jetzt waren wir beide bereit.

Vorsichtig bedeckte ich ihre Lippen mit meinen, und sie wehrte sich nicht eine Sekunde, sondern kam mir bereitwillig entgegen. Unsere Zungen spielten miteinander, während ich meine Hände über ihren schlanken Körper streichen ließ. Ihre Figur war fraulich, auch wenn sie sehr schlank war. Ihre Pobacken waren knackig und ihre Brüste fest. Ich konnte es kaum erwarten, sie anzusehen. Aber ich wollte, dass sie jede Sekunde genoss, und quälte mich mit der Vorfreude.

Es war für keinen von uns das erste Mal. Aber es war *unser* erstes Mal. Und das sollte so besonders werden, wie ich es mir schon damals immer vorgestellt hatte. Zwar gab es keine Kerzen oder leise Musik im Hintergrund, aber das brauchte es nicht. Wir hatten uns, das genügte.

Unendlich langsam schob ich meine Finger unter ihren Pulli und streichelte über ihren nackten Bauch, erkundete ihren Bauchnabel und fuhr an ihrem Hosenbund entlang, bis sie scharf die Luft einsog.

»Oh, Hunter …« Ihre Stimme zitterte, ihre Augen waren geschlossen und ihre Finger krallten sich in die hellgraue Decke, die frisch gemacht über dem Bett lag.

»Ich möchte dich kennenlernen«, raunte ich nahe an ihrem Ohr, was ich gleich darauf mit kleinen Küssen bedeckte. Ich schob ihren Pulli hoch und setzte meine Küsse dann auf ihr Brustbein, genau über den Steg ihres weißen BHs. Ivy erzitterte unter meinen Küssen und räkelte sich unter meinen Berührungen. Kuss für Kuss setzten meine Lippen ihren Weg zu ihrem Bauch fort und verweilten dort. Faszinierend betrachtete ich ihre zarten Bauchmuskeln, die sich bei Berührung anspannten und sich wieder entspannten, wenn ich mich zurückzog. Immer begleitet von leisem Aufkeuchen.

Zentimeter für Zentimeter arbeitete ich mich wieder nach oben und stoppte meinen Mund erst an ihrem BH, wobei ich meine Finger sanft darübergleiten ließ. Ivy hob den Oberkörper ein wenig an, half mir, die Hände unter sie zu bringen und den Verschluss zu öffnen. Kurz darauf lagen ihre kleinen Brüste entblößt vor mir. Ich sog scharf die Luft ein, dieser Anblick war so wunderschön. Ihre Höfe waren dunkel und die Nippel aufgestellt, Ivy wimmerte, als ich sie berührte. Und sie keuchte auf, als ich sie in den Mund nahm. Ich ließ mir unendlich viel Zeit, sie zu erkunden, küsste zwischendurch immer wieder ihren Mund, wühlte durch ihr langes Haar. Aber irgendwann konnte auch ich es nicht mehr aushalten, öffnete ihre Jeans und ließ meine Hand langsam hineingleiten. Begleitet von ihrem Aufstöhnen schob ich mich in ihren Slip und strich sanft über ihren glatten Hügel. Sie hob ihre Hüften an und drängte sich meiner Hand entgegen. Meine Finger glitten zwischen ihre Spalte und ich fühlte, wie bereit sie war. Ihre kleine Perle war geschwollen und empfindlich, und als ich sie sanft umkreiste, entlockte ihr das einen kleinen Schrei.

»Was tust du …«, stammelte sie und ich zog mich zurück. Sie stöhnte ungehalten, aber ich wollte unser erstes Mal gemeinsam erleben. Also befreite ich sie behutsam aus ihren Klamotten, dann mich so schnell ich konnte aus meinen. Als wir nackt beieinanderlagen, griff ich in die Schublade des Nachttischs und holte ein Kondom heraus, das ich mir hastig überzog. Ivys Blick verfolgte jede meiner Bewegungen, und als ich mich auf sie legte, öffnete sie ihre Schenkel und ließ mich zwischen sie.

Keiner sagte ein Wort. Aber wir sahen einander tief in die Augen, und während ich langsam, Millimeter für Millimeter in sie eindrang, versank ich in ihren dunklen Augen und fühlte mich wieder genauso verliebt wie mit siebzehn.

12. Ivy

Noch nie hatte ich diese Ruhe in mir gespürt, wenn ich bei einem Mann gelegen hatte. Noch nie war ich so voller tiefer Gefühle gewesen oder hatte mich ihm so hingegeben, wie ich es jetzt bei Hunter tat. Und genau das machte den Unterschied.

Als er in mich eindrang, langsam und vorsichtig, so als wäre es mein erstes Mal, da verschmolzen unsere Körper miteinander und wurden eins. Der Schmerz des ersten Mals blieb aus, aber der süße Geschmack der Erregung war nicht weniger schmerzhaft. Hunter bewegte sich so qualvoll langsam, dass ich glaubte, verrückt zu werden. Und ich hatte das Gefühl, als würde ich Sex zum ersten Mal bewusst wahrnehmen. Diesmal tauchte ich nicht ab in einen Nebel, der es mir unmöglich machte, mehr als nur Lust dabei zu empfinden. Ich ließ zu, dass die Emotionen mich überschwemmten und durch den Akt trugen. In mir kochte das Verlangen, aber ich wollte den Höhepunkt so lange wie möglich hinauszögern. Ich wollte nicht, dass es vorbeiging. Es hatte doch gerade erst angefangen.

Also hatte ich nichts dagegen, als Hunter sich unendlich langsam in mir bewegte. Es war die reinste Folter. Aber auch der süßeste Schmerz, den ich je erlebt hatte. Sein praller Schwanz füllte mich aus, und ich spürte ihn fest und bereit in mir. Ich öffnete die Beine weiter, um ihn tiefer in mir aufzunehmen, während meine Finger über Hunters Rücken fuhren und versuchten, irgendwo Halt zu finden, um nicht im Strudel unterzugehen.

»Alles okay?«, fragte Hunter mich, und das leise Flüstern unterstrich die sanfte Stimmung zwischen uns.

»Alles wunderbar«, flüsterte ich zurück. Hunter küsste mich, und je länger der Kuss dauerte und je intensiver er wurde, umso mehr verloren wir uns in unserer Erregung. Immer schneller wurden unsere Bewegungen und als Hunter sich nicht mehr zurückhalten konnte, war auch ich bereit, mich über die Klippe fallen zu lassen. Wir kamen gleichzeitig, und während Hunter sich in mich trieb und mich explodieren ließ, krallte ich mich an ihm fest in der Hoffnung, ihn nie wieder zu verlieren.

Minuten später erst kamen wir wieder zu uns. Ich fühlte mich, als hätte ich eine Runde durch entfernte Galaxien gedreht und wäre gerade erst wieder in dieser Welt gelandet. Es war schon verrückt, wie ein einziger Mensch dein Leben so auf links drehen konnte.

Wir sahen einander an und küssten uns. Hunters Lippen waren so weich.

»Das war …« Ich fand keine Worte für das, was wir gerade erlebt hatten. Verdammt, ich war kein Kind von Traurigkeit, hatte mit sechzehn das erste Mal hinter mich gebracht und seitdem unzählige Affären, kurze Beziehungen oder One-Night-Stands gehabt. Aber mit keinem der Männer war ich auch nur ansatzweise an das herangekommen, was ich jetzt empfand. Selbst Minuten nach dem eigentlichen Akt fühlte ich mich, als würde ich die Jahrhundertwelle reiten. Aber was hatte ich erwartet? Mit Hunter hatte es einfach episch sein müssen. So stand es im Gesetz.

»Ich weiß auch nicht, wie ich das nennen soll«, gestand Hunter und zog sich vorsichtig aus mir heraus. Als er sich auf den Rücken rollte, kuschelte ich mich tief in seinen Arm und legte meinen Kopf in die kleine Kuhle seiner Schulter. Er passte perfekt hinein. Als wäre er nur dafür gemacht.

»Episch«, flüsterte ich und kicherte dann, weil es sich so

scheißromantisch und megakitschig anhörte. Und anfühlte. »Ich komme mir vor, als hätte ich in einem Topf mit Zuckerwatte gebadet. Es ist so klebrig süß, was hier mit uns passiert.« Hunter sagte nichts, drehte den Kopf nur etwas weiter zu mir herum. Ich sah zu ihm hoch und sein Blick brachte mein Herz erneut zum Stolpern und mein Innerstes zum Kochen. »Ich glaube, für mein vierzehnjähriges Ich wäre das eben das perfekte erste Mal gewesen.«

»Und für dein jetziges Ich?«

Ich lächelte. »Auch. Hunter, ich bin glücklich. Das war ich lange nicht mehr.«

Er drehte sich zu mir herum, sodass wir uns ansehen konnten – Gott ja! Ich wollte ihn ansehen. Ich glaubte nicht, dass ich mich jemals an ihm sattsehen würde.

»Glaubst du an Schicksal?«

Ich tat kurz so, als würde ich ernsthaft darüber nachdenken. Dann grinste ich. »Nein. Ich glaube, dass jeder für den Scheiß, den er baut, selbst verantwortlich ist. Es wäre zu einfach, wenn man das mit Schicksal abtun könnte. Und du? Glaubst du an Schicksal?«

Vorsichtig nickte er. »Irgendwie schon. Das ist wahrscheinlich auch der Grund, warum ich so lange überlebt habe.«

»Überlebt? Wie meinst du das?«

»Als du damals einfach weg warst, hat es lange gedauert, bis ich das überhaupt wahrhaben wollte. Ich habe versucht zu verstehen, was passiert war, aber nachdem weder deine Tante mir etwas Genaues sagen konnte, noch meine Briefe Gehör fanden … Als ich auch nach Monaten nie eine Antwort erhalten hatte, musste ich mir eingestehen, dass du entweder nichts mehr von mir wissen wolltest …« Er winkte meinen Einwand ab, den ich bereits auf der Zunge hatte. »… oder aber die Briefe nie erhalten hast. Irgendwann habe ich dann aufgegeben.«

»Es tut mir so leid, Hunter. Hätte ich gewusst, dass …«

»Hätte es etwas geändert?« Sein Blick war so offen, und ich wusste, dass er die Antwort bereits kannte.

Beschämt verneinte ich stumm. Hätte meine Tante die Briefe hinterhergeschickt, hätte meine Mutter sie abgefangen. Es war müßig, sich darüber jetzt noch Gedanken zu machen.

Hunter nickte erneut und wandte den Blick dann zur Decke. »Ja, und dann ist meine Mom gestorben. Kurz vor ihrem Tod hat sie gesagt, sie wäre nicht traurig, dass sie jetzt gehen musste. Sie wusste, dass jeder Mensch eine gewisse Zeit auf Erden hat, und sie hat ihre genutzt. Und sie hatte auch keine Angst, dass wir ohne sie nicht zurechtkommen würden. Denn dann wäre ihre Zeit noch nicht abgelaufen. Und ich habe mir eingeredet, dass auch unsere Zeit einfach abgelaufen war. Und das hat mir geholfen, denn so war ich dankbar für die Zeit, die wir miteinander gehabt haben und habe nicht dem hinterhergetrauert, was wir nicht mehr haben würden.«

Ich lauschte seiner Stimme, und mit jedem Wort verstand ich besser, was er meinte. »So gesehen … ein schöner Gedanke«, sagte ich und suchte in meinem leeren Gedächtnis nach einer Formulierung für den Tod seiner Mutter. Ein banales *Es tut mir leid* – das wurde ihr nicht gerecht.

»Ich habe damals nicht gewusst, dass ihr diesen schrecklichen Verlust erlitten habt«, begann ich leise. »Meine Tante hat bestimmt versucht, es mir mitzuteilen, aber Nachrichten von hier haben mich nie erreicht.« Ich suchte nach seiner Hand und verschränkte meine Finger fest mit seinen. »Es tut mir leid, dass ich damals nicht für dich da war«, schloss ich.

Er sagte nichts, aber ich sah, wie er schluckte. Seine Augen schlossen sich für einen kleinen Moment, dann führte er meine Hand an seine Lippen und küsste sie. »Danke.«

Wir lagen noch eine ganze Weile da. Wortlos und einfach nur mit den Gedanken beim anderen. Aber eines brannte mir noch auf der Seele.

»Wer leitet das Hotel, seit deine Mutter …?« Ich brachte es nicht übers Herz, die Dinge beim Namen zu nennen. Auch, wenn sie schon lange tot war, war es immer noch zu frisch und zu schmerzhaft. Und das würde es vermutlich auch für immer bleiben.

Mein Herz verhärtete sich beim Gedanken an meine Mutter. Wir hatten nie dieses vertraute Verhältnis miteinander gehabt.

»Megan. Sie hat nach dem Tod unserer Mutter die Zügel in die Hand genommen. Aber jetzt hat sie eine Pause gebraucht, und ich hatte grade nichts Besseres zu tun.«

Ich sah zu ihm hoch. »Nichts Besseres? Hattest du keinen Job oder was anderes, dem du verpflichtet warst?«

»Einen Job, ja. Aber davon habe *ich* eine Pause gebraucht.«

Ich spürte, dass er nicht weiter darüber reden wollte, und hakte nicht nach. Wer, wenn nicht ich, konnte verstehen, dass es Bereiche in der Seele gab, die nicht angetastet werden wollten. Also schwiegen wir erneut, und ich konnte nicht verhindern, dass meine Finger sich wieder auf Entdeckungsreise machten, als mein Körper sich wieder bereit dazu fühlte. Das faszinierte und erschreckte mich gleichermaßen. Bisher hatte ich nie das Verlangen gehabt, noch in derselben Nacht gleich zweimal mit einem Mann zu schlafen. Es war eher so, dass ich sie danach nicht schnell genug loswerden konnte. Bei Hunter war das anders. Ich wollte ihn. So sehr.

Ich ließ meine Hände über seinen Bauch gleiten und fühlte ein leichtes Zittern unter meinen Fingern. »Von wegen, du bist nicht gut in Form«, raunte ich, während ich mit den Fingerspitzen die Ansätze seiner Muskeln nachzeichnete.

»Ah, das habe ich nie behauptet. Ich habe nur gesagt, ich müsste wieder mehr Sport machen«, korrigierte er mich mit rauer Stimme und zuckte erneut, als meine Hand in Richtung Lenden wanderte. Ich ließ mir Zeit, den Weg dorthin zu erkunden, und genoss es, wie sehr Hunter unter meinen Händen zu Wachs wurde. Als ich mein Ziel erreicht hatte, hatte sich sein Schwanz schon längst wieder aufgestellt und reckte sich meiner Berührung entgegen wie eine Pflanze der Sonne. Ich genoss den Gedanken, vielleicht genau das für Hunter zu sein.

Ich war noch nie besonders zurückhaltend gewesen, was Sexpraktiken anging. Schon immer hatte ich gerne ausgetestet, was interessant klang, kannte genügend Stellungen aus dem Kamasutra und mochte es gerne zu dominieren. Aber Hunter wollte ich nicht beherrschen. Ich wollte ihn verwöhnen. Ich wollte, dass er sich von nun an nach meinen Berührungen sehnte und keine andere mehr wollte. Und das tat ich auch. Nach allen Regeln, die mir einfielen.

Ich schlug die Decke beiseite und kniete mich neben ihn.

»Was machst du?« Hunter wollte sich ebenfalls aufrichten, aber ich drückte ihn sanft zurück.

»Jetzt will ich dich kennenlernen«, raunte ich und beugte mich über ihn, um ihn zu küssen. Und von seinem Mund fanden meine Lippen den Weg über sein Kinn, seinen Hals, seine Brust, seinen Bauch bis zu seiner Erregung. Gott, ich genoss es, ihm dabei zuzusehen, wie er sich unter mir wand. Es gefiel mir, diese Art der Macht über ihn zu haben, seine Ekstase zu sehen und zu erforschen, was ihm gefiel. Sanft massierte ich seinen Schaft, und als die Lusttropfen seine Spitze verließen, nahm ich sie mit meiner Zunge auf. Dann setzte ich mich auf seine Beine und legte sanft meine Lippen um seinen Schwanz und saugte an ihm. Hunters Hände suchten nach mir, aber ich löste sie, als sie nach meinem Kopf griffen, um mich zu dirigieren. Er krallte sie in die Laken und bäumte sich auf, als ich ihn noch tiefer in den Mund nahm.

»Du … Ah …« Hunters Stöhnen trieb mich an, und als er sich aufbäumte, schmeckte ich bereits die ersten Tropfen.

»Komm her«, krächzte er und zog mich nun von seiner

Mitte nach oben. Ich nahm ihm das Kondom ab, packte es aus und rollte es ihm über. Quälend langsam.

»Du … Biest …«, stöhnte er und zog mich auf sich, kaum dass das Gummi richtig saß. War sein Eindringen beim ersten Mal unendlich langsam gewesen, so rutschte er nun in einem in mich. Ich war nass und bereit und keuchte auf, als er meine Hüften packte und sich in mich hineinpumpte, als wäre ich sein einziger Ausweg aus diesem Dilemma.

Es brauchte auch nicht viel, bis ich selbst so weit war, dass ich nach Erlösung schrie. Wir ritten erneut gemeinsam dem Höhepunkt entgegen, und als er in mir kam, explodierte ich mit ihm.

13. Hunter

Ivy duschte nebenan, und ich schmiss mich in Jogginghose und Sweatshirt, um einen Ausflug in die Küche zu machen. Nachdem ich mich körperlich so verausgabt hatte, brauchte ich dringend etwas zu essen. Es war vier Uhr am Morgen, aber das war meinem Magen egal. Also verließ ich das Zimmer und schlich mich über den leeren Flur in die Küche. Dort inspizierte ich die Kühlschränke. Ich nahm Hühnchen, Brot und Salat heraus und alles, was zu einem guten Sandwich dazugehörte. Dann begann ich, ein paar Snacks für Ivy und mich vorzubereiten. Gerade hatte ich noch Kaffee dazu auf ein Tablett gestellt, da öffnete sich die Küchentür. Ich dachte an Ivy, aber Sandy steckte ihren Kopf herein.

»Senile Bettflucht?«, fragte ich. Seit dem Schneesturm hatte Sandy sich in einem der Zimmer einquartiert, weil sie bei dem Wetter ungerne Auto fuhr. Es waren nur wenige Zimmer belegt, somit war Platz genug und ich brauchte mir keine Sorgen zu machen, ob sie heil den Weg von A nach B schaffte.

Ihre Augenbrauen zuckten nach oben, und ein wissendes Grinsen legte sich auf ihr rundliches Gesicht. »In meinem Alter darf man das. Aber du bist viel zu jung dafür.«

»Sag nichts«, riet ich ihr und legte unbeirrt die Reste zurück in den Kühlschrank.

»Hatte ich nicht vor«, antwortete sie. Mit ihrem iPad fest an ihren üppigen Busen gedrückt, ging sie zum kleinen Tisch in der Ecke, legte es ab, holte sich einen Kaffee und setzte sich dann auf das bequeme Sofa. »Ich konnte nicht mehr schlafen und wollte schon mal die Bestellungen machen.«

»Ja, schon klar«, murmelte ich. Ich hätte meinen Arsch darauf verwettet, dass sie mich gehört oder gesehen und gar nicht anders gekonnt hatte, als nach dem Rechten zu sehen.

»Außerdem kommt Bob nachher«, setzte sie noch hinterher, und als ich den Kühlschrank geschlossen hatte und mich zu ihr herumdrehte, fiel mir als Erstes der verklärte Gesichtsausdruck auf.

»Wie lange war er jetzt weg?« Bob war Trucker und ständig auf Achse. Soweit ich wusste, hatten die beiden sich hier im Hotel kennen- und irgendwann auch lieben gelernt.

»Sechs Wochen«, antwortete sie mit einem unterdrückten Seufzen.

»Möchtest du dann vielleicht heute freimachen?«, bot ich ihr an.

Sie schüttelte den Kopf. »Danke, Hunter, aber das ist nicht nötig. Er ist nur auf der Durchreise. Aber in zwei Wochen hat er Urlaub. Vielleicht kann ich dann auch …«

»Kriegen wir sicher hin«, versprach ich und grinste.

Sandy sah auf das Tablett in meinen Händen. »Guten Appetit.«

Ich warf ihr einen knappen Blick zu und sah noch, wie sie ihre Lippen mit einem frei erfundenen Schlüssel verschloss. Dann nippte sie am Kaffee und richtete den Blick ganz konzentriert auf das iPad.

Ich schnappte mir das Essen und schob mich ohne ein weiteres Wort aus der Küche. Aber mir war klar, dass Sandy Bescheid wusste. Sie hatte es mir an der Nasenspitze angesehen. Oder an der Frisur. Oder an den Badelatschen, die ich sonst nie trug. Wie dem auch sei, Sandy hatte für alles, was im Hotel – oder besser, was in ihrer Familie vor sich ging – einen siebten Sinn. Aber ich wusste, dass sie keine Tratschtante war, unser kleines Geheimnis war bei ihr gut aufgehoben. Vorerst.

Der Einzige, der sich beim nächsten Zusammentreffen etwas davon anhören durfte, würde ich sein.

Ivy hatte gerade das Badezimmer verlassen, als ich zurückkam. Eingewickelt in ein Duschtuch und mit einem Handtuchturban auf dem Kopf stand sie mitten im Zimmer und schenkte mir ein dankbares Lächeln, als sie sah, was ich mitgebracht hatte.

»Ich dachte mir, eine Stärkung wäre nicht schlecht«, sagte ich und stellte alles auf den kleinen Tisch, an dem auch zwei Stühle standen. Ivy setzte sich und griff sich eines der Sandwiches, noch bevor ich das Tablett abgeräumt hatte.

»Sorry. Ich bin total ausgehungert«, entschuldigte sie sich zwischen zwei Bissen und warf mir einen Kuss zu. »Danke, mein Prinz.«

»Jederzeit, Eure Hoheit«, erwiderte ich, deutete eine Verbeugung an und setzte mich dann zu ihr. Wir verspeisten die Sandwiches so genüsslich, als wäre es ein Drei-Gänge-Menü, und dabei brannte in mir immer stärker die Frage nach dem Warum.

»Was hast du die letzten Jahre über getrieben?«

»Ach, dies und das«, wich sie aus, und ich zog fragend die Augenbrauen nach oben. »Na ja, ich hab mich ausprobiert, aber bisher nichts gefunden, was mir so viel Spaß gemacht hätte, dass ich dabei bleiben wollte.«

»Was ist dies und das?«, hakte ich nach und biss in mein Sandwich.

Ihre Schultern zuckten. »Burger braten, Regale packen, Kram verkaufen, so was eben.«

Ich glaubte ihr nicht. Ivy war nicht auf den Kopf gefallen, sie war schon immer schlau gewesen. Warum hätte sie ihr Talent vergeuden sollen?

»Und gibt es jemanden, den du vermisst?«

Ihr Kopf flog hoch. »Ob ich irgendwo einen Freund sitzen

habe, willst du wissen?« Ich merkte im selben Moment, dass ich tief ins Fettnäpfchen getreten war. »Um dann fröhlich hier mit dir rumzuvögeln? Was denkst du von mir?« Sie legte das Sandwich in Zeitlupe zurück auf ihren Teller und starrte mich an.

»Sorry, Ivy. Das war nur eine Frage«, gab ich möglichst gelassen zurück.

»Ja, aber eine, die du dir hättest sparen können. Du kennst mich, Hunter. Traust du mir das wirklich zu?« Ihre Stimme war leise geworden, und ich dachte an damals. Daran, wie schnell sie sich in ihr Schneckenhaus zurückgezogen hatte, wenn sie sich ungerecht behandelt gefühlt hatte. Auch jetzt hatte sie es geschafft, an diesem Tisch so viel Abstand zwischen uns zu bringen, als stünden wir jeder in einer anderen Ecke des Zimmers.

»Nein, das tue ich nicht«, gab ich die einzige Antwort, die ich hätte geben können. Auch wenn ein klitzekleiner Teil von mir das anders sah. »Aber ich weiß nicht, ob ich dich noch kenne, Ivy. Du … hast dich verändert, wir haben uns eine halbe Ewigkeit nicht gesehen und du hältst dich ziemlich bedeckt. Ich bin einfach neugierig. Wie ist es dir ergangen, was hast du gemacht, wer bist du geworden in den letzten Jahren? Ich will dich doch einfach nur neu kennenlernen …«

Ivys versteinerte Miene zerschlug die Hoffnung, dass wir diesen Streit schnell beilegen würden. Normalerweise ging ich keinem Streit aus dem Weg und diskutierte so lange, bis alles geklärt war. Zu meiner Zufriedenheit natürlich. Aber jetzt wollte ich die Zeit mit Ivy besser nutzen, als zu streiten.

»Lass uns nicht streiten. Nicht deswegen. Wir sind keine Teenager mehr.«

Ihr Blick war starr und ich konnte sehen, wie sie mit sich rang. Nur zögernd wurde ihre Miene weicher, und es dauerte noch eine Weile, bis aller Ärger endlich daraus verschwunden war. Doch dann verringerte sie innerhalb einer Sekunde den Abstand zwischen uns, legte ihre Finger auf meine Wange und lächelte. »Du hast recht. Ich habe wohl noch nicht begriffen, dass nicht überall schlechte Absichten dahinterstecken.«

Mein Alarmsystem schlug an und ich wartete, ob sie mehr erzählen würde. Fast hatte ich die Hoffnung aufgegeben, da zog sie sich an ihre Seite des Tisches zurück und redete weiter. »Ich habe die Schule irgendwann sausen lassen und mir verschiedene Jobs gesucht. Als ich alt genug war, auch in einem Restaurant, weil ich von meiner Mutter wegmusste. Aber ich hab mich seitdem alleine durchs Leben geschlagen, ein paar gute und ein paar ziemlich beschissene Erfahrungen gemacht. Und es gibt niemanden, der auf mich wartet.« Nachdem sie diesen Text ohne Pause runtergerattert hatte, stützte sie sich mit den Unterarmen auf dem Tisch ab. »Und jetzt du«, forderte sie.

Ich lachte stumm. Kleine Brocken hinwerfen und dann vom Thema ablenken, das hatte sie schon immer gut gekonnt. Aber ich nahm, was sie mir gab. Irgendwann wäre sie bereit, und dann war ich da.

»Nach meinem Collegeabschluss bin ich in New York geblieben. Meinen Traum von Neuseeland habe ich an den Nagel gehängt, nachdem unsere Mom gestorben ist. Bis vor Kurzem bin ich in New York einem ziemlich gut bezahlten Job nachgegangen, Telekommunikationsbranche. Tja, und jetzt bin ich hier.« Ich lehnte mich im Stuhl zurück und verschränkte die Arme vor der Brust. »Und den Rest kennst du.«

»Warum bist du hierher zurückgekommen?« Ivys Kopf neigte sich etwas, als sie mich fragend ansah.

»Megan braucht eine Auszeit. Und ich auch, wie gesagt.«

»Warum?«

Ich zögerte. »Es war viel Arbeit und …« Ich wusste nicht, ob ich schon bereit war, darüber zu sprechen, aber letztlich wäre das vielleicht ein guter Anfang. »Und dann ist ein guter Freund von mir gestorben. Parker. Wir hatten uns auf dem College kennengelernt. Da mussten wir uns ein Zimmer teilen, und anfangs waren wir wie Hund und Katze. Er war der totale Nerd, ich wollte ständig feiern.« Ich lachte auf bei dem Gedanken an die erste Zeit. »Parker und ich haben zusammen studiert, und so sehr wir uns anfangs nicht leiden konnten, umso besser haben wir uns nach ein paar Monaten verstanden. Am Ende waren wir die besten Freunde. Er hat mir beim Lernen geholfen, ich ihm bei den Mädchen. Wir waren ein Dreamteam.«

Die Erinnerung war so klar und lief wie ein Film vor meinem geistigen Auge ab. Ich sah uns gemeinsam auf dem Boden unseres Zimmers sitzen, inmitten von Büchern und Pizzakartons, und für die Klausuren lernen. Dann wieder schmeckte ich die Drinks, die wir in den Clubs von New York getrunken hatten, und spürte den Bass der Musik in meinem Bauch. Fühlte die Lippen von fremden Frauen auf meinem Mund und roch den Duft von billigem Parfüm.

»Unsere Zeit war wild, wir haben uns ausprobiert und unseren Charakter geformt. Nach unserem Abschluss haben wir zusammen in derselben Firma angefangen und uns im Laufe der nächsten Jahre ganz bis an die Spitze hochgearbeitet. Es waren gute Jahre.« Ich warf Ivy einen kurzen Blick zu. Sie hörte mir zu, hing gebannt an meinen Lippen. »Die Arbeit war alles, was ich brauchte. Es gab hier und da einzelne Affären, aber …« Ich atmete tief durch. »Ich habe dich nie vergessen.« Sie zuckte zusammen, sagte aber nichts. »An der Spitze war es einsam. Ich bin damit klargekommen, aber Parker nicht. Ich habe zu spät verstanden, dass er die Kontrolle über sein Leben verloren hatte. Wir haben oft genug bis mitten in die Nacht gearbeitet, wenig bis gar nicht geschlafen, und ein Privatleben gab es nicht. Wer ganz nach oben wollte, konnte sich keine

Pausen erlauben. Ich war mit meinem eigenen Leben schon am Limit. Um das Pensum zu schaffen, schluckte ich ab und an Adderall, ein Amphetamin zum Aufputschen«, erklärte ich. Ivy nickte. Weil sie verstand oder weil sie es kannte, das wusste ich nicht. Aber diese Tabletten wurden Studentenpillen genannt, also hätte es mich nicht gewundert, wenn sie auch Erfahrungen damit gemacht hatte. »Parker aber hatte die Babydroge schon längst hinter sich gelassen. Er hat Kokain geschnupft. Um runterzukommen, nahm er irgendwelche Downer. Um seinen Depressionen entgegenzuwirken, hat er Antidepressiva geschluckt. Es war ein Teufelskreis, und irgendwann …« Ich verstummte, musste mich einen Moment sammeln. Ivys Lächeln war nicht mehr da, angespannt saß sie mir gegenüber und wartete, dass ich weitersprach. »An Silvester hatte er es übertrieben. Koks gemixt mit Alkohol und anderen Pillen ist keine gute Kombi. Herzinfarkt aufgrund einer Überdosis. Ich habe ihn zwei Tage später in seiner Wohnung tot aufgefunden.«

Ivy war blass geworden. Ich selbst musste kurz innehalten, um mich wieder zu sammeln und das Bild meines toten Freundes vor meinen inneren Augen wieder zu vertreiben.

»Das tut mir sehr leid, Hunter.« Sie flüsterte fast, als hätte ihr die Geschichte die Sprache verschlagen.

»Nach der Beerdigung habe ich versucht weiterzumachen. Ich habe mich noch tiefer in die Arbeit gestürzt und mir eingeredet, dass ich es für Parker tat. Weil er es nicht mehr konnte, habe ich für uns beide gearbeitet, auf das letzte bisschen Freizeit verzichtet, was ich mir gegönnt hatte, und alles außer meinem Job ausgeblendet. Freunde haben sich abgewandt, aber das fiel mir gar nicht auf. Ich hätte ja sowieso keine Zeit für sie gehabt. Ich befand mich in einem Hamsterrad und habe den Absprung nicht geschafft. Aber es fiel mir immer schwerer, so zu tun, als wäre alles in Ordnung. Als hätte das noch irgendwas mit Leben zu tun. Und dann hat Megan mich angerufen …« In Kurzform gab ich wieder, warum genau ich nach Honey Falls zurückgekommen war. »Glaub mir, auch wenn ich fertig und kaputt gewesen bin, hatte ich nicht vorgehabt, für länger hierzubleiben. Ich hatte Megan nur die Flausen austreiben und dann zurück an den Schreibtisch kehren wollen. Aber …« Ich atmete die Anspannung aus, und meine Schultern sackten ein Stück nach vorne. »Erst hier habe ich begriffen, dass wir unser Leben völlig falsch angegangen sind. Nur leben, um zu arbeiten, war der falsche Ansatz. Wir sollten arbeiten, um zu leben«, sinnierte ich. »Und ich glaube, hätte ich so weitergemacht, dann wäre ich der Nächste gewesen.«

»Wegen der Drogen?«, hakte sie nach.

»Nein. Seit Parkers Tod habe ich nicht eine Pille mehr angerührt. Ich habe Drogen schon immer verabscheut, aber seitdem … Ich will nie wieder etwas damit zu tun haben. Deswegen fiel es mir auch zusehend schwerer, Drogenkonsum im Bekanntenkreis zu tolerieren. Ich meine, das war New York. Drogen im Überfluss kriegst du an jeder Straßenecke. Aber ich bin durch damit. Und habe auch keinen Funken Toleranz mehr für Leute, die sich den Scheiß reinpfeifen.« Ich merkte, wie ich mich in Rage redete, und atmete tief durch, um wieder runterzukommen. Parkers Tod war ein heikles Thema, das ich immer noch nicht verwunden hatte. Das würde noch dauern. Aber wenn ich mir eins geschworen hatte, dann war das, niemals wieder mit Drogen oder Junkies in Kontakt zu kommen und auch kein Verständnis mehr für sie zu zeigen. Das nämlich hatte Parker den Tod gebracht. »Ich habe gesehen, wir fürchterlich Abhängigkeit ist. Sie macht alles kaputt, stellt sich über alles: Glück, Freundschaft, Liebe. Ich möchte damit nie wieder etwas zu tun haben. Hätte ich besser auf ihn aufgepasst, würde er heute vielleicht noch leben.«

»Wirst du irgendwann wieder zurückgehen? Nach New

York, meine ich?« Ivy hatte eine Weile geschwiegen, jetzt waren ihre Augen so dunkel, so voller Mitgefühl, dass mir ganz warm wurde.

»Ich weiß es nicht. Es kommt auch ein bisschen auf Megans Pläne an«, schob ich hinterher. »Es ist schließlich ihr Hotel. Aber im Moment fühle ich mich hier wohl, und nichts zieht mich zurück. Ob ich auf die Dauer dem Großstadtrummel entsagen kann, muss sich zeigen.« Aber tief in mir ahnte ich – solange Ivy hier war, würden mich keine zehn Pferde von hier fortkriegen.

14. Ivy

»Guten Morgen, Schönheit.«

Der Morgen dämmerte, und Hunter regte sich verschlafen. Er zog mich in seinen Arm und knabberte dann sanft an meinem Ohrläppchen, während seine Hände sich gefühlt überall gleichzeitig auf meinem Körper befanden. Das war Gänsehaut pur, und innerhalb weniger Sekunden hatte er ein Gummi übergezogen und drang in mich ein. Mit sanften Stößen brachte er mich zum Höhepunkt, bevor er selbst kam. Gott, ich liebte Quickies am Morgen.

Noch vor einem Jahr hatte ich nichts mehr verabscheut, als neben einem Mann aufzuwachen. Jetzt wünschte ich mir, dieses Privileg jeden Morgen genießen zu dürfen.

Nach einer schnellen Dusche sprang Hunter in seinen Anzug und machte sich fertig für den Hotelbetrieb, ich schlich mich auf leisen Sohlen in den ersten Stock in mein Zimmer und legte mich noch mal ins Bett.

Die Nacht war kurz und unruhig gewesen.

Hunters Geschichte hatte es mir unmöglich gemacht, friedlich zu schlafen. Aber noch unmöglicher war es jetzt, mein Innerstes vor ihm nach außen zu kehren. Nachdem er mir gestern seine Qualen gestanden hatte, wusste ich eines ganz sicher: Meine Vergangenheit, meine Drogenkarriere musste tabu bleiben.

In seiner jetzigen Verfassung würde Hunter mich nicht verstehen, sondern verurteilen. Weil er gar nicht anders konnte. Der Schmerz über den Verlust seines Freundes saß viel zu tief, als dass ich eine Chance gehabt hätte, dagegen anzukämpfen.

Nein, es war gut, dass ich bisher nichts gesagt hatte. Und das würde ich auch weiterhin nicht tun. So lange, bis sich zwischen uns ein Vertrauen aufgebaut hatte, das auch keine zwielichtige Vergangenheit mehr zerstören konnte.

Als ich nach Honey Falls zurückgekehrt war, hatte ich den Vorsatz gehabt, das Haus meiner Tante zu renovieren und mir hier die nötige Auszeit zu nehmen. Seit ich Hunter wiedergetroffen hatte, wollte ich für immer hierbleiben. Es war wirklich verrückt – noch nie in meinem Leben hatte ich so ein starkes Gefühl gehabt, dazuzugehören oder willkommen zu sein wie hier bei Hunter. Ja, die Crew vom Set damals war so etwas wie eine Familie gewesen, aber dennoch war ich ein Einzelgänger gewesen unter ihnen. Die Beziehung mit Tristan hatte daran auch nichts geändert. Ihm hatte ich mich auch nie so nahe gefühlt, wie ich mich Hunter nahe fühlte.

Ich wusste, dass ich mich irgendwann alldem stellen musste. Aber jetzt noch nicht. Dafür war ich noch nicht bereit.

Ich stand auf, holte den alten Gitarrenkoffer aus der Ecke, öffnete ihn und nahm das Schmuckstück heraus. Andächtig strich ich über die Saiten. Damals hatte mir das Spielen immer geholfen, wenn ich traurig gewesen war. Später hatte ich meine Ängste dann erst in Alkohol ertränkt und irgendwann auch mit Tabletten betäubt. Ich fand mich in Parkers Geschichte wieder, konnte gut verstehen, wie er in den Teufelskreis gerutscht war und auch, warum er ihm nicht hatte entkommen können. Aber Hunter hatte ein Problem damit. Und ich wollte nicht, dass er auch noch meinen Absturz verurteilte. Um Kritik einzustecken oder mich zu verteidigen – dafür war ich noch nicht gefestigt genug.

Leider hatte das Holz des Musikinstruments durch den jahrelangen Leerstand des Hauses ebenfalls gelitten. Die Bundstäbe am Hals waren scharfkantig geworden, und die Decke hatte sich etwas gewölbt. Das war wohl durch die Temperaturschwankungen im Haus passiert.

Ich stimmte die Saiten der Gitarre und setzte mir den Kauf eines neuen Satzes auf die To-do-Liste. Damals hatte ich Stahlsaiten benutzt, mittlerweile war man auf Nylon umgestiegen, was viel angenehmer zu spielen war. Vielleicht könnte man die Gitarre mit etwas Pflege noch retten. Aber eigentlich hatte das gute Stück auch mehr nostalgischen Wert für mich.

Unsicher stimmte ich einen Song an, den ich schon damals geliebt hatte. *Can't Fight The Moonlight* von LeAnn Rimes aus dem Film *Coyote Ugly.* Das war schon immer einer meiner absoluten Lieblingsfilme, in der die junge Violet es allen Widrigkeiten zum Trotz bis an die Spitze schaffte. In ihrem Fall als Songwriterin. In meinem Fall war es die Schauspielerei geworden.

»Deep in the dark, you'll surrender your heart, but you know, but you know that you can't fight the moonlight.«

Ich sang leise. Und schief. Singen war noch nie meine Stärke gewesen, ich sang in der Regel nur unter der Dusche. Aber es machte mir Spaß und entspannte mich. Als meine Finger sich langsam wieder an die harten Saiten gewöhnten, flogen sie darüber, als hätten sie nie etwas anderes gemacht. Ich klimperte noch weitere Songs auf der alten Gitarre, die gut meinen derzeitigen Zustand widerspiegelten. Ob *Run* von Leona Lewis oder *Ironic* von Alanis Morissette – diese Texte beschrieben mein Leben.

Ich verbrachte die nächste Stunde mit meiner Gitarre auf dem Zimmer und verließ es erst am Vormittag, eingehüllt in warme Kleidung. Ich wollte in den Ort spazieren und sehen, was sich seit damals verändert hatte. Und neue Saiten für die Gitarre kaufen.

Der Weg zur Ortsmitte dauerte unter normalen Umständen vielleicht zehn oder fünfzehn Minuten. Ich brauchte fast vierzig dafür, weil ich am Bach stehen blieb, die Augen schloss und unseren Papierbooten nachsah, die wir als Kinder dort ins Wasser gelassen hatten. Hinter der Brücke war das erste Geschäft die urige Buchhandlung, in der ich als Kind stundenlang auf dem bequemen Sessel von Mrs Anderson gesessen und in Pferdebüchern gelesen hatte. Das Lesen von neuen Büchern war nicht erlaubt gewesen, aber sie hatte immer einen Stapel gebrauchter Lektüre parat gehabt. Ob sie den Laden immer noch führte?

Das Bimmeln der kleinen Glocke über der Tür klang vertraut, und sofort fühlte ich mich um ein gutes Jahrzehnt zurückversetzt. Und zu Hause. Mein Blick fiel als Erstes in die rechte hintere Ecke, und noch immer stand er da: der gemütliche Ohrenbackensessel aus braunem Leder. Der leicht staubige Geruch von Büchern und alten Möbeln streichelte meine Neven, und ich bemerkte, dass die Regale bis heute kein erkennbares Ordnungssystem vorwiesen. Aber Mrs Anderson hatte immer gewusst, wo ein Buch zu finden war. In ihrem Kopf seien alle Titel auf ihren Plätzen, hatte sie immer gesagt. Sie war für mich das Pendant zu Mr Coreander gewesen, dem kuriosen Buchhändler aus der *Unendlichen Geschichte.*

»Oh, ich habe gar nicht gehört, dass jemand gekommen ist. Entschuldigen Sie bitte …« Eine jüngere Ausgabe von Mrs Anderson kam um eines der deckenhohen Regale herum und lächelte mich freundlich an. Sie hatte dieselben hohen Wangenknochen, dieselbe spitze Nase und dieselben blauen Augen. »Kann ich Ihnen vielleicht helfen? Suchen Sie etwas Bestimmtes?«

Ich zögerte, aber nur kurz. »Ich suche *Die unendliche Geschichte.*«

Sie klatschte in die Hände. »Großartig, dass es noch junge Menschen mit Sinn für alte Klassiker gibt. Ich habe noch eine besonders schöne Ausgabe. Ich muss sie nur finden …« Zerstreut sah sie sich in dem Labyrinth von Regalen und Büchern um, doch nach nur einer halben Minute steuerte sie schnurstracks auf eines davon zu und zog ein in Leder gebundenes dickes Buch heraus. »Da haben wir es ja. Die erste Auflage der Übersetzung. Sehen Sie sich nur diese wunderschöne Gestaltung an.« Sie reichte mir das Buch, und ich war schon von ihm gefangen, noch bevor ich den ersten Blick hineingeworfen hatte. Es war genauso gestaltet, wie es in der Geschichte beschrieben war, mit zwei sich in den Schwanz beißenden Schlangen, die ein Oval ergaben, darunter der Titel in verschnörkelter Schrift. In diesem Moment fühlte ich mich wie Bastian. Ich wollte mich nur noch davonschleichen und die Geschichte lesen. Aber natürlich bezahlte ich vorher das Buch.

»Sagen Sie … Mrs Anderson hat mich früher immer bedient. Ist sie …?«

»Meine Mutter, ja. Leider ist sie vor vier Jahren gestorben, aber ich habe es nicht übers Herz gebracht, ihren Lebenstraum zu verkaufen. Also bin ich aus Chicago hierher zurückgekommen. Aber wissen Sie was? Ich fühle mich wohl.« Ein glückliches Lachen legte sich auf ihr Gesicht.

»Das ist schön. Ich habe dieses Geschäft immer geliebt«, sagte ich und erzählte von dem Stapel gebrauchter Bücher und dem Lesesessel.

»Das ist immer noch Tradition«, sagte sie und reichte mir das jetzt in Seidenpapier eingeschlagene Buch. »Nur leider lesen die jungen Leute kaum noch, sondern hängen an ihrem Handy oder streamen Serien.«

Wir tauschten noch ein paar Worte, bevor ich mit dem Buch unter dem Arm glücklich wie ein Teenager den Laden verließ. Aber nicht ohne zu versprechen, bald wiederzukommen.

Nach der Buchhandlung kehrte ich kurz in das Musikgeschäft ein, um einen neuen Satz Gitarrensaiten zu kaufen. Danach besuchte ich die Boutique, verstrickte mich in ein nettes Gespräch mit der Verkäuferin und kaufte mir zwei Rollkragenpullover, eine Jeans, ein hübsches schwarzes Kleid aus dickerem Stoff und passende Stiefel. Ihr Bonus war gesichert. Der Winter war gerade erst hereingebrochen, und mit meinen wenigen warmen Klamotten würde ich nicht durch die nächsten Monate kommen.

Mit einer prall gefüllten Tüte verließ ich das Geschäft und beschloss, mir im Martys noch ein Stück Kuchen und einen Kaffee zu gönnen. Das Diner war zur Hälfte besetzt, und ich suchte mir einen freien Tisch am Fenster. Eine freundliche Bedienung mittleren Alters mit rosigen Wangen und einem herzlichen Lächeln brachte mir die Karte. Ich entschied mich für einen Bratapfelkuchen mit Schlagsahne und einen Kaffee. Während die Kellnerin mit meiner Bestellung verschwand, sah ich mich im Laden um. Die Einrichtung war inzwischen modern, aber der Charme einer Kleinstadt in den Bildern an der Wand und dem Nippes auf den Regalen fest verankert. Kurz darauf standen Kaffee und Kuchen vor mir. Es schmeckte himmlisch, und ich war froh, dass das Martys mit dem neuen Besitzer eine neue Chance bekommen hatte. Ich packte das Buch aus und begann zu lesen, während ich den Kaffee trank. Dabei merkte ich nicht, wie die Zeit rannte, und als ich irgendwann wieder aufblickte, war es bereits dunkel. Ich sah auf die Uhr, die mir gegenüber an der Wand hing, und erschrak. Es war schon fünf Uhr am Abend. Und als wäre mein Aufwachen ein geheimes Zeichen gewesen, klingelte im selben Moment mein Telefon in meiner Handtasche. Hunter.

»Hey, ich habe mich gefragt, ob du mit mir zusammen essen möchtest.« Er hielt sich nicht lange mit Höflichkeiten auf.

»Gerne«, sagte ich und öffnete noch einmal die Karte, die noch auf dem Tisch lag. »Wie wäre es mit einem Tex-Mexx Eintopf? Wahlweise gehen auch Pommes.«

»Du bist im Martys?«

»Woher du das nur wieder weißt …«

»Bestell zweimal Chili. Ich bin gleich da.«

Ich tat, wie mir geheißen, und gleichzeitig mit dem Chili an meinem Tisch traf Hunter im Martys ein. Er hatte sich seines Maßanzugs entledigt und war auf einen grauen Wollpulli und helle Jeans umgestiegen. Und allein mit seiner Anwesenheit veränderte er die Atmosphäre in diesem Lokal. Sie begann zu knistern.

Vielleicht war ich ja auch die Einzige, die dachte, dass der Kerl sie elektrisierte. Verstohlen blickte ich in die Runde, aber niemand außer mir hatte so ein dämliches Grinsen im Gesicht.

Hunter grüßte freundlich in die Runde, wie jemand, der schon sein ganzes Leben hier verbracht hatte. Und mir fiel ein, dass er das bis auf die Jahre in New York ja auch getan hatte. Er schien jeden zu kennen, und jeder kannte ihn. Willkommen in der Kleinstadt. Mich hatte bisher niemand erkannt, und das war auch gut so.

»Ivy …« Er kam zu unserem Tisch, beugte sich zu mir runter, und sein Kuss ließ meinen Körper erzittern. Erst als er sich zurückzog, spürte ich die Kälte, die er von draußen mit hereinbrachte. Sein Mantel flog achtlos über die Stuhllehne, und als er sich setzte, griff er statt nach dem Löffel für das Chili nach meiner Hand.

»Schön, dass du da bist.« Seine Finger waren kalt, und dennoch wärmte ihre Berührung mich.

»Hast du schon angefangen?«

Ich schüttelte den Kopf.

»Du wirst sehen, dass du noch nie besseres Chili gegessen hast.«

Gleichzeitig nahmen wir die Löffel in die Hand, und schon nach wenigen Bissen musste ich ihm recht geben.

Während wir aßen, spürte ich die Blicke einiger Gäste auf

uns. Vorwiegend der Weiblichen. Vermutlich fragten sie sich gerade, wer die fremde Frau war, die Hunter Johnson so ablenkte, dass er sie keines Blickes würdigte. Ob er es vorher getan hatte? Egal. Mit ihm hier zusammen an einem Tisch zu sitzen und die Einzige zu sein, die er beachtete, war für mich etwas ganz Besonderes. Denn seine Aufmerksamkeit gehörte mir, weil ich ihm etwas bedeutete. Nicht, weil ich eine Stufe auf einer Leiter war, die man erklimmen konnte.

»Honey Falls hat nichts von seinem Charme eingebüßt«, befand ich und kratzte den Rest des Chilis aus meiner Schüssel.

»Wenn du das Martys meinst, dann magst du recht haben.«

Ich erzählte ihm von meinem Besuch im Buchladen und dass ich den Nachmittag zwischen zwei Buchdeckeln verbracht hatte. Hunter bestellte uns noch zwei Kaffee und ich beschloss, dass ich den Abend noch nicht enden lassen wollte.

»Gibt es das kleine Kino hier eigentlich noch? Das nur alte Schinken spielt?«

»Und nur Platz für ungefähr fünfzig Leute hat?«

»Mehr wohnen hier ja auch nicht«, gab ich lachend zurück.

»Willst du hingehen?«

»Ist es denn noch so wie früher?«

»Keine Ahnung, ich war noch nicht wieder da.«

Ich zögerte. Es war ewig her, dass ich in einem Kino gewesen war. Und das letzte Mal hatte ich eine Filmpremiere meiner Kollegen besucht. Da der Filmdeal mit Lloyd Film Entertainment aufgrund meiner Eskapaden geplatzt war, musste ich zumindest keine Angst haben, mich selbst auf der Leinwand zu sehen. Und soweit ich wusste, drehte Tristan noch. Und wenn sich nichts geändert hatte, spielten sie ja sowieso nur alte Klassiker, die lange vor meiner Zeit erschienen waren.

»Ja, warum nicht?«, entschied ich mich also. »Was wohl läuft?«

»Das haben wir gleich.« Hunter zückte sein Smartphone

und tippte ein paarmal darauf herum. Wieder fiel mir auf, wie gepflegt seine Hände waren. Dann grinste er. »Heute ist dein Glückstag.«

Fragend beugte ich mich zu ihm rüber, als er mir das Display hinhielt. »*Friedhof der Kuscheltiere?* Ernsthaft? Einer meiner Lieblingsfilme.«

»Ich weiß.«

»Aber so gruselig.«

»Dann hast du allen Grund, dich an mir festzuklammern.« Wieder dieses unwiderstehliche Lächeln, das mir die Hitze ins Gesicht trieb.

»Du willst dir das wirklich antun?«

»Aber hundertprozentig. Lass uns gehen. Der Film beginnt in vierzig Minuten.« Hunter sah sich nach der Bedienung um. Als ich mein Portemonnaie rausholte, winkte er ab, und ich bedankte mich mit einem Kuss auf die Wange. Mehr traute ich mich hier in der Öffentlichkeit nicht. Schließlich wusste ich um Hunters Wirkung auf meinen Körper. Er war sexy und unglaublich anziehend, sodass ich mich ihm einfach nicht entziehen konnte, selbst, wenn ich es gewollt hätte. Er hatte so eine einnehmende Art, dass vermutlich auch niemand anders ihn länger warten lassen würde als nötig. Also war es kein Wunder, dass die Kellnerin schon bei uns stand, als er die Hand noch nicht mal runtergenommen hatte. Verärgert beobachtete ich, wie sie ihn mit ihrem Blick auszog, so, als wäre ich gar nicht dabei. Aber mir imponierte Hunters Reaktion auf ihren Flirtversuch – der schien das nämlich überhaupt nicht zu bemerken. Das ging runter wie Öl, und ich schenkte ihr ein übertrieben breites Lächeln.

Ich schnappte meine Einkäufe, und als wir das Martys verließen, fiel mir die Weihnachtsbeleuchtung unter dem Dachvorsprung auf. Fragend schwankte mein Blick zwischen den Lichterketten und Hunter hin und her.

»Die hängt das ganze Jahr da«, erklärte er mir und legte den Arm um meine Schultern. Die Berührung elektrisierte mich. Hunters Nähe und seine Berührungen waren wie kleine Stromstöße, die meinen Herzschlag anheizten und zum Stolpern brachten. Um Atem ringend umfasste ich seine Hüfte, und Arm in Arm schlenderten wir los.

Die Stadt lag im Winterschlaf. Es war nicht mehr viel los auf den Straßen, obwohl es noch nicht spät war. Hier wurden offensichtlich immer noch die Bürgersteige hochgeklappt, sobald es dunkel wurde. Die wenigen Leute, die uns entgegenkamen, grüßten freundlich. Einige erkannten Hunter, niemand erkannte mich. Was kein Wunder war und mich auch nicht traurig machte. Ich war froh um die Anonymität, mit der ich mich hier frei bewegen konnte.

Die Backsteingebäude standen ziemlich eng nebeneinander, der Ortskern war dicht besiedelt. Sobald es stadtauswärts ging, wurden auch die Abstände zwischen den Gebäuden wieder größer. Überall in den Fenstern brannten noch Lichter der Weihnachtsbeleuchtung oder kleine Lampen, wie sie auch bei meiner Tante im Haus gestanden hatten. Es gab dem Ort etwas Heimeliges.

Unsere Schritte knirschten im Schnee, als wir über den Marktplatz zum kleinen Kino spazierten. Als wir noch Teenies gewesen waren, liefen an verschiedenen Tagen verschiedene Genres von Filmen. Mal Walt-Disney-Filme, mal Horrorstreifen oder Liebesschnulzen. Oder auch die ganz alten Klassiker wie *Casablanca* oder *Frühstück bei Tiffany*, mit denen ich damals noch nichts hatte anfangen können. Mittlerweile hatte ich sie natürlich gesehen und bei *Mach's noch einmal, Sam* Rotz und Wasser geheult. Bei einer Stephen-King-Verfilmung würde mir das nicht passieren.

Wir näherten uns der Kirche, die den Kern der Innenstadt ausmachte. Ein riesiges Backsteingebäude mit Buntglasfenstern, das seinen Glockenturm in die dunkle Nacht reckte. Angestrahlt von hinter schneebedeckten Büschen versteckten Scheinwerfern sah sie in der Dunkelheit wunderschön aus.

Ein Stück hinter der Kirche befand sich das Kino. Ein relativ kleines Gebäude, an dessen weißer Front beleuchtete Schaukästen mit Kinoplakaten hingen, die in der laufenden Woche gezeigt wurden. Von *Avatar* bis Walt Disney war für jeden Tag ein Blockbuster aus den letzten Jahren dabei. Mittendrin das Plakat von *Friedhof der Kuscheltiere*, den ich schon damals gruselig gefunden hatte.

Wir traten durch die Glastür ein, und warme Luft und der Duft nach frischem Popcorn schlugen uns entgegen. Ich knöpfte meinen Mantel auf und zog die Mütze vom Kopf. Dann holte ich ein Haargummi aus der Manteltasche und band mir einen Bun. Ich musste dringend zum Friseur und die Mähne bändigen lassen. Sonst hatten sich regelmäßig Stylisten um meine Haare gekümmert, jetzt musste ich es selbst tun. Bisher hatte ich sie sträflichst vernachlässigt und scheute mich immer noch davor, einen Friseursalon zu betreten. War es nicht so, dass sich dort die Klatschzentrale eines jeden Viertels befand? Ich hatte einfach Schiss, dass man mich erkennen würde.

Dass das noch nicht passiert war, erleichterte mich. Ich konnte auch nicht genau sagen, warum ich mich Hunter nicht anvertraute. Wahrscheinlich hatte ich einfach nur Angst davor, dass er mich dann mit anderen Augen sehen würde. Und außerdem müsste ich ihm dann von meiner ganzen Vergangenheit erzählen. Auch von den Drogen und dem Alkohol. Aber so weit war ich nicht. Noch nicht. Im Moment reichte mein Mut gerade so, um mit ihm ins Kino zu gehen.

»Holen wir uns Popcorn?«, fragte Hunter und zeigte auf den Tresen, hinter dem eine gewaltige Popcornmaschine ihre Arbeit tat.

»Auf jeden Fall!« Wir stellten uns in die Schlange, und ich nutzte die Zeit, um mich umzusehen. Im Inneren hatte sich nicht viel verändert. Der dunkelgraue Fußboden war immer noch derselbe, und trotz der vielen Jahre, die er schon auf dem Buckel hatte, kam er noch ganz ansehnlich daher. Ebenso der rote Teppich, der von der Eingangstür bis zur Kasse und dann weiter zum Tresen auslag, an dem man Getränke und Süßes kaufen konnte. Im Foyer gab es kleine Sitzecken mit Sesseln und Tischen und zwei Stehtische mit Barhockern, an denen man die Zeit bis zum Einlass verbringen konnte. Überall hingen Plakate der Klassiker an den Wänden und Lampen aus ausgedienten Filmrollen. Es war urig und gemütlich.

»Ich mag es, wenn etwas beständig ist«, sagte ich und strich mit den Fingern über das Plakat neben unserem Stehtisch an der Wand. Es war das Plakat zu *Die Vögel* von Alfred Hitchcock, ebenfalls einer meiner Lieblingsfilme. Ich hatte schon immer auf Psycho und Horror gestanden.

»Ich mag dich.« Hunter sah mir in die Augen und ich erschauderte, als seine Hand meine umfasste.

»Ich mag dich auch«, erwiderte ich und fühlte mich dabei wieder wie vierzehn. Obwohl Hunter und ich uns schon so lange kannten und er mir vertrauter war als sonst ein Mensch auf der Welt, war ich verlegen, wenn es um Nähe oder das Aussprechen von Gefühlen ging. Hunter verhielt sich mir gegenüber, als hätte es die Jahre der Trennung nicht gegeben. Als wären wir noch Teenies, die am Anfang ihrer Beziehung standen. Alles war neu und ungewiss und – machte mir Angst. Mir, einer erwachsenen Frau, die schon mit der Crème de la Crème der Show-Welt an einem Tisch gesessen hatte. Oder sogar in einem Bett geschlafen.

Bis zum Einlass saßen wir uns auf den Barhockern gegenüber, hielten Händchen und sahen uns einfach nur an. Ich konnte gar nicht genug bekommen von Hunters Anblick, und so speicherte ich ihn in vielen kleinen Bildern ab, um es später wie einen Film ablaufen zu lassen. Angefangen bei seinen dunklen Haaren, die mittlerweile etwas zu lang waren, weiter über seine Augenbrauen, die er wie kein Zweiter zucken lassen konnte, um sein Gegenüber damit zu verunsichern oder anzumachen. Seine Augen, tief und dunkel wie ein Ozean aus Schokolade, in dem ich versinken und nie wieder daraus auftauchen wollte. Seine Nase war einen klitzekleinen Tick schief, ich wusste, dass er sie sich mit fünfzehn beim Volleyball gebrochen hatte. Und seine Lippen, die sanft und fordernd zugleich küssen und mich damit um den Verstand bringen konnten. All das speicherte ich innerhalb von Sekunden auf meiner inneren Festplatte ab für Momente, an denen Hunter nicht bei mir wäre.

Die Türen zum Kinosaal wurden geöffnet, und mit etwa zwanzig anderen Filmverrückten betraten wir den kleinen Saal. Ich liebte das Flair des Kinos. Alles war klein und gemütlich und detailreich. Die Kinositze waren mit rotem Samt bezogen und durch die durchgesessenen Kuhlen herrlich bequem. Kein Vergleich zu den Sitzen in großen Kinos. Glücklicherweise hatten wir Plätze in der hintersten Reihe, wo uns niemand beobachten konnte. Es gab Bedienung am Platz, man brauchte nur die Klingel zu drücken, die am schmalen Tischchen vor den Sitzen befestigt war, und schon kam jemand, um Wünsche aufzunehmen.

Wir bestellten zwei Cola und lehnten uns dann in die Sitze zurück, um den Film zu genießen. Ich erschrak immer noch bei denselben Stellen. Als der Lkw über die Straße donnerte oder die Katze ins Bild sprang. Und das Geräusch des Skalpells, als es die Achillessehne durchtrennte, hatte ich seit Jahren im Ohr. Es gab allerdings tatsächlich genügend Gruselmomente, in denen ich mich an Hunter festklammerte. Einfach nur, weil er da war und es augenscheinlich genoss, dass ich bei ihm Schutz suchte. Als ich mich an einer Stelle erschrak, nahm er mich in den Arm und küsste mich. So heftig, dass ich innerhalb eines Sekundenbruchteils alle Angst vergaß. Ich schloss die Augen, und während Louis Creed auf der Leinwand um sein Leben kämpfte, kämpfte ich im Kinosessel um meine Beherrschung. Ich unterdrückte ein Stöhnen, als Hunters Zunge meinen Mund erforschte und seine Hände plötzlich unter meinen Pulli wanderten. Wie gerne hätte ich mich gehen lassen und mich ihm hingegeben, aber die Angst, von Paparazzi erwischt zu werden, steckte so tief in mir, dass ich mich unwillkürlich versteifte.

»Alles okay?«, raunte Hunter und stoppte seine Hand.

»Ich glaube, wir sollten gehen.«

Hunter knabberte an meinem Ohrläppchen, dann nickte er. Wir schnappten unsere Sachen und verließen leise den Saal. Im Foyer schlüpften wir in unsere Jacken, zogen die Mützen über die Ohren und schlangen unsere Finger ineinander.

»Ich hoffe, du bereust es nicht?«, raunte Hunter, als wir zur Tür gingen.

»Nicht, wenn es ein Happy End gibt.«

15. Hunter

Kaum waren wir zurück im Hotel und auf meinem Zimmer, schälte ich Ivy aus ihren Kleidern. Hastig befreite ich mich selbst auch von Pulli und Jeans. Allein der Anblick ihres perfekten Körpers hätte mich zum Kommen bringen können. Aber da war noch so viel mehr, das ich entdecken wollte, also riss ich mich zusammen und stellte mein Verlangen erst mal zurück. Aber als sie nackt vor mir stand, war es um mich geschehen. Ich konnte mich nicht mehr zurückhalten, sondern stülpte mir so schnell ich konnte ein Gummi über meinen harten, schmerzenden Schwanz und zog sie ungestüm an mich, um sie zu küssen. Gnadenlos und leidenschaftlich. Ich hob sie hoch, sie schlang ihre langen Beine um meine Hüften und ihre Arme um meinen Hals.

»Bist du bereit?« Ich saugte an ihrem Ohrläppchen, sie stöhnte lauter.

»Für dich bin ich immer bereit.«

Sie küsste mich so leidenschaftlich, dass ich kaum mehr Luft bekam. Ich brachte uns zur Wand, lehnte ihren Rücken dagegen und drang mit einer schnellen Bewegung in sie ein. Sie hatte nicht gelogen: Sie war bereit. Ich verlor mich in der nächsten Ekstase, ritt sie wild und schnell, während ihre Fingernägel sich in meinen Rücken gruben. Aber das war okay. Es war Ivy. Das hatte ich immer gewollt.

Wir verbrachten die Nacht eng umschlungen in meinem Hotelzimmer und gingen erst am frühen Morgen wieder getrennte Wege. Ich saß bereits um fünf Uhr morgens geduscht und angezogen in meinem Büro, eine Tasse dampfenden Kaffee vor mir, und beschäftigte mich nun endlich mit den Unterlagen, die ich die Tage zuvor ignoriert hatte. Um diese Zeit war es noch ruhig im Hotel, einzig in der Küche wurde alles fürs Frühstück vorbereitet. Sandy würde erst in einer Stunde zum Dienst erscheinen, aber vielleicht hatte sie auch ihren freien Tag. Ich hatte den Überblick verloren, weil sie gefühlt rund um die Uhr hier war. Manch alte Gebäude beherbergten Geister – wir eine gute Seele.

Konzentriert arbeitete ich bis sieben Uhr durch, dann klopfte es leise an meine Tür.

»Wer auch immer das ist, ich hoffe, er hat Kaffee dabei«, rief ich.

Die Tür öffnete sich etwas, und eine Kaffeekanne schob sich durch den Spalt. »Habe ich. Darf ich eintreten?«

Ich stutzte. Ich kannte die Stimme, aber …

»Ave?«

Die Kaffeekanne wackelte zustimmend. Ich lachte kurz auf, erhob mich aus meinem Stuhl und ging meinem Besucher Avery Henderson entgegen. Und sofort regte sich mein schlechtes Gewissen, dass ich mich so lange nicht bei ihm gemeldet hatte.

Er betrat das Büro, und ich sah sofort, dass er sich noch vor Kurzem in der prallen Sonne aufgehalten haben musste. Sein Teint war gebräunt, sein halblanges Haar ausgeblichen und sein Lachen herzlich. »Hunter, schön, dich zu sehen.« Er stellte den Kaffee ab und wir begrüßten uns mit einer festen Umarmung.

»Es ist lange her …«

»Seit der Beerdigung. Ja«, sagte er mit seinem breiten texanischen Akzent und schüttelte sich das blonde Haar.

»Ja.« Ave war Parkers älterer Bruder.

»Wenn der Prophet nicht zum Berg kommt, dann kommt der Berg eben zum Propheten. Ich war gerade in der Gegend.

New York und Gilford, hatte ein paar Sachen zu erledigen und dachte, ich sage mal Hallo. Sandy hat mich mit dem Kaffee hergeschickt. Und mit dem hier«, er hielt eine Papiertüte hoch, auf der ein Stempel meiner Lieblingsbäckerei prangte. »Sie sagte, du arbeitest zu viel.«

Ich schmunzelte über Sandys Mütterlichkeit.

»Ich freu mich so, dich zu sehen.« Das tat ich wirklich. Und das, obwohl seine Anwesenheit all die Wunden wieder aufriss. Schlimmer noch, als es das Gespräch mit Ivy hatte tun können.

Wir setzten uns, schenkten uns Kaffee ein und aßen die besten Cinnamon Buns ganz Neuenglands.

»Was genau verschlägt dich hierher?«, wollte ich wissen. Texas lag ja nicht gerade nebenan.

»Ich wollte nach dir sehen.«

Das überraschte mich. »Sei mir nicht böse, aber warum?«

»Parkers Tod jährt sich bald, und ich dachte, wir sollten beide nicht allein sein in diesen Tagen.« Er nippte am Kaffee, bevor er weitersprach. »Ich lade dich ein, zu mir nach Hudson Oaks zu kommen und unsere Familie kennenzulernen. Parkers Familie.« Er und seine Familie lebten in einer ähnlichen Kleinstadt wie Honey Falls, nur lag diese im Nordosten von Texas.

Diese Geste haute mich um und hinterließ einen harten Klumpen in meiner Brust. »Ich … weiß nicht, was ich sagen soll«, stieß ich hervor. Ich war selten sprachlos, aber dass Ave an mich dachte, an Parkers Freund, und daran, dass es vielleicht auch mir schlecht gehen könnte, rührte mich zutiefst. Bisher hatte ich mich immer nur als der gesehen, der Parkers Tod nicht hatte verhindern können.

»Ich weiß natürlich nicht, ob du überhaupt von hier wegkannst, aber ich … wir würden uns freuen.«

»Ich … lass mich drüber nachdenken, okay?«

Ave nickte. »Natürlich.«

»Es ist … Ich schätze deine Einladung sehr, das sollst du

wissen. Ich muss hier nur gerade einiges regeln und …«, wich ich halbherzig aus. Wie konnte ich ihm erklären, dass ich hierher geflohen war, weil mir alles über den Kopf gewachsen war? Ihm musste es viel schlechter gehen, ich hatte kein Recht darauf zu jammern. Aber irgendeinen plausiblen Grund wollte ich ihm liefern. »Meine Schwester ist gerade auf einem Selbstfindungstrip. Eigentlich hatte ich ihr nur aus der Patsche helfen wollen, und dann bin ich hier hängengeblieben.«

»Ich verstehe das. Es ist nicht leicht, in die Fußstapfen eines anderen zu treten«, meinte er und sah mich verständnisvoll an. »Seit Parker nicht mehr da ist, habe ich oft das Gefühl, zwei Lasten zu tragen. Die der Familie und Freunde und meine eigene.«

Ich dachte an unsere Mutter und konnte ihn so gut verstehen.

»Und wie hast du das letzte Jahr rumgekriegt?«, hakte Ave nach und stieß mich darauf, dass ich seit Parkers Tod nicht die Arbeit als Mittelpunkt meines Lebens sehen sollte.

»Außer arbeiten habe ich nichts gemacht. Bis jetzt «, wagte ich zu sagen.

»Bis jetzt?«

»Ja, ich … meine Jugendliebe ist zurück«, entschied ich mich nach kurzem Zögern, ihm die Geschichte zu erzählen. Ave kannte Ivy nicht, Parker war der Einzige, dem ich von ihr erzählt hatte. »Sie will das Haus ihrer verstorbenen Tante renovieren«, erklärte ich.

»Sie will also auch zurückkommen? So wie du?«

Ich zuckte mit den Schultern. Das war einer der vielen Punkte auf meiner Liste, über die ich noch nicht intensiv nachgedacht hatte. »Ich weiß noch gar nicht, ob ich hierbleiben will. Eigentlich leitet das Hotel meine Schwester und ich hatte geplant, mir erst mal nur ein Jahr Auszeit zu nehmen, um zur Ruhe zu kommen«, erklärte ich.

»Du weißt, dass sich nichts ändert, wenn du zurückgehst«, ermahnte Ave mich. »Deine Entspannung wird sich in Luft auflösen, und innerhalb kürzester Zeit wirst du wieder im alten Trott gefangen sein.« Er schüttelte traurig den Kopf. »Mach nicht denselben Fehler wie Parker.«

»Das habe ich nicht vor«, versprach ich und rieb mir über das frisch rasierte Kinn. Der Gedanke, zurück in mein altes Leben zu gehen, verursachte nicht gerade Freudentaumel in mir, weshalb ich mir sicher war, das Versprechen halten zu können. »Ich ordne mein Leben gerade neu, und ein Zurück ist keine Option.« Ich hatte genügend Geld auf der hohen Kante, dass ich in der nächsten Zeit nicht zwingend arbeiten musste. Vielleicht sollte ich es machen wie Megan? Einfach aussteigen und die Welt bereisen? Aber was war mit Ivy? Auch wenn wir uns gerade erst wiedergefunden hatten, wusste ich, dass ich sie nicht mehr verlassen wollte.

16. Ivy

Der Wind hatte die Wolken vertrieben, und nach dem stundenlangen erneuten Schneefall der letzten Nacht konnte die Sonne sich gegen Mittag endlich durchsetzen. Strahlend blauer Himmel begleitete unseren Weg vom Middleton Inn zum Haus meiner Tante, wo wir uns mit Mitch treffen wollten, dem Bauunternehmer und alten Freund von Hunter. Ich erinnerte mich nur vage an ihn. Hunter hatte es geschafft, schnell einen Termin mit ihm zu machen, und ich würde ihm auf ewig dafür dankbar sein. Nach fast einer Woche, die ich untätig herumgesessen hatte, wurde es Zeit, in die Hände zu spucken.

Mitch war groß, stämmig und knurrig. Seinen dicken Bauch versteckte er hinter einer ausgeblichenen Latzhose, seine tätowierten Arme unter einem karierten Flanellhemd. Hinter seinem rauschigen Bart verbarg sich ein ewiges Schmunzeln, und er war mir mit seiner trockenen Art auf Anhieb wieder genauso sympathisch wie damals.

Es dauerte fast eine Stunde, bis wir die Begehung des Hauses abgeschlossen hatten. Mitch sah sich alles ganz genau an, untersuchte die Substanz der Wände und den Schaden am Dach. Zudem maß er die Feuchtigkeit im Haus und notierte sich alles auf einem Klemmbrett, auf dessen Deckblatt der Name Roberts stand. Und er hörte einfach nicht auf, sich Notizen zu machen. Ich wusste nicht, ob das ein gutes oder ein schlechtes Zeichen war.

Am Esstisch, den ich in der Zwischenzeit entstaubt hatte, nahmen wir Platz und ich servierte uns Kaffee aus einer Thermoskanne und Cookies aus der Hotelküche.

»Und? Was denkst du?«, fragte Hunter Mitch. Ich sah ihn ebenso neugierig an und las Bedenken in seiner Miene.

»Ich denke, das Haus hat Potenzial.« Er schenkte mir einen skeptischen Blick. »Es ist eine Menge zu tun. Das Dach muss neu gemacht werden, einige Balken vom Dachstuhl sind durchgegammelt, und es wäre nur eine Frage der Zeit, bis es dir auf den Kopf fällt. Dann braucht das Haus einige neue Wände. Dort, wo die Feuchtigkeit sich ins Holz gefressen hat, ist nichts mehr zu retten. Der Fußboden ist das nächste Problem, aber nicht das größte. Das ist tatsächlich das Dach bei der jetzigen Witterung. Ob es einen weiteren Winter aushält, bezweifle ich, daher wäre ein schneller Austausch ratsam. Dafür brauchen wir aber erst besseres Wetter.« Er seufzte tief. »Ich will ehrlich sein, Ivy … Das alles wird dauern und einiges kosten. Ich weiß nicht, ob du das bereit bist zu zahlen.«

»Also, dann will ich auch ehrlich sein, Mitch.« Ich sah ihm geradewegs in die Augen. »Geld ist nicht das Problem. Meine Tante hat mir neben dem Haus noch einiges hinterlassen«, setzte ich hinterher, als ich Hunters Blick schwer auf mir ruhen fühlte. Ich hatte nicht vor, irgendjemanden über mein Vermögen oder das, was davon noch übrig war, aufzuklären. Niemand sollte sich darüber Gedanken machen. Schon gar nicht Hunter, also wählte ich den plausiblen Weg. »Sie hat wohl geahnt, dass dieses Schätzchen das Geld irgendwann nötig haben würde.«

»Kostengünstiger wäre es, das ‚Schätzchen' dem Erdboden gleich zu machen«, stellte Mitch mir mit einem Schnauben die Alternative in Aussicht.

Energisch schüttelte ich den Kopf. »Auf keinen Fall.« In diesem Haus steckten die einzigen guten Erinnerungen in meinem Leben. Wäre das Haus fort, wäre ich es auch. Zumindest der gute, unschuldige Teil von mir. »Nein. Dieses Haus wird nicht abgerissen.«

»Aber –«

Wieder schüttelte ich den Kopf. Ich stand auf und sah ihn eindringlich an. »Solange es zu retten ist, rette es, Mitch. Nur dafür werde ich dich bezahlen. Und zwar gut bezahlen.«

Mitch sagte nichts, er rieb sich mit seinen Pranken über seinen Bart und hielt meinen Blick eine ganze Weile. Dann stand auch er auf und streckte mir seine Hand hin. »Alles klar, Ivy. Ich verspreche dir, dass wir deinem Schätzchen zu neuem Glanz verhelfen. Du wirst zufrieden sein.«

Ich schlug ein. »Davon bin ich überzeugt.«

Nur wenige Tage später fuhren ein halbes Dutzend Autos auf den Hof von Tante Margrets Haus. Ich wusste nicht, wie Mitch es geschafft hatte, so schnell so viele Leute aufzutreiben, aber für diese Organisation hätte er einige Fleißpunkte verdient. Dankbar sah ich zu, wie der Tross an Arbeitern das Haus stürmte.

Bevor die Handwerker ihre Positionen beziehen konnten, waren die Möbelpacker an der Reihe, um das Haus auszuräumen. Und ich entschied, welche Möbel ich behalten wollte und welche entsorgt werden konnten. Alles, was ich nicht haben wollte, flog mit lautem Krachen in den riesigen Container, der schon in aller Herrgottsfrühe auf dem Grundstück abgeladen worden war. Es gab wirklich nicht viel, an dem mein Herz hing. Da waren aber die Lampen in den Fenstern, die mir gefielen, und das gute Sonntagsgeschirr von Tante Margret, von dem ich schon als kleines Mädchen gegessen hatte. Dazu passend behielt ich das Silberbesteck. Nicht, um es zu benutzen, aber ich fand, jeder Hausbesitzer sollte Silber sein Eigen nennen können. Vielleicht vertrieb es böse Geister. Und natürlich meine alte Gitarre, die ich schon längst gerettet und in Sicherheit gebracht hatte.

Nach und nach wanderten alle Möbel aus dem Haus in den

Container. Zum Lunch hatte ich den Jungs etwas vom Lieferdienst kommen lassen, damit sie sich stärken konnten. Wasser und Kaffee hatte ich in meinem Wagen mitgebracht, und Sandy hatte ich ein paar Donuts aus dem Kreuz geleiert. Aber ich hatte nicht das Gefühl gehabt, dass sie sie mir nicht gerne gegeben hätte. Der Korb war mit ausreichend Proviant bestückt und mit viel Liebe gepackt worden.

Tante Margret hatte immer jedem Besucher oder Arbeiter in ihrem Haus etwas angeboten, und seien es nur ein Kaffee und ein paar Kekse gewesen. Aber von ihr hatte ich gelernt, wie wichtig Menschlichkeit war. Zwar hatte ich das über die letzten Jahre ganz offensichtlich vergessen, aber hier an diesem Ort erinnerte ich mich gerne wieder daran. Noch ein Punkt, den ich auf meiner Bucket-List abhaken konnte. Der nächste Punkt nach der Renovierung des Hauses hieß Yoga. Ich hatte ein paar Stunden in der Reha gehabt, und es hatte mir gut gefallen. Eine Reisematte und hübsche Sportkleidung hatte ich mir bereits besorgt, jetzt musste ich mich nur noch aufraffen, auch den Anweisungen der Lehrvideos auf YouTube zu folgen. Aber bisher war ich nicht dazu gekommen, redete ich mich raus. Hunter war dazwischengekommen, und obwohl er nicht auf meiner Liste gestanden hatte, hatte er nun Priorität.

Um die Mittagszeit herum fuhr Mitch vor und sah nach dem Rechten. Nach einem Telefonat wechselten sich die Packer am Nachmittag mit den Handwerkern ab, die Mitch für dieses Projekt abgestellt hatte, und es folgten die Küchenschränke, die Teppiche, Tapetenabrisse und die Keramik aus den Badezimmern. Am Abend war der Container voll und das Haus komplett entkernt.

Nachdem Mitchs Truppe vom Hof gefahren war, blieb ich allein zurück, stand eine ganze Weile auf der Veranda und sah in den vom Mond erhellten Himmel. Es war kalt und roch nach Schnee. Ich betete, dass Frau Holle ihre Betten genug geschüttelt hatte, denn sonst würde das Dach nicht erneuert werden können. Dafür brauchte es ein paar trockene Tage, hatte Mitch erklärt.

Als es mir zu kalt wurde, ging ich von Raum zu Raum. Es war nichts mehr als die nackten Wände und die Böden übrig. Mitch hatte mir erklärt, dass ab morgen die neuen Innenwände aufgestellt und zeitgleich die Wasserleitungen verlegt werden würden. Ich hatte nicht viele Veränderungen gewollt, aber ich wollte ein größeres Badezimmer im oberen Schlafzimmer und darin ein großes, bodentiefes Fenster, damit ich beim Baden auf den See gucken konnte. Und ich hatte auf eine Wohnküche bestanden, in der sich Kochen und Geselligkeit gut vereinbaren ließen. Irgendwann würde ich vielleicht auch Freunde einladen und Leute um mich haben wollen. In diesem Haus wollte ich die Möglichkeit dazu haben. Mitch hatte mir zugesichert, dass er sich um alles kümmern würde.

Nachdem ich meinen Rundgang beendet hatte, setzte ich mich unten ins Wohnzimmer auf den dreckigen kalten Fußboden und schloss die Augen. Ich fühlte das Haus. Es war jetzt nackt und angreifbar. Genau wie ich. Aber mit ein wenig Geduld und dem richtigen Werkzeug würde es sich sanieren lassen. Wie ich. Und irgendwann wären alle schlechten Erinnerungen ausgelöscht. Die Guten würden bleiben und das Innere zum Strahlen bringen. Ganz genau, wie ich es mir für mich wünschte.

Meine Finger fuhren vorsichtig über den staubigen Fußboden. »Wir kriegen das hin. Zusammen. Versprochen.«

Wenig später fuhr ich den Mietwagen im Schneckentempo über die schneebedeckte, arschglatte Straße zurück zum Hotel. Ich wollte es nicht riskieren, in einer Schneewehe festzuhängen oder sogar ganz von der Fahrbahn abzukommen. Der Wagen gehörte mir nicht, und zum Laufen war es eindeutig zu kalt.

Also hielt ich den Fuß nur minimal auf dem Gas und konzentrierte mich noch mehr.

Meine Playlist spielte *Take me home* von Jess Glynne, und dieser Song hätte nicht passender zu meiner Situation sein können. Ich war noch ziemlich angeschlagen gewesen, als ich zurück nach Honey Falls gekommen war. Ohne Plan, was danach kommen würde. Und dann war Hunter gekommen. Er reichte mir die Hand und war einfach da. Er stellte keine Fragen, und ich war mir sicher, er würde mein Halt sein, egal wie oft ich mir wünschte, die Kontrolle zu verlieren, einfach der Sucht nachzugeben. Aber ich war mir nicht sicher, ob ich auch sein Halt sein konnte. Denn er war stark – aber ich war vielleicht immer noch nicht stark genug.

Je näher ich dem Middleton Inn kam, umso mehr kribbelte es in meinem Bauch. Das lag an der Vorfreude, mich gleich an seine breite Brust schmiegen zu können, aber auch an dem immer stärker werdenden Gefühl, ihn nie mehr hergeben zu wollen. Bei unserer ersten Begegnung war die Glut, die seit meinem Fortgang damals nie wirklich erloschen war, wieder aufgelodert. Und so sehr ich anfangs auch versucht hatte, die Flammen zu löschen, sie mit Vorwürfen und Vorsätzen in Schach zu halten – ich hatte ihnen nichts entgegensetzen können. Hunter steckte mich in Brand. So war es damals gewesen. Und so war es heute. Ich wusste, dass er der Einzige war, den ich jemals geliebt hatte und lieben würde. Und ich hatte ihm immer noch nicht die ganze Wahrheit über mich gesagt. Denn ich hatte Angst. Angst davor, dass er mich dann nicht mehr lieben würde. Weil er dann wusste, was ich für ein schlechter Mensch war. Ich hatte noch nicht genügend Karmapunkte gesammelt, um das aufzuwiegen. Alleine das Chaos, das ich letzten Sommer bei Tristan gestiftet hatte, war es wert, dass ich in der Hölle schmorte. Aber anstatt mich mit Füßen zu treten, hatte Tristan mir die Hand reichen wollen. Doch ich hatte sie weggeschlagen, war danach noch tiefer gefallen und *war* in der Hölle gelandet. Bis heute konnte ich es mir nicht erklären, womit ich es verdient hatte, da wieder herausgelassen zu werden. Vielleicht war es blauäugig zu denken, solange ich Hunter nicht von Skye Ridley erzählte, würde er es auch nirgendwo anders erfahren. Aber ich war einfach noch nicht bereit, über den dunkelsten Schatten meines Lebens zu sprechen. Denn es konnte passieren, dass ich die Folgen nicht aushielt. Und ob ich ein zweites Mal die Kraft hätte, mich aus diesem tiefen Sumpf zu ziehen, bezweifelte ich.

17. Hunter

Am Abend war Ivy erst nach dem Dinner von der Baustelle zurückgekommen. Der Winter hatte uns voll im Griff. Es schneite nicht mehr, die Vorhersage für die nächsten Tage sagten auch keine weiteren Schneemassen an, aber die Straßen waren glatt und ich war froh, sie heil und in einem Stück wieder hier zu haben. Ich hätte sie gerne begleitet, aber konnte mir nicht jeden Tag einfach freinehmen. Ivy war erwachsen und tough, sie brauchte sicher keinen Beistand für solche Dinge. Außerdem hatte sie mit Mitch einen der fähigsten Bauleiter an der Hand, die sie sich hätte wünschen können. Ich war mir sicher, wenn er mit dem Haus fertig war, würde es aussehen wie neu und zu einhundert Prozent ihren Geschmack treffen.

Wir hatten uns nur kurz gesehen. Bevor sie duschen gegangen war, hatte ich ihr Holzspäne aus dem Haar gefischt und mir einen Kuss gestohlen. Jetzt saß sie zusammen mit den Wrights am Tisch und aß Hash-Brown-Auflauf, den Malcom ihr aufgehoben hatte. Malcom hatte ebenso einen Narren an ihr gefressen wie der Rest der Belegschaft. Aber Ivy zu mögen war auch nicht schwer. Sie war zu jedem freundlich und hatte immer ein nettes Wort übrig.

Nach dem Essen spielten sie zu dritt Karten. Ich hatte keine Ahnung von Bridge, das Einzige, worin ich glänzen konnte, war Poker. In New York hatten ein paar Freunde und ich eine Pokerrunde ins Leben gerufen, zu der wir uns einmal im Monat getroffen hatten. Meistens war es nur um Chips gegangen, manchmal aber auch um echte Dollar. Jetzt, wo ich an sie dachte, vermisste ich die Jungs, und ich nahm mir vor, vielleicht auch hier mal wieder unter Leute zu gehen. Ich war hier aufgewachsen, kannte die halbe Stadt, und es waren sicher nicht alle alten Freunde weggezogen, so wie ich.

Der überraschende Besuch von Ave hatte mir gezeigt, wie wichtig Freunde waren, aber seit ich zurück war, war noch keine Zeit gewesen, mich mit dem Reaktivieren von alten Freundschaften zu beschäftigen. Außer zu Mitch hatte ich zu keinem von ihnen Kontakt und sollte endlich damit anfangen. In New York hatte ich außer Arbeit nur wenig gekannt. Freundschaften und Beruf hatten sich miteinander vermischt, Platz daneben hatte nur die Pokerrunde gehabt. Und als Parker gestorben war, war auch der letzte Grund erloschen, sich mal freizunehmen. Aber in Honey Falls tickten die Uhren anders. Hier merkte ich immer stärker, dass ich nicht länger allein sein wollte. Hier war man kein Einzelkämpfer, sondern ein Teamplayer. Das hatte ich über all die Jahre vergessen. Aber Megan, Sandy und das Hotel hatten mich wieder daran erinnert. Und Ivy war der Grund, warum ich nicht mehr allein sein wollte. Nicht auf Dauer.

»Brauchst du mich noch?« Sandy war unbemerkt hinter mich getreten. Ich drehte mich zu ihr herum und runzelte die Stirn.

»Willst du etwa nach Hause fahren? Es ist schweineglatt draußen.«

»Nein, nein«, winkte sie lachend ab. »Auf die Straße kriegen mich keine drei Elefanten. Aber die Wrights haben gefragt, ob ich eine Runde Bridge mitspielen würde, und wenn du mich nicht mehr brauchst …«

Ich grinste. »Nein, geh ruhig und genieße deinen Feierabend.«

»Willst du nicht auch mitspielen?«

»Vergiss es«, wehrte ich lachend ab. Das Letzte, wonach mir jetzt der Sinn stand, war den Abend mit einem langweiligen

Kartenspiel ausklingen zu lassen. Poker und Whiskey, ja, das hätte Stil. Aber Tee und Bridge? Ach bitte!

Schulterzuckend ließ Sandy mich stehen und ging mit schwingenden Hüften in den Aufenthaltsraum. Als sie am Tisch Platz genommen hatte, sah Ivy in meine Richtung. Sie zwinkerte mir zu, und ich zwinkerte zurück. Irgendwie passte sie so gar nicht in die Runde, andersherum war sie das Sahnehäubchen auf dem trockenen Kuchen.

Ich wandte mich ab und verschwand in mein Büro. Es gab immer etwas zu tun. Aber anstatt zu arbeiten, suchte ich in meinen Kontakten nach Aves Adresse und schrieb ihm eine Nachricht. Nachdem ich gründlich darüber nachgedacht hatte, erschien es mir richtig, an Parkers erstem Todestag nicht allein zu sein. Ich hatte Parkers Familie bei seiner Beisetzung kurz kennengelernt. Sie hatten mir zu keiner Zeit das Gefühl gegeben, schuld an Parkers Tod zu sein. Ich sollte die gebotene Hand nicht wegstoßen, sondern dankbar sein und sie annehmen.

Gerade hatte ich die Mail abgeschickt, da klopfte es an meine Tür, und noch bevor ich hereinbitten konnte, steckte Ivy ihren Kopf durch die Tür.

»Störe ich?«

Ich klappte den Laptop zu und lehnte mich im Stuhl zurück. »Du störst nie.«

»Gut zu wissen«, gab sie mit einem verschmitzten Lächeln zurück und ich hörte, wie sie die Tür hinter ihrem Rücken verriegelte. Ich zog die Augenbrauen hoch, überrascht, aber noch mehr in voller Erwartung dessen, was jetzt passieren würde. Und ich brauchte nicht lange auf die Auflösung zu warten, denn im nächsten Moment kniete sie vor mir und öffnete meine Hose.

»Was …?«

»Wonach sieht es denn aus?«

Eine Antwort blieb ich ihr schuldig, denn mit ihren Lippen um meinen Schwanz war ich nicht in der Lage, etwas anderes als stöhnende Laute von mir zu geben. Ich umklammerte die Lehnen des Stuhls fester und bäumte mich auf, als Ivy immer schneller an meinem Schaft rauf und runter fuhr.

»Ich komme gleich«, warnte ich sie.

Kurz hielt sie inne. »Das hoffe ich doch.« Sie saugte immer fester, nahm noch die Hände zu Hilfe, knetete sanft meine Eier, und keine drei Sekunden später kam ich mit voller Wucht. Ich unterdrückte einen Aufschrei und keuchte möglichst geräuscharm in meine Armbeuge, als meine Säfte ungebremst in ihren Mund schossen. Leer und mit rasendem Puls sackte ich in mich zusammen, als sie von mir abließ und nach dem Serviettenstapel von meinem Tisch griff, der dort neben der Bäckertüte vom Morgen lag.

»Wow. Du bist ein kleines, dreckiges Luder, weißt du das? Wo ist das brave, unschuldige Mädchen von damals hin?«, scherzte ich, als ich mich ebenfalls sauber machte.

»Das ist schon lange tot.«

Ich horchte auf, der Ton, in dem sie diese Worte gesagt hatte, gefiel mir nicht. Aber da sie meinem Blick auswich, hakte ich nicht weiter nach. Nachdem ich meine Kleidung wieder geordnet hatte, zog ich sie auf meinen Schoß und küsste sie sanft. »Du bist unglaublich.«

Ein angedeutetes Lächeln huschte über ihr Gesicht. »Du bist nicht weniger unglaublich. Was hast du Mitch dafür versprochen, dass er sich den Arsch für mich aufreißt, obwohl seine Auftragsbücher voll sind?«

Unschuldig hob ich die Hände. »Ich glaube nicht, dass Mitch *meinem* Charme erlegen ist. Das ist wohl eher deinem geschuldet. Ehrlich Ivy, ich habe damit nichts zu tun. Er hat es von sich aus angeboten.«

»Und das soll ich dir glauben?«

»Sollst du. Dein Auftreten hat ihn wohl überzeugt. Mal ehrlich, du warst eine knallharte Geschäftsfrau. Das hätte ich dir so gar nicht zugetraut.«

»Und warum nicht?«

»Wahrscheinlich, weil ich dich immer noch als das süße, unschuldige Mädchen in Erinnerung habe.«

Ivy lachte trocken auf. »Das bin ich schon lange nicht mehr.«

»Das hast du bei deinem Gespräch mit Mitch ja bewiesen«, setzte ich hinterher. »Außerdem haben wir uns alle verändert. Du bist nicht mehr dieselbe, ich bin nicht mehr der, der ich war. Das ist wohl normal und auch gut so. Wir haben uns weiterentwickelt und …« Ich strich über ihren Busen. »Darüber bin ich sehr froh.«

»Hunter, ich …« Ihre Hände fuhren zaghaft über die Knopfleiste meines Hemds, ihr Blick folgte ihnen, anstatt mich anzusehen.

Sachte legte ich ihr zwei Finger unter das Kinn und hob es hoch. Unsere Blicke trafen sich, und ich sah Traurigkeit in ihrem. »Was ist los?«, fragte ich leise.

»Es gibt da ein paar Dinge, die du wissen solltest«, brachte sie mit brüchiger Stimme hervor. Wieder löste sich ihr Blick aus meinem, und es war spürbar, wie schwer ihr diese Worte fielen. Warum?

»Ein paar Dinge …?«, hakte ich nach, und sofort verlor sich ihr Blick erneut irgendwo auf meinem Hemd.

»Ja, ich … Du solltest vielleicht wissen, was ich vor dir …« Wieder stockte sie.

»Vor mir …?«

»Das Mädchen von damals … war eine Weile vom Weg abgekommen. Und das hat Gründe, die ich dir wohl besser erzählen sollte.«

»Warte«, unterbrach ich sie, griff ihre Handgelenke und

hielt sie fest. Erschrocken blinzelte sie, und ich umfasste ihr Gesicht mit beiden Händen. »Du musst mir überhaupt nichts erzählen, Ivy, ganz egal, was vor mir passiert ist – ich muss es nicht wissen. Ich möchte nicht, dass du dich gezwungen fühlst, mir irgendwas zu erzählen, nur weil wir … weil wir …«

»Weil wir?«

»Ich weiß nicht. Zusammen sind vielleicht?«

Ihre Miene war unbeweglich, erst nach ein paar Sekunden regte sich so etwas wie Zustimmung darin. Aber sicher war ich mir nicht. Es war schwer geworden, in ihrem Gesicht zu lesen. Sie war nicht mehr das offene Buch, von dem ich gedacht hatte, in ihm lesen zu können. Aber da hatte ich mir ganz offensichtlich ja auch was vorgemacht. »Wie auch immer, ich meine damit, dass du mir nichts von dem erzählen *musst.* Ganz egal, was es ist, das du gerade im Sinn hattest. Es macht keinen Unterschied. Meine Gefühle für dich sind da, und daran wird sich nichts ändern. Also – wenn du mir unbedingt etwas erzählen möchtest, dann nur, wenn du dich auch wirklich bereit dafür fühlst. Okay?«

Lange sagte sie nichts, sondern sah mich nur an. Aber sie blinzelte. Mehrmals. Es war kein Blickduell wie früher. Nichts, um sich beweisen zu müssen. Dann nickte sie schwach. »Okay«, flüsterte sie.

»Gut. Und jetzt komm her.« Ich zog sie eng an meine Brust und strich ihr über das Haar. Ich ahnte, dass tief in ihr etwas schlummerte, das raus wollte. Aber ich spürte auch, dass sie dafür noch nicht bereit war. Und ich wollte nicht schuld sein, wenn sie sich dem Monster aus ihrer Vergangenheit stellte, für das sie noch nicht gewappnet war. Manche Dinge brauchten einfach mehr Zeit.

Natürlich war ich auf der einen Seite neugierig. Was war es, das ihr auf der Seele brannte? Wie konnte ich ihr helfen? Aber auf der anderen Seite war es besser, sie regelte das in ihrem

Tempo und nicht in meinem. Ich war ja schon dankbar, dass sie es überhaupt in Erwägung zog, sich mir anzuvertrauen. Denn das bedeutete, dass sie mir vertraute. Und Vertrauen war der erste Schritt, den es benötigte, besonders nach so langer Zeit. Alles andere würde sich finden.

18. Ivy

Auch die nächsten Nächte verbrachten wir gemeinsam in Hunters Zimmer. Wir liebten uns jedes Mal, als wäre es das erste Mal, und erst im Morgengrauen schlich ich mich erschöpft und müde wieder in den ersten Stock. So auch an diesem Morgen.

Auf meinem Zimmer schlüpfte ich in die mitgebrachte Sportkleidung und rollte die Matte vor dem Tablet aus. Als ich es geschafft hatte, YouTube darauf zu starten, stellte ich mich hüftbreit auf die Matte und atmete tief ein. Und wieder aus. Ich schloss die Augen und ließ mich darauf ein. So ging es einige Male, und ich merkte schon, wie ich mit jedem Atemzug etwas ruhiger wurde. Die Last der letzten Wochen fiel langsam von meinen Schultern ab, und ich fühlte mich ein wenig leichter. Dann folgte der Sonnengruß. Surya Namaskar, wie er im Yoga genannt wurde. Ich wusste, die ganzen Sanskrit-Namen würde ich mir nie merken können, aber das war auch erst mal nicht wichtig. Wichtig war, dass ich mich darauf einließ und annahm, was mir guttat. Also streckte und beugte ich mich, kam ins Liegen und wieder ins Stehen. Es war ein Kreislauf, der dem Lauf der Sonne folgte. Und nach mehreren Runden spürte ich die Energie, die in mir freigesetzt wurde. Das war gut, denn Energie würde ich brauchen können.

Am Ende der Einheit saß ich mit zusammengelegten Händen vor meiner Brust auf der Matte und neigte meinen Kopf, um mich vor mir selbst zu verbeugen. »Namaste«, flüsterte ich und hielt noch einen Moment inne. Ich spürte unerschütterliche Ruhe und Kraft in mir und betete, dass sie anhielt, um mich durch den Tag zu bringen. Denn der würde lang und anstrengend werden. Ich nahm mir vor, mir von nun an täglich Zeit für diese wundervolle Art des Krafttankens zu nehmen und es als Routine in meinen Tagesablauf einzubauen.

Nach der Yogaeinheit gönnte ich mir eine ausgiebige Dusche, dann zog ich mir die ältesten Klamotten an, die ich besaß, und beschloss, mir im Frühstücksraum einen Kaffee zu holen.

»Guten Morgen, Sunshine«, begrüßte mich ein raues Flüstern direkt hinter mir, als ich gerade den Raum betreten hatte. Hunter legte seine Arme um mich und hauchte mir einen Kuss in den Nacken. »Du warst weg, als ich aufgewacht bin.« Gänsehaut überzog meinen gesamten Körper.

Ich drehte mich zu ihm herum und spürte im nächsten Moment schon seinen Mund auf meinem. Ich wollte mich fallen lassen, die Berührung genießen, aber das fiel mir hier schwerer als in einem abgeschlossenen Zimmer. Die letzten Jahre hatte ich verinnerlicht, mich niemals in der Öffentlichkeit gehen zu lassen. Die Kameras waren überall. Dass ich das die letzten Wochen vor meinem Zusammenbruch allerdings nicht so genau genommen hatte, verdrängte ich. Dass hier kaum jemand hinterm Geschirrwagen mit einer Kamera bewaffnet auf mich warten würde, war in meinem Gehirn noch nicht so angekommen.

»Hey, alles gut?« Hunter fiel sofort auf, wie ich mich in seinem Arm versteifte.

»Ja. Ich … Ist es gut, wenn der Chef knutschend wie ein Teenager im Hotelbetrieb erwischt wird?«, wich ich aus.

Er stahl sich einen letzten Kuss. »Nein, da hast du vermutlich recht.« Dann trat er einen Schritt zurück, und sofort fehlte mir seine Wärme. »So besser?«

Ich schüttelte den Kopf. »Ich hasse es.«

Er grinste, doch bevor wir uns noch ein letztes Mal küssen

konnten, kaperte Sandy den Raum. »Oh, guten Morgen, ihr zwei«, begrüßte sie uns, und natürlich wusste sie ganz genau, was hier gerade passiert war. Ihr wissender Blick strafte ihr unschuldiges Lächeln Lügen. »Ihr seid früh dran. Frühstück? Dauert nur noch einen kleinen Moment.«

Ich nickte stumm und sah zu, wie Sandy nach und nach das Buffet für die Gäste bestückte.

»Hast du morgen schon was vor?«, wollte Hunter wissen.

Morgen war Sonntag. Die Bauarbeiten würden stillstehen. »Warum fragst du?«

»Überraschung. Ich will den Tag mit dir verbringen.«

»Das klingt gut.«

»Finde ich auch.« Er grinste siegessicher. Dann zog er zwei Tassen aus dem Regal und bediente den Kaffeeautomaten. »Fährst du gleich zum Haus?«

»Ja. Ich bin quasi schon auf dem Sprung.«

Während das Mahlwerk seine Arbeit tat, ließ er seinen Blick prüfend über meine fleckige Jeans und das dünne T-Shirt wandern. »Was liegt heute an?«

Ich nahm meinen Kaffee entgegen, und als Sandy den Startschuss gab, lud ich mir eine Portion Eier auf, nahm mir noch Obst dazu und brachte alles zu dem Tisch, an dem ich auch schon gestern gesessen hatte. Hunter kam mit dem Kaffee hinterher und setzte sich zu mir. Unsere Knie berührten sich unter dem Tisch, und sofort strömte dieses besondere Kribbeln durch meinen Körper. Ich liebte es.

»Das neue Dach ist drauf und so weit schon mal dicht. Ich bin froh, dass sie das so schnell geschafft haben.« Die Handwerker waren Hexer und Mitch ihr Meister, anders konnte ich mir nicht begreiflich machen, wie sie so schnell sein konnten. Innerhalb eines Tages hatten ein Dutzend Arbeiter das alte Dach runtergerissen. Am übernächsten Tag waren einzelne Balken des Dachstuhls ausgebessert und am Abend darauf das

Dach mit der Folie dichtgemacht worden. Das Aufbringen der Schindeln war nun nur noch Formsache. »Jetzt können die neuen Wände aufgestellt und die neuen Wasserleitungen verlegt werden.«

»Das klingt gut. Wie lange hat er für die Sanierung veranschlagt?«

»Fünf Wochen. Eine davon ist schon rum.«

»Das ist nicht lange.«

»So lange werde ich dir hier wohl noch auf die Nerven gehen.«

Er griff über den Tisch nach meiner Hand. »Du gehst mir nicht auf die Nerven, das weißt du. Ich habe dich gerne in meiner Nähe.« Sein Blick war ernst, und wäre ich mir seiner Worte bisher noch nicht sicher gewesen, so wäre ich es jetzt. Es gab keinen Zweifel daran, dass er vollkommen ehrlich mit mir war.

»Ich bin auch gerne in deiner«, gab ich zurück. Das war das Ehrlichste, was ich derzeit von mir geben konnte. Nachdem er meinen kläglichen Versuch abgeblockt hatte, ihm wenigstens ansatzweise von meiner zweifelhaften Karriere zu erzählen, war es mir im ersten Moment besser gegangen. Ich war ihm so dankbar, dass er mir die Wahl für den richtigen Zeitpunkt ließ. Und doch konnte diese Dankbarkeit das schlechte Gefühl nicht gänzlich aufwiegeln. Aber ich redete mir ein, dass der richtige Zeitpunkt für ein Gespräch kommen würde. Vielleicht morgen.

Ich verspeiste mein Frühstück, und Hunter verabschiedete sich mit einem kurzen Kuss. »Wir sehen uns heute Abend?«

»Ich freu mich«, gab ich zurück und meinte es wirklich so. Da Sandy mittlerweile über uns Bescheid wusste, brauchte ich mich nicht mehr im Morgengrauen wie ein Einbrecher aus dem Zimmer zu schleichen.

Nach dem Frühstück holte ich mir aus dem Zimmer noch meinen Hoodie und schlüpfte in die dicken Boots. In der Eingangshalle fing Sandy mich ab und drückte mir einen abgedeckten Korb in die Hand. »Kaffee und frisches Gebäck. Mit Handwerkern muss man sich immer gut stellen«, sagte sie und zwinkerte mir zu.

Ich bedankte mich mit einer herzlichen Umarmung und verließ dann das Hotel. Die Straßen waren freigeräumt, und die Landschaft war wunderschön anzusehen. Überall glitzerte der Schnee auf den Feldern, und die kleinen Wälder überall stachen wie Farbkleckse daraus hervor. In weiter Entfernung konnte man den schneebedeckten Mount Washington erkennen, ein Teil der White Mountains und Teilgebirge der Appalachen. Dort herrschten oft schon minus vierzig Grad, wenn hier im Tal die Temperatur noch bei null lag. Ich hatte die Landschaften Neuenglands schon immer geliebt. Sie war vielfältig und geschichtsträchtig, und in der Schule hatte ich eine Menge über die königliche Provinz, die Verwicklung in Kolonialkriege und über das Aussterben der Indianer gelernt.

Zwanzig Minuten später parkte ich den SUV vor dem Haus und Baulärm empfing mich, als ich es betrat. Mehr als ein Dutzend Arbeiter aus verschiedenen Gewerken wuselten in den Räumen herum, schossen Nägel aus Pistolen in Wände, verlegten Holz auf dem Boden und montierten neue Keramik in den Bädern. Aber sie schienen alle zu wissen, was sie taten, also kümmerte ich mich nicht weiter darum und bemühte mich, ihnen nicht im Weg zu sein. Ich stellte den Korb auf das einzige Möbelstück, das es nicht in den Container geschafft hatte – Tante Margrets antiker Esstisch – und räumte ihn aus. Die Jungs würden sich wie immer einfach bedienen, wenn sie Pause machten.

Dann zog ich Maßband und Notizblock aus meiner Tasche, um einzelne Wände auszumessen. Wenn alles nach Plan lief, würde ich in wenigen Wochen hier einziehen können. Also sollte ich langsam nach passenden Möbeln Ausschau halten.

Meine Finger strichen über den neuen Handlauf der Treppe. Mir fiel auf, dass die Stufen der Holztreppe nicht mehr knarrten. Hier hatte sich in so kurzer Zeit so viel getan, dass ich mich unwillkürlich fragte, ob die Handwerker auch mal schliefen. Das schrie förmlich nach einem dicken Bonus für jeden Einzelnen von ihnen.

Ich hatte mir für das Bad im Schlafzimmer zuerst eine altmodische Wanne auf Füßen ausgesucht, aber Mitch hatte mich davon überzeugt, dass eine moderne, geräumige Einbauwanne mit Whirlpool dem Blick auf den See gerechter werden würde. Und als ich den Raum betrat und die Wanne bereits an ihrem Platz stehen sah, wusste ich, dass er damit recht gehabt hatte. Nach meinem Einzug würde ich einen Tag nur in der Wanne verbringen, Schokolade mit Sahne trinken und aus dem Fenster die Elche beobachten. Vielleicht sogar zusammen mit Hunter. Allein bei dem Gedanken an eine Nummer in der Badewanne kribbelte es zwischen meinen Beinen.

Mit Vorfreude maß ich die Wände im Schlafzimmer aus. Ein Tischler kümmerte sich um die neuen Einbauschränke, und ich versuchte mir die fertige Einrichtung vorzustellen. Das Fenster ging ebenfalls nach Osten raus, und ich wollte aus dem Bett morgens den Sonnenaufgang sehen. Als Farbanstrich hinter dem Bett wollte ich ein dunkles Grün wählen. Gepaart mit den dunklen Holzdielen und schicken hellen Möbeln sicher ein hübscher Blickfang. Ich machte mir Notizen und richtete im Geiste auch schon die anderen Zimmer ein. Das Gästezimmer sollte gleichzeitig als Büro dienen. Irgendwann würde ich wieder Geld verdienen müssen. Als Schauspielerin war ich derzeit nicht gefragt, seit letztem Sommer befand sich meine Karriere auf dem absteigenden Ast. Aber das war okay, ich vermisste nichts.

Vielleicht würde ich ein kleines Business aufbauen, irgendwas, das man von zu Hause aus erledigen konnte. Was Regionales vielleicht. Ich war zwar bis auf etwas Musik und meine Schauspielkunst noch nie wahnsinnig kreativ gewesen, aber ich war guter Dinge, dass die Ruhe und der Frieden hier in der Abgeschiedenheit ein paar Ideen für die Zukunft hervorbringen würden. Noch nagte ich nicht am Hungertuch, selbst nach dem Umbau des Hauses würden meine Reserven nicht aufgebraucht sein. Aber ich wollte einfach weiterhin eigenes Geld verdienen.

Die Küche war bereits in Planung. Eine Tischlerei baute schon die Schränke in ihrer Halle, und die Elektrogeräte waren auch schon bestellt. Ich freute mich schon darauf, Hunter und Sandy zum Essen zu mir einzuladen. Vielleicht würde ich vorher unzählige Versuche brauchen, etwas halbwegs Genießbares herzustellen, aber ich wollte es lernen. Als Frau allein in der Wildnis sollte man sich auch verpflegen können.

Meine Liste wurde immer länger, und neben den Maßen der einzelnen Wände notierte ich Farbkombinationen und Einrichtungsideen. Ich würde Mitch fragen, wo ich das alles am besten einkaufen konnte. Ich freute mich, dass es so gut voranging, und darauf, bald die Wände in verschiedenen Farben streichen und dem Haus Leben einhauchen zu können. Der Gedanke, endlich einen Rückzugsort zu haben, an dem mich niemanden stören würde und ich mein eigener Herr war, drohte mich zu überwältigen. In diesem Moment wurde mir bewusst, wie viele Jahre ich kein selbstbestimmtes Leben geführt hatte. Genaugenommen seit dem Autounfall vor vierundzwanzig Jahren. Seit meine Mutter erkannt hatte, wie viel Geld mit Aufmerksamkeit zu verdienen war.

Schlagartig verstummte der Lärm im Haus, und kurz darauf hörte ich das Zurückziehen der Stühle um den Esstisch. Die Arbeiter machten Pause. Als ich die Treppe hinunterstieg und ins Esszimmer bog, saßen sie bereits und vertilgten mit Appetit Sandys Gebäck und tranken den mitgebrachten Kaffee. Und als ich meinen Blick in den Flur schweifen ließ, sah ich einen der Männer aus einem Flachmann trinken. Und sofort beschleunigte sich mein Herzschlag.

»Hey, Lady, auch 'n Schluck?« Der Flachmann hob sich mir entgegen und ich konnte die in mir aufsteigende Panik fühlen. Mein Hals war trocken und ich wusste: Nur ein Schluck, und er würde sich anfühlen wie eine gut geschmierte Kette. Mit viel Willenskraft schaffte ich es aber, den Kopf zu schütteln. »Entweder das Ding verschwindet sofort, oder Sie sind ihren Job los«, drohte ich ihm. Er wurde blass, aber nickte und steckte den Flachmann zurück in die Tasche seiner Arbeitshose.

»Sorry, Miss.«

Ich nickte nur knapp, stürmte dann mit schnellen Schritten aus dem Haus und rannte den Weg zum See runter. Mir war schlecht. An einem Baum blieb ich stehen und würgte. Aber es kam nichts. Ich richtete mich wieder auf und lehnte mich mit dem Rücken an einen anderen Baum und schloss die Augen.

»Verdammt«, flüsterte ich. Es war immer noch so schwer. Das Verlangen war da. In jeder einzelnen Sekunde begleitete es mich und brach sich Bahn, wenn ich es am wenigsten erwartete. Aber das, was mich wirklich nervte, war die Reaktion meines Körpers auf die Sucht. Ich konnte doch nicht jedes Mal so überreagieren, wenn es mir zu viel wurde. Nein, das war nicht gut. Gar nicht gut.

Durch meinen Zusammenbruch im letzten Jahr hatten mein Körper und erst recht meine Seele mir gezeigt, dass ich raus musste aus dem Hamsterrad. Seitdem war ich täglich ein Stück des Weges gegangen, hatte aber bisher immer Therapeuten an meiner Seite gehabt. Ich hatte alles hinter mir lassen und es alleine schaffen wollen. Hatte einen weiteren Gang zu den Anonymen Alkoholikern verweigert, meinen Sponsor nicht mehr angerufen, weil ich fest der Meinung war, ich könne es alleine schaffen. Aber konnte ich das wirklich? Das Verlangen in meinem Körper ließ mich zweifeln. Was, wenn es mich übermannte während Hunter bei mir war? Wie sollte ich ihm das erklären? Konnte ich dann ein weiteres Mal auf sein Verständnis zählen und darauf hoffen, dass er nicht nachfragte? War ich wirklich bereit, ihm von meiner Sucht zu erzählen? Mich zu outen? Als Alkoholikerin? Nein, ich glaubte nicht.

Ich wusste nicht, ob mir seine Nähe wirklich guttat, oder ob ich die Verantwortung für mein Leben damit nur ein weiteres Mal abgab, weil ich mein eigentliches Problem damit nur beiseiteschob. Vielleicht wäre es besser gewesen, erst vollständig zu heilen, bevor ich mich auf etwas Neues einließ.

Die Zweifel waren so plötzlich da, und sie fraßen sich in mein Herz. Doch der Gedanke, Hunter wieder zu verlassen, wollte es mir brechen. Ihn zurückzuweisen und aus seiner Nähe zu fliehen – ihn ein zweites Mal zu verlassen – war unvorstellbar. Aber vielleicht auch das einzig Richtige.

19. Hunter

In der Nacht lagen Ivy und ich eng umschlungen in meinem Bett, und obwohl sich ihr zierlicher Körper dicht an meinen schmiegte, spürte ich den Abstand zwischen uns. Irgendetwas war vorgefallen.

Seit dem Moment, in dem ich ihr quasi verboten hatte, mir Dinge zu erzählen, die sie noch nicht bereit war, mit mir zu teilen, grübelte ich fast ununterbrochen darüber nach, was für Monster aus ihrer Vergangenheit auf sie lauerten. Die Befürchtung, dass ein anderer Mann dahintersteckte, hatte sich in meinem Kopf eingenistet. Und trotz der Zärtlichkeiten, die sie mir entgegenbrachte, wurde ich diesen Gedanken nicht mehr los. Wartete vielleicht irgendwo ein verheirateter Mann auf seine Frau? Vielleicht riefen Kinder weinend nach ihrer Mutter? Oder lagen Monster in Gestalt von Gewalt im Dunkeln? War sie aus demselben Grund auf der Flucht wie meine Schwester? Die Ungewissheit nagte an mir, seit ihrer Ankunft in Honey Falls wollte ich ihre Gründe wissen, und jetzt hatte ich den Moment zerstört, in dem sie sich mir hatte offenbaren wollen. Das hatte ich nur eine Sekunde später auch schon bitter bereut. Also würde ich weitergrübeln müssen, ohne ihr zu zeigen, dass es mich beschäftigte. Niemals sollte sie sich bedrängt fühlen. Schon gar nicht von mir. Das hatte ich ihr versprochen und mir selbst geschworen.

Ein Blick auf die Uhr zeigte mir, dass es zum Aufstehen noch viel zu früh war. Aber ich war wach, und da die wirren Gedanken mich nicht mehr schlafen lassen würden, befreite ich mich vorsichtig aus Ivys Griff und stieg unbemerkt aus dem Bett. Ich schlüpfte in Jogginghose und Sweatshirt, bevor ich auf leisen Sohlen das Zimmer verließ und in die Küche ging. Dort machte ich Licht und griff in den Spirituosenschrank. Mit einem Single Malt ohne Eis setzte ich mich an den kleinen Tisch in der Ecke, an der ich schon als Kind gesessen hatte. Da hatte ich allerdings keinen Schnaps getrunken. Als der Geschmack von Torf und Schottland meine Kehle ausfüllte, schloss ich die Augen und lehnte mich zurück, um wenigstens für diesen Moment das Gedankenkarussell zu unterbrechen.

Es waren mir allerdings nur wenige Minuten Frieden gegönnt, denn die Tür zur Küche öffnete sich und eine verschlafene Sandy warf einen Blick hinein.

»Hunter? Was machst du hier?«

»Trinken.« Ich hob das Glas in ihre Richtung. »Auch einen?«

Sie zögerte nur einen winzigen Moment, ich wusste, dass sie meinem guten Whiskey nicht widerstehen konnte. Also holte ich noch ein Glas aus dem Schrank und goss zwei Finger breit der goldenen Flüssigkeit hinein.

»Was bringt dich dazu, um halb vier am Morgen in der Küche Whiskey zu trinken?«

»Single Malt«, berichtigte ich sie. »Nur etwa zehn Prozent aller Whiskeys sind Single Malts und damit etwas Besonderes. Und man trinkt sie nicht, man genießt sie«, stellte ich klar und verschaffte mir somit noch etwas Aufschub, bevor ich auf ihre eigentliche Frage antwortete. Denn ich wusste – in dieser Situation käme ich nicht drum rum. »Ivy«, nannte ich den Ursprung all meiner wirren Gedanken.

»Als hätte ich es geahnt«, erwiderte Sandy und hob das Glas. »Auf die Liebe.« Ich zögerte nicht. Die Liebe war etwas, auf das man immer trinken konnte.

»Sie hat sich verändert«, sagte ich.

»Sie ist erwachsen geworden.«

»Sie läuft vor etwas weg.«

»So wie du.«

Ich verdrehte die Augen. »Um mich geht es jetzt aber nicht.«

Sandy schüttelte fast unmerklich den Kopf. »Wenn es dich beschäftigt, dann geht es auch um dich.«

»Sei mir nicht böse, aber das Letzte, das ich jetzt brauche, sind irgendwelche Abreißkalender-Sprüche.«

»Willst du drüber reden?«

»*Sie* will nicht drüber reden«, sagte ich und gab in kurzen Worten das Gespräch zwischen Ivy und mir wieder. »Und ich werde sie nicht drängen.«

»Das ist sehr … großmütig von dir. Ich an deiner Stelle wäre wahrscheinlich schon längst vor Neugier geplatzt.«

Genervt stöhnte ich auf. »Ein Grund, warum ich hier sitze und …« Ich zeigte auf die Flasche.

»Weißt du, was ich glaube, Hunter?« Fragend sah ich sie an. »Ich glaube, dass du von jeher viel zu sehr auf das Wohl anderer bedacht warst als auf dein eigenes. Du hast Ivy ziehen lassen, weil du an einen guten Grund für ihre Trennung geglaubt hast. Du hast deinen Träumen abgeschworen, weil du deine Mutter nicht im Stich lassen wolltest. Du hast deine Karriere auf Eis gelegt, weil du Megan nicht im Stich lassen willst. Du hältst bei Ivy deinen Mund, weil du Angst vor der Wahrheit hast. Nenn mich altmodisch, aber ich erkenne da ein Muster. Und wenn du nicht langsam das machst, was *du* willst, sehe ich schwarz für dich. Und für jede Beziehung, die du führst. Weil du nicht ehrlich bist.«

»Ich bin ehrlich«, widersprach ich.

Sandy zuckte nicht mal mit der Wimper. Sie trank den letzten Schluck ihres Whiskeys, stand auf und strich mir über das

Haar, als sie ging. So wie früher, als ich noch ein kleiner Junge gewesen war. Und genau so fühlte ich mich im Moment auch.

Der Morgen graute, als ich unter die Dusche ging. Nach zwei Whiskey hatte ich mich wieder zu Ivy ins Bett gelegt, aber schlafen hatte ich nicht mehr können. So viel ging mir durch den Kopf, allen voran die Sorge um Ivy. Dennoch war es tröstlich, ihren Körper an meinem zu spüren und sie in meiner Nähe zu wissen. Ich wünschte mir nur, dass wir eine unbeschwerte Zeit haben konnten, ohne Missverständnisse, Lügen oder Geheimnisse. Sandy hatte den Nagel auf den Kopf getroffen.

Als ich aus der Dusche kam, sah Ivy mich mit verschlafenem Blick an. Nackt unter der Decke und mit diesem Schlafzimmerblick war es das heißeste, was ich seit langem um diese Uhrzeit gesehen hatte. Ich überlegte nicht lange, sondern löste mein Handtuch, zog ihr die Decke weg und kniete mich zwischen ihre Beine. Verwundert quiekte sie auf, doch als ich ihre Klit leckte und den Finger in sie schob, wandelte sich die Überraschung in Erregung. Sie schloss die Augen, legte ihre Arme über den Kopf und drängte mir ihre heiße Mitte entgegen. Ihre Fersen stemmten sich in die Matratze und ihr Unterleib bäumte sich auf. Ich fingerte sie, leckte an ihrer Klit, saugte und blies sie, bis sie laut stöhnend kam.

»Oh Gott … Huuuuunt…« Der Rest meines Namens ging in einem erstickten Schrei unter. Ich zog meine Finger aus ihr, mir in Windeseile ein Gummi über und drang mit meiner ganzen Härte in sie ein.

»Gott, ja, mehr«, krächzte sie und sah mich an. Ich erkannte die Erregung auf ihrem Gesicht, ihre Wangen waren gerötet, die Zähne gruben sich in ihre Lippe und ihr Blick war dunkel und verheißungsvoll. »Ja, nimm mich, Hunter. Ich brauche dich. Mehr, mehr …«, wisperte sie, und ich gab ihr mehr.

Sie war so nass, dass ich keinen Widerstand spürte und noch mehr in sie rutschte, während sie ihre Beine weiter spreizte, um mich tief in sich zu spüren. Ihre Fingernägel krallten sich in meinen Rücken, als ich ihren G-Punkt fand. Ich packte ihre Beine, und gemeinsam verfielen wir in einen immer schnelleren Rhythmus, der mich immer heftiger in sie trieb und dann endlich explodieren ließ. Aber ich hörte nicht auf, bis auch Ivy aufschrie und ein zweites Mal Erlösung fand. Erst dann brach ich völlig erschöpft auf ihr zusammen.

Eine halbe Stunde später hatte ich ein zweites Mal geduscht und uns Kaffee aus der Küche besorgt, während Ivy sich fertig machte. Ich hatte ihr Megans Skiklamotten gegeben und sie passten wie angegossen.

»Vom Betthäschen zu Skihasen«, unkte sie, als wir uns eine weitere halbe Stunde später auf den Weg machten.

»Wohin fahren wir?« Ivy war aufgeregt wie ein kleines Mädchen, das war niedlich.

»Nach Waterville Valley. Das nahe gelegenste Skigebiet. Ich dachte, wir verbringen den Tag mal auf der Piste.«

Überrascht weiteten sich ihre Augen. »Und ich dachte, wir würden nur Schlitten fahren. Weißt du, wie lange ich nicht mehr auf Skiern gestanden habe?«

»Nein, woher?«

»Du wirst mich an die Hand nehmen müssen.« Ihr Gesicht strahlte hell wie der Schnee.

»Nichts lieber als das«, gab ich zurück und sah uns bereits die Pisten runtersausen.

Während wir auf frei geräumten Straßen unter blauem Himmel durch die verschneite Landschaft fuhren, lag meine Hand auf Ivys Knie und ihre auf meinem. Das hatte so was Vertrautes, und obgleich es immer noch total aufregend war, sie anzufassen und zu spüren, war es auch beruhigend. Ivy erdete mich.

»Weißt du noch damals ... Der Winter, in dem du dir den Fuß gebrochen hast?«

»Weil ich dich aufgefangen habe?«, erinnerte ich.

»Genau.« Mein Herz wurde warm, als ich an den Moment dachte, in dem sie mir am Bachlauf in die Arme gestolpert war, weil sie den Halt auf den nassen Steinen verloren hatte.

»Verschreckt wie ein scheues Reh hast du mich angesehen, als hättest du erst da begriffen, mit wem du dich eigentlich im Wald herumgetrieben hast«, erinnerte ich lachend.

»Das war wohl der Moment, in dem ich mich in dich verknallt habe.«

Mein Fuß rutschte kurz vom Gas und der Wagen ruckelte. »Du weißt es nicht genau?«

»Du denn?«

»Natürlich«, gab ich zurück. »So einen magischen Moment vergisst man ja wohl nicht.«

»Ah ja ... Und? Wann war dieser magische Moment?«

»Als du mit Sandy in der Küche gesessen und Kakao getrunken hast.«

»Das habe ich öfter«, unterbrach sie mich.

»Es war dein vierzehnter Geburtstag, und du warst traurig, weil deine Mom dich nicht besuchen kommen konnte.«

Ivy sah aus dem Fenster, ich drückte ihre Hand, als sie sich verstohlen über das Gesicht wischte. Manche Erinnerungen waren nicht dafür gemacht, zwischen Tür und Angel herausgeholt zu werden. Oder in einem Auto auf schneebedeckter Straße.

»Habt ihr noch Kontakt?« Das Verhältnis zwischen Ivy und ihrer Mutter war noch nie das beste gewesen. Weihnachten hatte sie oft bei ihrer Tante verbracht, ihren Geburtstag auch.

»Nein.« Die Einsilbigkeit ihrer Antwort reizte mich nachzufragen, doch da war wieder das Ding mit dem Auto auf schneebedeckter Straße.

»Vermisst du sie?«, hakte ich behutsam nach. Ich wusste, wie es war, seine Mutter nicht bei sich zu haben.

»Nein.«

»Ist sie … gestorben?«

»Für mich ja.« Ihr Tonfall war hart. Nach einem kurzen Blick stellte ich fest, dass sie die Lippen fest aufeinandergepresst und die Arme vor der Brust verschränkt hatte.

»Also lebt sie noch«, behauptete ich.

»Vermutlich.«

»Dann sei froh.«

Ihr Kopf ruckte zu mir rum und sie schnaubte. »Worüber?«

»Es ist zwar scheiße, eine Mutter zu haben, mit der man sich nichts mehr zu sagen hat. Aber noch beschissener ist es, eine Mutter zu haben, der man nichts mehr sagen kann. Weil sie nicht mehr da ist.« Ich hatte das so nicht sagen wollen. Weil es den Schmerz ausdrückte, den ich jedes Mal fühlte, wenn ich an meine Mom dachte. Es tat weh. Immer noch. Und vermutlich würde es auch nie aufhören zu schmerzen. Aber Ivy hatte ich damit nicht belästigen wollen.

Ivys Hand drückte meine fester, ihr Blick richtete sich fest auf die Straße, und ich hörte, wie sie schluckte.

»Scheiße. Ich bin so ein hirnloses Trampeltier. Es tut mir leid, Hunter. So leid. Ich weiß, wie sehr du deine Mom geliebt hast. Ich … jammere einfach nur auf hohem Niveau.«

»Schon okay.«

Die nächsten Meilen hielten wir einander nur fest und hingen jeder seinen Gedanken nach. Ich fürchtete fast, dass der Tag, der so vielversprechend begonnen hatte, nur halb so schön werden würde wie geplant. Aber als wir eine halbe Stunde später endlich am Fuß des Skigebiets ankamen, hatte die schwere Stimmung sich schon wieder verabschiedet.

Ivy sprang aus dem Auto und klatschte aufgeregt in die Hände, als sie die vielen schneebedeckten Berge sah, die wir runterfahren konnten. Sie sah zum Anbeißen aus in ihrer eng anliegenden Skihose und der taillierten Jacke. Sie zog ihre Mütze aus der Jackentasche und setzte sie auf.

»Wir brauchen noch Stiefel und Skier«, sagte ich und zeigte auf den Skiverleih. Nachdem wir dort jeder ein paar gut sitzende Skistiefel samt passender Skier gefunden hatten, zogen wir sie an und setzten unsere Skibrillen auf.

Danach besorgten wir unsere Skipässe, und als wir die Schlange am Lift hinter uns gelassen hatten, baumelten unsere Beine schon hoch in der Luft. Ich hielt Ivys Hand und dachte an ihre Höhenangst, die sich damals bemerkbar gemacht hatte, als wir auf Bäume geklettert waren. Sie hatte jedes Mal ein Problem damit gehabt, wieder runterzukommen. Ich hatte lachend gedroht, die Feuerwehr zu rufen, das hatte geholfen. Aber als ich sie ansah, schien alles in Ordnung zu sein. Vielleicht hatte sich die Angst verflüchtigt.

Ich warf einen Blick nach unten, wo nur Schnee, viele Bäume und noch mehr Skiverrückte auf Brettern oder Boards zu sehen waren. Ich fuhr lieber auf Carvingski als auf dem Board. Das Kratzen der Kanten im harten Schnee war Musik in meinen Ohren. Wenn nichts los war, fuhr ich auch freestyle, also ohne Stöcke. Aber heute hatte ich zur Sicherheit welche dabei.

»Gott, da soll ich runter? Nein, vergiss es«, wehrte sie sich lachend, als wir vom Lift zur Einfahrt der Piste glitten. Diese kleine Kante, über die man rüber musste, um auf die Piste zu gelangen, kostete Überwindung, das wusste ich. Aber ich war mir auch sicher, dass Ivy das locker schaffen würde. Bereits mit zehn Jahren war sie die beste Läuferin gewesen, die ich gekannt hatte.

»Skifahren verlernt man nicht. Und das ist nur der Idiotenhügel.«

»Na schönen Dank auch.« Ich hatte gewusst, dass sie das ärgern würde, und grinste.

»Wer zuerst unten ist«, rief ich. Dann stieß ich mich ab und schwang mich die recht flache Piste hinunter. Ivy kam mir nur ein paar Sekunden später hinterher, und ich hörte sie juchzen, als sie hinter mir aufholte. Ich wartete, bis wir auf der breiten Piste fast auf einer Höhe waren, und passte mich ihren Schwüngen an, bis wir nach ein paar Minuten wieder unten im Tal ankamen. Wir fuhren die Abfahrt noch einmal, einfach, um uns einzugrooven, und erst als wir uns genügend aufgewärmt hatten und Ivy das Vertrauen in ihrer Bretter wiedergefunden hatte, fuhren wir mit dem Lift eine Station höher.

Im Skigebiet gab es unzählige Abfahrten, für Anfänger, gute Skifahrer und Fortgeschrittene. Für jeden war etwas dabei. Wir hatten Glück, dass sie nicht so überlaufen waren und wir ausreichend Platz hatten. Nach zwei Abfahrten auf einer einfachen Piste nahmen wir mit der Gondel die nächste Stufe in Angriff. Hier war es schon etwas schwieriger, da die Abfahrt teilweise steiler und schmaler war. Ich stellte mich auf die Kanten meiner Carvs und hörte das Kratzen auf dem harten Schnee, wenn ich mich tief in der Hocke in die Kurven stemmte. Das rasante Fahren auf der Kante war mein Adrenalinkick, und unten angekommen, musste ich noch einen Augenblick auf Ivy warten.

»Hast du noch Termine?« Außer Atem bremste sie vor mir ab, sodass mich eine Ladung Schnee erwischte.

Zum Lunch kehrten wir in eine der Hütten ein, um uns dort zu stärken. Nach einem flüchtigen Blick in die Karte wandte Ivy sich an den Kellner. »Können Sie uns etwas empfehlen?«

»Unsere Burger sind unschlagbar.«

Sie klappte die Karte wieder zu. »Burger also. Und einen Salat, bitte.« Ich bestellte dasselbe.

Er empfahl uns Bier dazu, aber Ivy lehnte ab und orderte ein Wasser. Ich ebenfalls. Es wäre unklug, angetrunken die Piste runterzufahren. Mit zwei Burgern, Salat und Getränken setzten wir uns raus auf die Sonnenterrasse und genossen Sonne und Schnee und die Leichtigkeit des Tages.

»Es ist so traumhaft hier.« Ivys Begeisterung über das Gebiet war nicht zu überhören. Aber die Landschaft war auch atemberaubend. Wir waren auf halber Höhe der Gebirgskette und hatten einen phänomenalen Ausblick auf das Tal und auf den Gletscher, der noch zwei Gondelstationen höher lag.

»Dass du angeblich so lange nicht auf den Dingern gestanden hast, merkt man dir aber nicht an«, stellte ich fest.

»Sorry. Naturtalent«, bezichtigte sie sich grinsend.

»Und das in vielen Bereichen.«

»Wie meinst du das?« Ihr Blick verengte sich, und sie wirkte plötzlich ernst.

»Also, was du mit deiner Zunge und deinen Lippen alles anstellst …«

Die Anspannung in ihrer Miene löste sich, und mit einem Schmunzeln auf den Lippen lehnte sie sich über den Tisch zu mir rüber. »Ich kann damit noch viel mehr anstellen«, raunte sie mir zu, bevor sie mich küsste. Sofort spürte ich die Regung in meiner Skihose und biss die Zähne zusammen, als sie sich wieder zurückzog. Mit einem wissenden Grinsen im Gesicht.

»Du bist so ein … Warte nur ab …«

»Was hast du vor? Dem bösen Mädchen den Hintern versohlen?«

»Wenn du darauf bestehst, auch das.«

Ihre Zunge fuhr über ihre Oberlippe. »Vielleicht …«

Ich atmete scharf ein und gepresst wieder aus. »Mach so weiter und ich werde dich noch hier auf der Hütte nehmen«, raunte ich ihr zu.

Ihre Augenbrauen verschwanden unter ihrer Mütze, und sie lachte auf. »Bis du mich aus der Hose gepellt hast, ist dir alle

Lust vergangen, glaub mir. Aber ich verspreche dir, dass ich heute Abend weniger tragen werde.«

»Das hört sich nach einem guten Kompromiss an.«

20. Ivy

Über eine Stunde hatten wir mit Essen, Trinken und Flirten verbracht. Ich war heilfroh, dass Hunter meine Wasserbestellung nicht weiter kommentiert hatte. Natürlich wäre es kein Ding gewesen, ihn wegen der Sicherheit auf Skipisten zu belehren, aber als trockene Alkoholikerin wäre der erhobene Zeigefinger wohl unpassend gewesen. Ich war ja schon dankbar, dass in mir kein Verlangen nach Alkohol hochgekrochen war und mein Körper nicht mit einer Panikattacke reagiert hatte. Ob ich dann ohne plausible Antworten ein weiteres Mal davongekommen wäre, blieb zu bezweifeln.

Jetzt aber wurde es Zeit, wieder die Skier anzuschnallen. In weniger als zwei Stunden schon würde die Dämmerung über das Valley hereinbrechen und die Pisten geschlossen werden. Wir fuhren mit der Gondel noch eine Station höher und sausten zweimal ganz runter bis ins Tal. Danach war ich auch wirklich platt, aber eine Tour wollten wir noch machen. Die letzte Talabfahrt des Tages wurde auf einer beleuchteten Piste gefahren. Ich war sehr gespannt. Das letzte Mal war ich als Kind hier Ski gefahren, da hatte es noch keine Flutlichter entlang der Abfahrt gegeben.

»Ladys first.« Ich warf Hunter einen schrägen Blick zu, der mir wie jedes Mal den Vortritt in die Gondel ließ. Und ich hielt mich wie jedes Mal mit der einen Hand am Griff und mit der anderen an ihm fest. Und ich sah nur geradeaus. Nicht nach unten. Nur nicht nach unten. Aber allein der Gedanke an dieses Unten brachte meine Eingeweide zum Toben. Die schlimmste Vorstellung überhaupt war schon immer gewesen, hilflos über dem Abgrund festzuhängen, weil ein technischer Defekt die Seile stillgelegt hatte. Furchtbar und nicht hilfreich, wenn man in so ein Ding stieg.

Meine Höhenangst hatte ich so lange im Griff, wie ich festen Boden unter den Füßen spürte. Aber das Geschaukel einer Gondel meilenweit über dem weißen Nichts – das brachte meinen Magen definitiv zum Kippen. Hunter kannte das schon, und ohne ein Wort darüber zu verlieren, hielt er bei jeder Fahrt meine Hand und ließ mich sonst einfach in Ruhe, sodass ich mich voll und ganz auf das Atmen konzentrieren konnte. Und darauf, das fiese Ziehen in meinem Magen und die Übelkeit zu ignorieren. Und das strahlende Licht, das jetzt den Abgrund unter mir auch noch beleuchtete. Nach genau sieben Minuten waren wir ganz oben angekommen, und ich war dankbar, auch diese Fahrt heil überstanden zu haben.

Wir glitten die kleine Anhöhe vom Gondelausstieg hinunter und warteten vor dem Eingang zur Piste, bis ich mich wieder im Griff hatte.

»Geht's wieder?« Er war neben mich gefahren und sah mich prüfend an.

»Alles okay.« Ich drehte mich zu ihm herum und spürte im nächsten Moment schon seinen Mund auf meinem. Kalte Haut, aber heiße Lippen. Ich schmolz wie Eis in der Sonne. Geduldig, wie nur ein Hunter Johnson sein konnte, wartete er, bis ich bereit war. Langsam glitten wir zur Kante, und der Anblick der beleuchteten Piste war wunderschön. An den Seiten gab es vereinzelt Halterungen, in denen richtige Fackeln brannten und ihre Schatten auf den Schnee warfen.

»Wollen wir?« Hunter strich mir über den Arm und ich nickte stumm. Meine behandschuhten Finger schlossen sich fester um die Stöcke, und gleichzeitig holten wir Schwung und stießen uns ab. Dann brachen wir über die Kante, und schon wedelten wir in gleichmäßigen Schwüngen die Piste hinunter.

Die Angst vor dem Abhang beim ersten Anblick war schon längst Geschichte. Man durfte nicht nachdenken, sondern musste einfach machen. Gehirn aus, das sollte ich doch noch können. Ich hasste es, wenn die Stimmen in meinem Kopf sich mit Ironie zurückmeldeten, aber was konnte ich schon dagegen tun, dass das schlechte Gewissen mit dem Teufel battelte, nur um mich zu quälen? Richtig. Nichts. Zumindest hatte ich noch kein Mittel gefunden, um das Gedankenrad auf stumm zu schalten, wenn es sich in Bewegung setzte.

Die letzte Abfahrt war lang, und schon auf der Hälfte begannen meine Beine zu zittern. Da hatte ich mich eindeutig überschätzt. Ich hatte lange keinen vernünftigen Sport mehr gemacht und schwor mir, mich gleich morgen nach einem Fitnessstudio in der Nähe umzusehen. Denn neben der so fast nicht mehr vorhandenen Ausdauer war die fehlende Kraft generell ein Problem. Und auch wenn mich niemand mehr ins Filmgeschäft zurückkriegen würde, konnte es nicht schaden, meinen Körper in Form zu halten.

Als ich den Krampf bemerkte, ließ ich mich etwas zurückfallen, machte langsamer und teilte meine Kräfte ein. Erst im letzten Drittel, als wir um die Kurve bogen und dem Auslauf entgegenfuhren, kratzte ich meine Reserven zusammen und gab ein letztes Mal Gas. Hunter und ich hatten schon als Jugendliche gerne im Wettstreit gestanden. Das hier war nichts anderes, und ich war schon immer ein schlechter Verlierer gewesen.

Mit meiner Skispitze neben seiner überquerte ich die imaginäre Linie im Auslauf. Mit einer gekonnten Drehung stellte ich die Bretter quer, sodass der Schnee nur so aufspritzte. Hunter tat es mir gleich, und als er seine Brille nach oben schob, strahlten seine Augen ebenso wie meine es tun mussten. Das hatte sich so verdammt gut angefühlt.

»Das war ein Fotofinish«, gab ich lachend zurück und wischte mir den Schnee von den Wangen.

»Ich wette, ich war eine Hundertstelsekunde schneller«, begehrte er auf.

Ich verdrehte nur die Augen und setzte Helm und Brille ab. Männer …

Wir schnallten die Ski ab, brachten die geliehene Ausrüstung zum Verleih zurück und machten uns dann auf den Weg zum Auto. Meine Beine zitterten, und ich war froh, mich gleich ausruhen zu können. Die Fahrt zum Middleton Inn dauerte ungefähr eine Stunde, bis dahin sollte ich meine Kräfte wieder so weit stabilisiert haben, dass ich mein Versprechen für heute Abend Hunter gegenüber halten konnte.

»Essen wir heute Abend zusammen?«

»Klar. Bei dir oder bei mir?«, fragte ich und rieb mir die mittlerweile kalten Finger warm. Hunter stellte die Heizung höher.

»Ich dachte, wir gehen aus«, gab er zurück.

»Oh …«

»Keine Lust?« Ein kurzer Seitenblick, und ich erkannte einen Hauch von Enttäuschung auf seinem Gesicht.

»Ach doch, klar. Eine Dusche wird meine Lebensgeister schon wieder mobilisieren.«

Ein Strahlen legte sich nun auf sein Gesicht, das sogar die Dunkelheit im Wagen durchbrach. Es war ein schönes Gefühl, ihn mit Kleinigkeiten glücklich machen zu können. Das hatte ich schon lange nicht mehr erlebt. In meinem alten Leben hatte alles höher, weiter, schneller, teurer, besser sein müssen. Kleinigkeiten waren nicht viel wert und Essen gehen war eigentlich nur eine notwendige Pflicht gewesen statt eines Vergnügens. Viel zu lange hatte ich mich diesem oberflächlichen Trott hingegeben und war daran fast zugrunde gegangen. Daran und an vielen anderen Dingen. Umso schöner war es, sich hier wieder auf das zu beschränken, was wirklich Bedeutung hatte.

Unsere Hände hielten einander fest, während Hunter uns sicher über die schneebedeckten Straßen nach Honey Falls zurückfuhr. Das stetige Brummen des Motors, sein Daumen, der kontinuierlich über meinen Handrücken strich und die Tatsache, dass ich mich völlig erschlagen vom Skifahren und der frischen Luft fühlte, sorgte dafür, dass ich innerhalb weniger Minuten einschlief. Erst, als Hunter auf den Parkplatz des Middleton Inn fuhr, wachte ich wieder auf.

Während Hunter das Auto ausräumte, stellte ich mich in meinem Zimmer unter die Dusche und wusch die Anstrengung des Tages von mir ab. Nachdem ich frisch war, meine Haare getrocknet und ein dezentes Make-up aufgelegt hatte, stand ich unschlüssig in schwarzer Unterwäsche vor meiner spärlichen Garderobe.

Ich wusste nicht, wohin Hunter mit mir essen gehen wollte, aber ich glaubte nicht, dass er mich ins Martys schleppen würde. Pommes und Fischfett – diese Erinnerung würde ich nie wieder aus meinem Kopf rauskriegen. Dafür hätten Jeans und Sweater sicher gereicht, aber was, wenn er mich schick ausführen wollte? Ein kleines Schwarzes hatte ich dabei, aber mit diesem winzigen Fetzen Stoff würde ich mir bei dem Wetter den Arsch abfrieren. Vielleicht sollte ich ihn fragen? Oder aber ich entschied endlich mal etwas für mich selbst.

Ich schnappte mir das neue schwarze Winterkleid. Genaugenommen war es genauso schick wie der Stofffetzen, nur wärmer. Ein paar große Creolen an meinen Ohren rundeten das Outfit ab. Dann steckte ich meine Haare hoch, sodass sie den Nacken freilegten und ein paar wenige Strähnen mein Gesicht umspielten. Dazu die neuen Stiefel und schon war ich ausgehfertig. Kurz schrieb ich Hunter eine Nachricht, dass ich im Aufenthaltsraum auf ihn warten würde – eine Bar gab es im

Hotel nicht – schnappte mir meinen Mantel und verließ voller Vorfreude auf einen schönen Abend mit Hunter das Zimmer.

Aufgeregt wie vor einem ersten Date saß ich wenige Minuten später an dem Tisch, an dem wir am Tag nach meiner Ankunft Kaffee und heiße Schokolade zusammen getrunken hatten. Mein Blick war aus dem Fenster in den schwach beleuchteten Garten gerichtet, dessen Grün komplett unter einer dicken Schneedecke versteckt lag. Für einen winzigen Moment wünschte ich mir, hier mit Hunter einzuschneien und erst im Sommer wieder rauszukommen. Vielleicht hätten sich bis dahin alle Probleme verflüchtigt.

Natürlich wusste ich, dass die Vogel-Strauß-Methode noch nie jemanden weitergebracht hatte. Den Kopf in den Sand zu stecken half für den Moment, aber nicht fürs Leben. Und schon gar nicht für eine Zukunft mit dem Mann, den man schon sein halbes Leben lang liebte. Die Angst davor, irgendwann nicht mehr ausweichen zu können oder mich zu tief in Lügen zu verstricken, wurde größer. Mit jeder Stunde mehr, die ich mit Hunter verbrachte, legte sich die Last des Verschweigens schwerer auf meine Schultern. Und ich wusste nicht, wie lange ich das noch aushalten würde.

»Morgen«, flüsterte das Teufelchen auf meiner Schulter mir zu und ich nickte gehorsam. Morgen war gut.

Noch bevor Hunter in den Raum trat, spürte ich seine Anwesenheit. Mein Herzschlag wurde schneller und meine Handflächen feucht. Würde sich diese Aufregung irgendwann geben?

»Ganz alleine hier?«, begrüßte er mich mit diesem Lächeln, das mir so sehr unter die Haut ging, dass sich jedes kleine Haar mit Schwung aufrichtete.

»Und wenn es so wäre?«

»Dann würde ich Sie einfach entführen.« Allein wegen seiner rauchigen Stimme hätte ich mich von ihm überall hin entführen lassen.

»Und wohin?« Meine Stimme war nicht halb so sexy.

»Ins beste Lokal der Stadt.« Er reichte mir galant den Arm, und der dezente Duft seines Aftershaves umhüllte mich sofort. Unter seinem maßgeschneiderten grauen Jackett trug er einen schwarzen Rollkragenpulli. Dazu dunkle Jeans, polierte Schuhe und ein unwiderstehliches Lächeln auf den Lippen.

Wenige Minuten später saßen wir erneut im Auto, und mit seiner Hand auf meinem Knie fuhr er uns in Richtung Ortsmitte. Das Knistern im Inneren des Wagens machte mich fast wahnsinnig, aber ich tröstete mich damit, was passieren würde, wenn wir wieder im Hotel wären.

Nach einiger Fahrzeit wechselte er die Spur, und am anderen Ufer des Sees lenkte er den SUV kurz darauf auf den Parkplatz eines Steak & Seafood Restaurants. Schon von außen machte der Laden mehr her als das Martys. Der Weg hinein war von Schnee befreit und mit romantischen fackelähnlichen Laternen beleuchtet, sodass wir trockenen Fußes ins Gebäude gelangten.

Drinnen erwarteten uns eingedeckte Tische mit weißen Tischdecken, weißem Porzellan, polierten Gläsern und silbernem Besteck für mindestens drei Gänge. Bei dem Anblick war ich froh, dass ich mich für eine etwas schickere Garderobe entschieden hatte. Alles deutete darauf hin, dass hier gehobene Küche serviert wurde und dass es ein Lokal für Pärchen war. Denn an allen besetzten Tischen wurden Händchen gehalten oder sich tief in die Augen geblickt. Ja, hier waren wir ganz offensichtlich richtig.

Hunter zog mir den Stuhl zurecht, und nachdem ich einen Blick in die Karte geworfen hatte, war ich mir sicher, dass sie hier nur beste Ware verarbeiteten. Verschiedene Arten von Steaks und fangfrischer Fisch aus dem offenen Meer standen auf der Tageskarte. Aber da Fisch mir noch nie besonders zugesagt hatte und ich mich vor allem, was Gräten hatte, ekelte, entschied mich für ein Black Angus Steak mit Backkartoffeln und Salat. Hunter bestellte sich ebenfalls ein Steak und dazu eine Flasche Wein. Als ich abwinkte, sah er mich fragend an.

»Lieber ein Bier oder etwas anderes?«

»Wasser«, bat ich. »Wasser wäre super.«

»Okay.« Hunter änderte die Bestellung zu einem Bier für sich und einer Flasche Wasser für uns beide. Als der Kellner unsere Bestellung aufgenommen und uns allein gelassen hatte, griff Hunter über den Tisch hinweg nach meiner Hand.

»Trinkst du keinen Alkohol?«, fragte er mich geradeheraus.

Ich schluckte, dann schüttelte ich den Kopf. »Nein. Nicht … mehr.«

Er nickte. »Ich habe damit kein Problem, das sollst du wissen.«

Ich drückte seine Hand. Nach seinem Geständnis über Parkers Schicksal hatte ich bei dem Thema mit mehr Gegenwehr gerechnet. »Danke, Hunter. Das bedeutet mir viel.«

»Muss es nicht. Ich halte das für selbstverständlich.«

»Das ist es nicht, glaub mir.«

Seine Augenbrauen zogen sich fragend nach oben.

»Egal ob du trinkst oder ob du gar nicht trinkst. Du glaubst nicht, wie viele Menschen ihren Senf dazugeben müssen.«

Er lachte trocken auf. »Doch, glaube ich dir. Ist es nicht mit allem so? Es ist egal, welchen Weg man einschlägt – andere wissen es immer besser.«

»Du hast so recht.«

Er zuckte nur mit den Schultern und bedankte sich bei der Bedienung, die unsere Getränke brachte. Wir stießen mit Wasser an, und ich bemühte mich, keinen Blick auf das Bier zu werfen, das mir gegenüberstand. Ich hatte Bier nie gemocht, bevorzugt hatte ich Wodka getrunken. Den roch man nicht und ich hatte ihn gut vertragen. Bier ging nur im Notfall. Und das hier war kein Notfall!

Lenk mich ab!, schrie alles in mir, und fast verzweifelt warf ich Hunter einen Blick zu.

»Was ist los?« Er deutete meinen Hilferuf richtig. »Ist es das Bier?«

Ich schluckte nur und wollte den Kopf schütteln, aber da hatte er es schon gegriffen und es auf den unbesetzten Nebentisch gestellt. Hinter mir, sodass ich es nicht sehen konnte. »Besser?«

Mehr als ein stummes Nicken brachte ich nicht zustande. Hunter drückte meine Hand. »Wir können gehen, wenn du –«

»Nein!«, rief ich aus. »Nein, alles gut. Ich …« Jetzt oder nie, Skye … »Ich habe eine Zeit lang zu viel getrunken, und es ist manchmal noch schwer für mich. Aber ich komme klar. Wirklich«, setzte ich mit Nachdruck hinterher und kämpfte weiter mit meinen inneren Dämonen. Ich wollte nicht der Grund sein, warum er vielleicht das erste und das letzte Mal mit mir essen gegangen war. Und ich wollte vermeiden, dass er Fragen stellte, auf die ich ihm keine Antworten geben konnte. Denn so stark die Zweifel noch vor wenigen Stunden an mir genagt hatten – der Wunsch, bei Hunter zu bleiben, war stärker.

21. Hunter

In der nächsten Woche bekam ich Ivy kaum zu Gesicht. Sie war bis in den späten Abend hinein auf der Baustelle. Wenn sie zurückkam, dann aßen wir allein in der Küche die Reste vom Dinner, die Malcom uns aufgehoben hatte, und ich hörte mir die Fortschritte vom Umbau an. Sie zeigte mir Fotos, und anhand der Bilder war ich täglich up to date. Mittlerweile standen die neuen Wände, die Bäder waren fertig, der alte Holzfußboden ausgebessert und das Dach endlich neu gedeckt, sodass auch erneuter Schneefall dem Gebäude nichts mehr anhaben konnte. Obwohl ich wusste, wie gewissenhaft Mitch arbeitete, erstaunte es mich, wie schnell seine Leute waren. Innerhalb weniger Wochen hatte sich die einstige Ruine in etwas gewandelt, das man schon fast ein Heim nennen konnte.

Ivy erzählte mir euphorisch von ihren Farbideen für die einzelnen Räume und zeigte mir Möbel, die sie vielleicht kaufen wollte. Einmal mehr fragte ich mich, wie sie das alles bezahlte und wie viel Geld ihre Tante ihr hinterlassen haben musste, damit sie so sorglos damit umgehen konnte. Aber dann wiederum schalt ich mich, dass ich mir bei jedem anderen vermutlich keine Gedanken um seine finanzielle Situation gemacht hätte und begriff, dass ich voreingenommen war. Ich selbst lebte ja grade von meinem Ersparten, und es war mehr, als ich in den nächsten zwei Jahren ausgeben konnte, wenn ich nicht gerade die Bodenhaftung unter den Füßen verlieren würde. Aber viel benötigte ich hier ja auch nicht. Für Kost und Logis zahlte ich nichts, und viel aus dem Haus kam ich nicht, um Geld auszugeben.

Aber Ivys Tatendrang war ansteckend, und ich beschloss, mich nun endlich um das kleine Haus zu kümmern, in dem Megan und ich gemeinsam mit unserer Mutter gelebt hatten. Also verließ ich an einem Morgen gleich nach Ivy das Hotel und durchquerte den großen Garten. Er lag noch unter einer dichten Schneedecke, aber am Rand waren schwache Spuren eines Elchs zu erkennen, der wohl auf der Suche nach Nahrung gewesen war. Das Haus lag am hintersten Ende, fast versteckt hinter einer kleinen Gruppe von Kiefern, die im Sommer ihre Schatten auf die Veranda warfen.

Ich schaufelte mir den Weg frei, und nachdem ich Berge von Schnee rechts und links aufgetürmt hatte, konnte ich die Treppen zur Veranda hinaufgehen und nach einem Moment des Zögerns die Haustür aufschließen.

Es roch frisch, und warm war es auch. Die Putzfrau kam einmal die Woche und hielt das Haus in Schuss. Weder Megan noch ich wollten, dass es verfiel. Verrückt, dass das Haus jetzt so lange leer stand. Aber wir hätten es niemals verkaufen können, wir wollten das Andenken unserer Mutter bewahren. Ich trat ein und schloss die Kälte aus, dann zog ich die Boots aus und hängte die Jacke an einen Haken. Ich ließ die Umgebung auf mich wirken, und es dauerte nicht lange, bis ich Kinderlachen hörte und den Duft von frisch gebackenen Plätzchen in der Nase hatte. Mom hatte mit dem Hotel und als alleinerziehende Mutter mit uns alle Hände voll zu tun gehabt. Freizeit war rar gewesen, aber jede freie Minute, die sie erübrigen konnte, hatte sie uns gewidmet. Wir haben gebacken, gebastelt, Ausflüge unternommen. Abends hat sie uns Gutenachtgeschichten vorgelesen und morgens warmen Kakao gemacht, bevor sie drüben nach dem Rechten gesehen hatte. Ich vermisste sie.

Aber ich war nicht nur hier, um alten Erinnerungen nachzuhängen. Ich war hier, um aus ihnen Neue zu schaffen. Also wanderte ich durch die einzelnen Räume und überlegte, was ausgetauscht werden sollte. Viel war es nicht, die Küche konnte bleiben, ebenso die Einrichtung im Wohnzimmer, die sowieso vorwiegend aus Einbauschränken bestand. Einzig die Kissen, Decken, Vorhänge und Teppiche würde ich gegen moderneres Design ersetzen. Und Schränke und Wände in helleren Farben streichen.

Ich dachte an mein Penthouse in New York, das funktional und im Rückblick ziemlich steril eingerichtet war. Das war auch etwas, um das ich mich kümmern musste. Wollte ich es behalten oder verkaufen? Fragen, um die ich mich ein anderes Mal kümmern würde.

Das Haus war nicht besonders groß, aber Megan und ich hatten unsere eigenen Zimmer gehabt. Ich ging nach oben, öffnete die Tür zu meinem und ließ meinen Blick über meine Kindheit und Jugend schweifen. Da war auf der einen Seite das schmale, jungfräuliche Bett, in dem noch nie ein Mädchen übernachtet hatte. Ivy und ich waren damals noch lange nicht so weit gewesen. Auf der anderen Seite war die Tür zum begehbaren Kleiderschrank, daneben ging es zum Bad, das Megan und ich uns geteilt hatten und das zwischen unseren Zimmern lag.

Vor dem Fenster, das zum Hotelgarten hinaus ging, stand der alte Schreibtisch. An ihm hatte ich für Prüfungen in der Highschool gebüffelt, um einen guten Schnitt fürs College rauszuhauen. Letztlich hatte ich es auch geschafft und mich zwischen mehreren Zusagen entscheiden können. New York hatte den Zuschlag bekommen. Ich hatte das nicht nur für mich, sondern auch für Mom getan. Denn sie hatte immer an uns geglaubt. Und damit hatte ich ihr die Sorgen um meine Zukunft nehmen wollen.

Neben dem Fenster hing die Pinnwand, an der verblichene Notizen pinnten und auch ein Foto von Ivy und mir. Es musste bei der Zweihundertjahrfeier von Honey Falls aufgenommen worden sein, jedenfalls erkannte ich im Hintergrund den Zuckerwattestand und die kostümierten Schauspieler, die über eine Woche hinweg die Geschichte der Stadt aufgeführt hatten. So war das in Kleinstädten, die Verbundenheit zur Vergangenheit war groß und die Feste wurden gefeiert, wie sie fielen. Ich nahm das Bild ab und besah es mir genauer. Ivys Haare hingen glatt und lang über die Schultern und sie war ungeschminkt. Nicht, dass sie in dem Alter schon besonders viel Make-up getragen hätte, aber die Mode vor fünfzehn Jahren war grausam gewesen. Die Mädchen eiferten den Models nach, wurden immer dünner und sahen alle gleich und farblos aus. Und leider hatte auch Ivy diesen Trend unbedingt mitmachen wollen und weder auf mich, auf meine Mom oder auf Sandy gehört.

Ich strich über das Foto und steckte es in die hintere Tasche meiner Jeans, bevor ich das Zimmer wieder verließ. Vor Megans alter Zimmertür blieb ich unschlüssig stehen, aber dann dachte ich mir, alles, was sie hätte verbergen wollen, war sicher schon längst verschwunden. Und so schlug mir ein Mädchentraum in Weiß und Rosa entgegen, als ich die Tür öffnete. Die Aufteilung ihres Zimmers war spiegelbildlich zu meinem, und ich warf nur einen kurzen Blick hinein, bevor ich noch kurz das Bad inspizierte. Es war sauber und sah ganz ordentlich aus, müsste aber für meinen Geschmack auch dringend modernisiert werden.

Nachdem ich mir einige Notizen gemacht und Megan telefonisch um ihre Zustimmung für eine Renovierung gebeten hatte, rief ich Mitch an und schilderte ihm mein Anliegen.

»Ich habe im Moment keine Leute frei, Hunter. Deine kleine Lady hat alle meine Jungs ganz schön im Griff«, sagte er begleitet von seinem bellenden Lachen.

»Ja, davon habe ich schon gehört. Wann kannst du bei mir reingucken?«

»Ich bin grad in deiner Ecke, ich guck es mir wenigstens mal an«, versprach er mir, und nicht mal zwanzig Minuten später stiefelte er den Weg durch den Garten zum Haus entlang.

Er besah sich die Bäder, die ich umgestalten wollte. »In zwei Wochen. Und dann eins nach dem anderen, ich stelle dir zwei, drei Leute ab. Du hast Glück, dass es Winter ist. Der Rest sieht ja noch gut aus. Wohnst du hier?«

»Noch nicht. Deswegen will ich umbauen.«

Er versprach mir einen Kostenvoranschlag für nächste Woche, und nach einem kurzen Plausch über den üblichen Kleinstadttratsch war er auch schon wieder auf dem Sprung. Ich brachte ihn noch zum Parkplatz und begab mich dann wieder in mein Büro. Nachdem ich Rechnungen geprüft und bezahlt hatte und die Liste des Hausmeisters mit den kleinen Reparaturen durchgesehen hatte, die im laufenden Betrieb fast täglich anfielen, schrieb ich Ivy eine Nachricht. Es war längst Lunchzeit, und mein Magen fühlte sich um sein Essen betrogen. Aber ich wollte warten. Als sie eine halbe Stunde später noch immer nicht geantwortet hatte, fuhr ich zum Inder, bestellte zweimal Curry zum Mitnehmen und fuhr mit köstlich riechendem Essen in der Tüte zum Haus.

Schon von Weitem fiel mir das neue Dach ins Auge. Dunkelgraue Schindeln glänzten in der Sonne und gaben der einstigen Ruine ein ganz neues Gesicht. Ich konnte mir gut vorstellen, wie es hier im Sommer aussehen würde, eingerahmt von viel Grün und mit frischer Farbe würde man die Abende auf der Veranda bei einem Glas Wein genießen können. Oder bei Wasser.

Wiederholt dachte ich darüber nach, was Ivy passiert war, dass sie *eine Zeit lang zu viel getrunken hatte*, wie sie es ausgedrückt hatte. In den meisten Fällen griff man zur Flasche, weil man mit seinem Leben nicht mehr zurechtkam. Oder ein traumatisches Erlebnis damit verdrängen wollte. Ich konnte verstehen, wie schnell das passieren konnte, hatte ich es doch selbst erlebt. Nur war mein Alkohol die Arbeit gewesen, sie war meine Betäubungsdroge gewesen.

Ich parkte den SUV neben den zwei Lieferwagen der Handwerksfirmen. Wie es aussah, waren noch Installateure da und ein Tischler. Verdammt, ich hätte mehr als nur zwei Portionen vom Inder mitbringen sollen. Aber als ich ausstieg, packte der Tischler gerade sein Handwerkszeug in den Van und der Zweite lud ebenfalls ein. Kurz darauf fuhren beide mit grüßender Hand vom Hof. Das nannte ich Timing.

Im Haus war es still und arschkalt. Ein Blick zum Kamin, aber der lag noch brach. Und ich erhielt keine Antwort, als ich Ivys Namen rief. Aber sie musste da sein, denn der Mietwagen stand vor der Tür. Ich rief noch mal, aber immer noch blieb es still. Ich stellte das Essen auf die fertige Kücheninsel ab und sah mich um. Es schien, als würde es bis zum Einzug nicht mehr lange dauern. Auf den ersten Blick fehlten nur Farbe an den Wänden und eine Einrichtung, die das Haus wohnlich und gemütlich machte. Ansonsten sah es schon wirklich fertig aus.

Die Stufen und der Handlauf der Treppe waren erneuert worden, und nichts quietschte mehr. Im Obergeschoss wurde ich von hellen, neu verputzten Wänden und sanierten Holzdielen empfangen, die auch im unteren Stockwerk verlegt worden waren. Und kaum hatte ich ein paar Schritte über den Flur getan, hörte ich einen Heizlüfter scharren. Und eine Stimme. »Ivy?« Ich ging weiter, und am Türrahmen eines der oberen Zimmer blieb ich stehen. Und verkniff mir verzweifelt ein Auflachen.

Ivy tanzte. Auf einer ausgerollten Plane vor der Wand, die ganz offensichtlich dunkelgrün werden sollte. Sie trug eine Latzhose, einen dicken Sweater, Boots und eine Mütze auf ihrem langen Haar. Darüber ausladende Kopfhörer. Kein Wunder also, dass sie mich nicht gehört hatte. Ganz leise drang Musik nach draußen, und während Ivy den Pinsel in ihrer Hand als Mikrofon benutzte und hüftenschwingend der Melodie auf ihren Ohren folgte, sang sie lautstark mit. »Cause the players gonna play, play, play, play, play. And the haters gonna hate, hate, hate, hate, hate. Baby, I'm just gonna shake, shake, shake, shake, shake. I shake it off, I shake it off, Whoo-hoo-hoo …«

Nach dem Showdown von Taylor Swifts *Shake It Off* funktionierte sie das Mikro kurzerhand wieder in eine Farbrolle um und strich damit kreuz und quer über die Wand. Wie sie es ganz offensichtlich schon den ganzen Song lang gemacht hatte. Der überdimensionale Heizlüfter sorgte für Wärme in dem Raum, sodass die Farbe schneller antrocknete.

Ich schaffte es nicht länger, mich zurückzuhalten, und lachte einfach los. Aber Ivy hörte mich gar nicht, sondern sang unbeirrt weiter und ließ dabei die Farbrolle über die Wand gleiten. Erst als die Musik verstummte, unterbrach sie ihren ziemlich schiefen Gesang und drehte sich zum Farbeimer herum, der schräg hinter ihr stand. Verwunderlich, dass sie während ihrer Tanzeinlage nicht hineingetreten war. Und dann sah sie mich und zuckte erschrocken zusammen.

»Oh Gott, hast du mich erschreckt!«, rief sie aus.

»Sorry.« Ich lachte immer noch, aber sie sah mich verständnislos an.

»Warum lachst du?« Sie schrie fast, und ich hörte die Musik aus ihren Kopfhörern. Jetzt hatte auch sie verstanden und riss sie sich vom Kopf. »Oh … ups.« Sie kicherte wie ein Mädchen, und auf ihren Wangen zeichnete sich unter vielen dunkelgrünen Farbklecksen ein Hauch von Rot ab. Das war einfach sexy, und ich konnte nicht anders, als sie in meine Arme zu ziehen und ungestüm zu küssen. Sie schmeckte nach Farbe und Kaugummi. Und Kaffee. Und nach mehr.

Wir küssten uns immer wilder, und bevor sie ihre Arme um meinen Hals schlang, ließ sie die Rolle auf den Fußboden fallen. Ich hob Ivy hoch, ihre Beine klammerten sich um meine Hüften, und ich trug sie raus aus dem farbigen Schlachtfeld. An der gegenüberliegenden Wand ließ ich sie wieder runter und drückte sie mit dem Rücken dagegen. Mit fahrigen Fingern öffnete sie meine Hose, ich löste die Träger ihrer viel zu großen Latzhose, und als sie ihr von den Schultern rutschte und auf dem Boden landete, stieg sie raus.

»Ich habe keine Gummis mit«, krächzte ich, als sie sich ihren Slip runterzog.

»Ich nehme die Pille«, versicherte sie mir. »Und in … ich habe mich testen lassen, bevor ich hergekommen bin«, setzte sie heiser hinterher und griff nach meinem Schwanz, der sich in der offenen Hose kaum noch zähmen ließ.

»Ich bin auch sauber«, beteuerte ich noch, bevor ich sie erneut hochhob, sie mit dem Rücken gegen die Wand drückte und mich mit einem lauten Aufstöhnen in sie schob.

Wir trieben es im Stehen, wild und laut wie Tiere, die wir in eben diesem Moment waren. Aber das war egal. Wir waren alleine hier, und wir spürten uns zum ersten Mal so richtig. Ohne Gummi in ihr zu sein brachte mich schneller in Ekstase, und auch Ivy keuchte und klammerte sich an mich, bettelte um Erlösung.

»Oh ja, ja, fester«, wimmerte sie und krallte ihre Fingernägel in meine Schultern. Mit schnellen, harten Stößen nahm ich sie, bis sie nach wenigen Sekunden mit einem lauten Schrei explodierte, und gleich darauf entlud ich mich mit einem nicht weniger lauten Schrei in ihr.

Erschöpft und mit rasendem Puls, von Schweiß und Säften klebenden Körpern, ermüdete ich langsam in ihr.

»Überraschung gelungen«, keuchte sie leise an meinem Ohr.

»Ich wollte dir eigentlich nur Essen bringen. Aber das ist jetzt wahrscheinlich schon kalt.«

»Es ist sowieso schöner, gleich mit dem Dessert anzufangen. Warum soll man sich das Beste denn immer bis zum Schluss aufheben?«

Ich küsste ihre Nasenspitze. »Du hast recht.«

Sie dirigierte mich nach nebenan ins neue Badezimmer. Zwar war es dort noch schmutzig und staubig, aber neben einer neuen Wanne mit Whirlpool, zwei neuen Waschbecken und einer blitzblanken Toilette gab es Wasser aus neuen Leitungen und ein Handtuch, das wir uns teilten. Als wir im Staub ihren Slip und die Hose eingesammelt hatten, zogen wir uns wieder an und ich half ihr beim Aufräumen. Während sie den Farbeimer verschloss und die Pinsel auswusch, brachte ich den Müll nach unten. In der Küche duftete es schon sehr nach indischem Curry.

»Oh Gott, ich falle fast um vor Hunger. Du bist meine Rettung«, sagte sie und fiel mir um den Hals, und nachdem wir die Tüte auf dem Küchenblock ausgepackt hatten, setzten wir uns an den Tisch und verspeisten unser Curry.

»Du solltest dich möglichst schnell um Feuerholz kümmern«, riet ich ihr und rieb mir die Hände. Die innere Hitze verflog langsam.

»Ich weiß. Ist auch echt kalt hier. Aber das ist schon in Auftrag. Mitch hat da jemanden an der Hand, der mir nächste Woche ein paar Festmeter liefert.«

»Ich sehe, du hast alles im Griff.«

»Hast du etwas anderes erwartet?« Begleitet von einem Augenzwinkern steckte sie sich die Gabel in den Mund.

»Ich glaube, ich habe gar nichts erwartet und bin einfach überrascht, wie schnell hier alles geht«, gab ich zurück.

»Das liegt an Mitch, er und seine Jungs sind einfach großartig.«

Bevor ich etwas erwidern konnte, zum Beispiel wie großartig sie selbst war, ertönte die Melodie von *Spiel mir das Lied vom Tod.* »Sorry«, sagte ich und zog das Telefon aus meiner Jackentasche. Überrascht, den Namen meiner Schwester auf dem Display zu lesen, nahm ich den Anruf an.

»Hey, Lieblingsschwester«, begrüßte ich sie und warf Ivy ein Grinsen zu. Ivy grinste ebenfalls und winkte, während sie lautstark »Hi Megan« rief.

»Wer war das?«, fragte meine Schwester skeptisch.

»Ivy.«

»Ivy?«

»Ja, Ivy.«

»*Die* Ivy?«

»Ganz genau. *Die* Ivy«, bestätigte ich noch einmal.

»Ach du … wo habt ihr euch getroffen?« Ich erzählte es ihr, und Megan quiekte begeistert auf. »Dann wird es euch ja freuen zu hören, dass wir bereits im Hotel sind. Also schwingt eure kleinen süßen Knackärsche rüber und begrüßt uns gefälligst.«

Ich lachte ins Telefon. Meine Schwester war immer für Überraschungen gut. Ich versprach, dass wir uns gleich auf den Weg machen würden, und legte auf. Also schlangen wir das restliche Curry runter und packten dann alles zusammen, um es im Auto zu verstauen. Ivy fuhr im Mietwagen vor und ich folgte ihr, verwundert darüber, dass Megan viel früher als angekündigt zurückgekommen war. Ich hoffte nicht, dass irgendwas Schlimmes passiert war, das sie dazu veranlasst hatte.

Auf dem Hotelparkplatz stach mir als Erstes ein umgebauter Schulbus ins Auge. Also waren sie zumindest zusammen gekommen, das war gut und nahm mir die Sorge vor einer aufgelösten Megan, die plötzlich wieder Single war. Das Monstrum blockierte mindestens vier Stellplätze.

»Was zum Henker ist das?« Ivy sah irritiert vom Bus zu mir

und zurück. Sie war kurz vor mir auf den Parkplatz gefahren und lud bereits den Kofferraum aus.

»Das dürfte die derzeitige Wohnung meiner Schwester sein.«

»Wow, der Bus ist cool. Fährt sie den alleine?«

»Nein. Der Bus gehört ihrem Freund. Sie … ach, lange Geschichte, die kann sie dir gleich selbst erzählen. Warte, ich helfe dir.« Rasch nahm ich ihr den Korb mit den restlichen Snacks und Getränken ab, den sie jeden Morgen für die Handwerker packte, und gemeinsam stiegen wir die Eingangsstufen hoch. Ich öffnete die Tür, und heimelige Wärme schlug uns entgegen.

Schon beim Eintreten hörte ich Megans Lachen. Ich freute mich, sie gleich in meine Arme schließen zu können, stellte den Korb ab und lotste Ivy zum Aufenthaltsraum, wo ich sie vermutete. Wir folgten dem Lachen und den Stimmen von Megan und Sandy, und als ich um die Ecke trat, sah ich sie gemeinsam am Tisch nahe dem Kamin sitzen. Auf dem Tisch eine Glaskanne mit Tee und drei Becher. Der männliche Part, der mir den Rücken zukehrte, war dann wohl Megans neuer Freund. Aber noch bevor ich Gelegenheit hatte, ihn zu begutachten, hatte Megan mich schon entdeckt. Sie sprang auf und kam mit einem spitzen Freudenschrei auf mich zu gehüpft. Ich musste lachen, denn diese Ausgelassenheit sah ihr gar nicht ähnlich. Aber es freute mich sehr, dass sie emotional wieder auf der Höhe war. Was Liebe bewirken konnte …

Wir umarmten uns, und nachdem sie mich geküsst und geherzt hatte, drehte sie sich zu Nate um und stellte ihn mir vor. Nate war groß, aber nicht größer als ich. Dazu hatte er kurze dunkle Haare und freundliche Augen. Sein Teint war wie der meiner Schwester sonnengebräunt und sein Lachen echt. Ebenso sein fester Händedruck. »Herzlich willkommen in der Familie, Nate«, begrüßte ich meinen zukünftigen Schwager.

Dann trat ich zurück und wollte Ivy Platz machen, aber sie stand wie angewurzelt in der Tür und starrte uns an. Nein – sie starrte Nate an. Und der starrte zurück.

»Skye?«

22. Ivy

Das Blut rauschte durch meine Ohren, und der Anblick von Elvis pumpte Adrenalin durch meine Adern. Aber nicht auf die freudige Art, sondern auf die, bei der einem schlecht wurde, der Kreislauf versagte und man einfach nur aufspringen und vor dem weglaufen wollte, was gerade passierte. Oh ja, ich wollte einfach nur weglaufen. Aber anstatt die Beine in die Hand zu nehmen und zu rennen, was das Zeug hielt – weg von der Vergangenheit – blieben meine Beine fest verwurzelt auf der Stelle stehen und sahen zu, wie ich verzweifelt versuchte, nach Worten zu ringen. Und nach Luft.

Ich spürte Hunters Hand an meinem Arm, hörte meinen Namen – beide Namen – und fühlte mich wie in einem Tunnel gefangen, in dem es nicht vorwärts und nicht zurück ging. Ich steckte fest und hatte keine Ahnung, wie ich da wieder rauskommen sollte.

Das Schlimmste war die Angst. Zu wissen, dass man Geheimnisse mit sich herumtrug, die jederzeit alles zerstören konnten, was man sich aufgebaut hatte, war das eine. Damit konnte man eine gewisse Zeit leben, sogar gut leben. Aber hilflos zuzusehen, wie die Geheimnisse aus ihrem dunklen Loch an die Oberfläche gezerrt werden, um dich dann als schlechten Tausch in eben dieses Loch hineinzuwerfen, weil du jetzt nichts mehr hast, was dich hält – das ist richtig schlimm. Und dein ganzes Leben bricht mit dir zusammen ein.

Atmen. Erst mal nur atmen, rief ich mir in Erinnerung. Aber das war nicht leicht. Der stechende Schmerz machte es mir fast unmöglich, überhaupt Luft zu holen. Meine Kehle war rau und meine Brust nicht in der Lage, sich zu heben und zu senken, wie sie es eigentlich tun sollte. Ich war zerrissen. Gefangen in der Dunkelheit, und es wäre jetzt einfach, sich nur fallen zu lassen und in der Schwärze zu verschwinden. Nur für ein paar Minuten. Bis sich alles beruhigt hatte. Aber irgendwas hielt mich zurück und ließ nicht zu, dass ich mich entfernte. Als wollte er unbedingt, dass ich hierblieb und mich dem stellte, was in der Wirklichkeit lauerte. Ich musste mich entscheiden, und der innere Kampf dauerte eine ganze Weile, bis die Tunnelwände sich zurückzogen und mir wieder Raum gaben, anstatt mich zu zerdrücken. Erst nach und nach verschwand der Druck auf meinen Ohren und auf der Brust und ließ mich endlich durchatmen und meine Gedanken ordnen. Es wurde wieder heller und das Gefühl der Hilflosigkeit wog nicht mehr ganz so schwer wie noch am Beginn des Tunnels.

Mein Blick wurde wieder klarer und hielt den meines Gegenübers fest. Elvis. Der Agent aller Stars, offensichtlich frisch aus Hollywood eingeflogen. Der Mann, der seine Bluthunde auf mich gehetzt hatte, nachdem ich Tristan hatte zerfleischen wollen. Seinen besten Freund.

Erneut kroch Angst in mir hoch.

»Was machst du hier?« Meine Stimme war nicht mehr als ein Flüstern, mein Hals war so rau und sehnte sich nach einem Schluck Wodka. Ich spürte das Zittern meiner Hände und steckte sie in die Hosentaschen.

»Ihr kennt euch?« Hunters Stimme war nahe genug an meinem Ohr, um zu mir durchzudringen. Und seine Worte, gepaart mit der Überraschung in ihnen, waren eine einzige Qual. Ich konnte nur stumm nicken. Auch Megan sah mich irritiert an, und ihr Blick schwenkte zwischen Elvis und mir hin und her. Und so nahe, wie sie bei ihm stand, und die Tatsache, dass kein anderer Mann im Raum war, der ihr Freund hätte sein können, zählte ich eins und eins zusammen. *Konnte das wahr sein?*

Die Welt war so groß, und ausgerechnet Megan und Elvis hatten sich gefunden. Wenn das keine Ironie war.

Einzig Hunters Hand, die meinen Ellenbogen fest im Griff hatte, bewahrte mich vor einem inneren Rückzug.

»Äh, wartet mal …« Jetzt trat Megan vor. »Ihr kennt euch *woher* noch mal?«

Elvis' Blick fixierte mich. Und er sah direkt in mich hinein. Ich brauchte nicht zu versuchen, mich zu winden. Er kannte mich. Er kannte mich so gut, dass er genau wusste, dass ich hier kein Sterbenswörtchen von meiner zweifelhaften Berühmtheit erzählt hatte. Und ich kannte ihn gut genug, um zu wissen, dass er mir auch nur im äußersten Notfall vorgreifen würde. Elvis war nicht umsonst der beste Agent Hollywoods. Er war knallhart und kämpfte um und für seine Schützlinge. Aber er war auch der loyalste Mensch, den ich kannte. Selbst noch mir gegenüber. Und er war diplomatisch. Und genau so schaffte er es auch, mir den Ball zuzuspielen.

»Ja, schon eine ganze Weile. Von früher«, wich er aus. Seine abwartende Haltung signalisierte mir: *It's your turn.* Fast unmerklich nickte ich. Aber damit gab Megan sich nicht zufrieden, und auch Hunter fehlten da noch ein paar grundsätzliche Informationen.

»Skye?« Der Klang dieses Namens zerriss die Stille. Sein Blick ruhte auf mir, und ich musste mich ein weiteres Mal entscheiden. Innerhalb von Sekunden. Weglaufen oder bleiben? Lüge oder Wahrheit? Aufgeben oder Kämpfen?

Da stand der Mann, in den ich mich vor vierzehn Jahren verliebt hatte. Unsterblich verliebt hatte, allen Widrigkeiten zum Trotz hatten die Gefühle für ihn in mir ausgeharrt. So als hätten sie gewusst, dass irgendwann der Zeitpunkt kommen würde, an dem sie wieder an die Luft durften. Raus aus der mit

Ketten verschlossenen Kiste, die ich tief in meinem Herzen verschüttet hatte. Konnte ich wirklich zulassen, dass meine Feigheit alles zerstörte?

Ich holte Luft und drehte mich mit dem Ausatmen zu Hunter um. Auf seiner Miene spiegelte sich alles gleichzeitig: Überraschung. Unverständnis. Zorn. Die Bitte nach der Wahrheit.

»Wir kennen uns aus Hollywood«, begann ich mit brüchiger Stimme. Sie wollte mir nicht gehorchen, weil sie genau wusste, was für unangenehme Dinge ich gleich herauspressen würde. Ich räusperte mich, zwang mich zur Ruhe, sammelte mich und erklärte allen Anwesenden, was hier Fakt war. »Elvis war mein Agent. Ich bin Schauspielerin. Und die Branche kennt mich nur unter dem Namen Skye Ridley. Ich habe meinen Namen damals ändern lassen, gleich als ich achtzehn geworden bin.«

Hunters Stirn zog sich zusammen wie die Ankündigung eines dunklen Gewitters.

»Nachdem ich mich von meiner Mutter losgesagt hatte«, setzte ich hinterher. Hunter wusste nicht alles von dem schwierigen Verhältnis zu meiner Mutter. Tränen füllten meine Augen, aber ich drängte sie zurück. Weiterhin unterdrückte ich das Brennen in meiner Kehle, das immer lauter nach einem Drink verlangte. Nur ein Drink und alles würde leichter …

»An dem Tag hatte ich Ivy Roberts hinter mir gelassen und war in eine neue Identität geschlüpft. In die von Skye Ridley. Ich habe Ivy und alles, was dazugehörte, in ein dunkles Loch gestopft und nicht mehr daran gedacht. Bis … Bis ich hierher zurückgekommen bin. Und als ich zurückkam und du in mir Ivy gesehen hast … Ich war froh, nicht mehr Skye sein zu müssen.«

Die Stille im Raum lag schwer auf meinen Schultern, drohte mich zu erdrücken.

»Warum hast du mir das nicht erzählt?« Obwohl Hunter

mehr überrascht als böse klang, spürte ich die Situation wie ein leises Donnergrollen auf mich zu rollen.

»Weil ich nicht wollte, dass irgendjemand von meinem Status erfährt.«

»Aber ich bin doch nicht irgendjemand«, warf er berechtigt ein.

»Nein, das bist du nicht«, flüsterte ich. »Es gibt keine Entschuldigung dafür, nur eine Erklärung.« Er sah mich einfach nur an. Also war ich wieder am Zug. »Ich wollte nicht, dass du von Skye erfährst. Von dem Leben, das ich als Skye geführt habe«, brachte ich heraus und fing dabei Elvis' Blick auf. Er wusste, was hinter diesen Worten steckte. Er war dabei gewesen. Aber er drängte mich nicht, noch mehr offenzulegen. »Ich wollte hier nur in Ruhe leben«, erklärte ich Hunter. »Ohne Kameras, ohne Fans, ohne den Rummel, der mich mein halbes Leben lang begleitet hat. Ich wollte nur noch Ivy sein, das Mädchen, das du einmal geliebt hast.« Nun lösten sich die Tränen aus meinen Augen, und ich konnte nichts dagegen tun. Ich ließ sie laufen, jetzt war es sowieso zu spät, um irgendetwas aufzuhalten. »Und, weil … Es gibt Zeiten aus Skyes Leben, die ich gerne vergessen würde.«

»Was meinst du?« Hunter sah mich an. Er schien nicht wütend zu sein, nur enttäuscht. Und das war schlimmer.

Mein Herz raste, der Durst kroch in mir hoch wie ein alter Bekannter und schnürte mir fast die Kehle zu. Ich griff mir an den Hals und versuchte so, die Enge zu vertreiben.

Da stand Elvis, der mich besser kannte als irgendjemand hier im Raum und ganz genau wusste, wer ich war. Er hatte fast alle Phasen von Skyes Leben miterlebt.

Und da war Hunter, die Liebe meines Lebens. Der Mann, der das kleine, unschuldige Mädchen in mir liebte. Es war meine verdammte Pflicht, ihm die Wahrheit zu sagen. Das hätte ich schon vor langer Zeit tun sollen. Die Zeit des Versteckens war endgültig vorbei.

Noch einmal sammelte ich mich, machte mich bereit für den Showdown.

»Drogen. Alkohol. Männer. Exzesse, die mich meinen Job gekostet haben. Ich bin nicht mehr die Größe in Hollywood, die ich einmal war. Ich habe viel Scheiße gebaut und mich furchtbar benommen. Ich habe Unruhe gestiftet und Freunde vor den Kopf gestoßen. Kurzum: Ich war eine miese, hinterhältige Bitch.« Elvis zuckte zusammen, er wusste als Einziger, worauf ich anspielte. »Ich habe meinem Ex-Freund Tristan Hall das Leben schwer gemacht, habe seine Freundin gedisst und verspottet. Ich hätte fast sein Leben und seine Karriere zerstört. Und alles nur aus gekränkter Eitelkeit. Weil ich mich zurückgestoßen gefühlt habe.«

»Du warst nicht du, Skye«, mischte Elvis sich jetzt ein, aber das machte es nicht besser. »Du warst nicht mehr die Skye, die wir kannten.«

Zustimmend nickte ich. »Ja, die Tabletten und der Alkohol haben mein Gehirn vernebelt«, gab ich zu. Es fiel mir schwer, Hunter anzusehen. Mittlerweile wusste ich ja, wie er Drogen gegenüberstand. Seine Miene war starr und blickte geradeaus. Er sah Elvis an, blickte zu Megan, die ebenso fassungslos wie hilflos dastand und nicht begriff, was hier gerade passierte. Wie auch. Ich verstand es ja selbst nicht.

»Du hättest es mir sagen können.« Das waren die ersten Worte, die nach einer Weile des Schweigens zu mir durchdrangen. Sie kamen von Hunter.

Ich wollte verneinen, den Kopf schütteln, aufschreien. Ihm und mir einreden, dass ich keine andere Wahl gehabt hatte und dass die Drogen damals schuld an meinem Verhalten gewesen waren. Aber das wäre gelogen.

»Ich wollte es dir sagen, aber … ich hatte Angst«, gab ich

zu. Wenn man es genau nahm, hatte ich ihn zwar nicht angelogen, sondern ihm nur wichtige Dinge verschwiegen, aber das kam wohl aufs Gleiche raus. Und auch, dass ich versucht hatte, ihm die Wahrheit zu sagen, er mich aber nicht hatte zu Wort kommen lassen, änderte nichts daran. Denn ich hätte ja darauf beharren können. Aber wie ich schon zu Anfang festgestellt hatte: Hunter war stark. Ich war zu schwach.

23. Ivy

Ich konnte mir kaum vorstellen, wie heftig es in Hunter brodeln musste. Aber er ließ auch nicht zu, dass ich einen Blick hinter seine Fassade werfen konnte. Seine Miene war verschlossen, und das Einzige, was er mir zuteilwerden ließ, war Abweisung. So hatte ich ihn noch nie erlebt.

Nachdem ich ihm alles erzählt hatte, was vorerst wichtig war, um Klarheit zu bringen, hatte er Abstand zwischen uns gebraucht. Die Feststellung, dass ich ihm diese Seite von mir verheimlicht hatte, wog schwer zwischen uns. Aber sollte mich das wundern? Ich hatte ihm kein Vertrauen geschenkt, hatte es wie immer gemacht: mich allein durchschlagen wollen. Aber das funktionierte in einer Beziehung nun mal nicht. Und bei einem Hunter Johnson erst recht nicht. Er hatte ein Recht darauf, traurig und enttäuscht zu sein.

Aber auch Megan war überrascht. Wir kannten uns auch schon seit unserer Kindheit, und ich war ihr ebenso eine Entschuldigung schuldig wie Hunter. Aber ich brachte nichts mehr über meine Lippen. Mein Wortschatz war erschöpft, und ich hatte einfach keine Kraft mehr, mich zu erklären.

Wortlos war er gegangen, Megan hinter ihm her. Der Einzige, der blieb, war Elvis. Und der sah mich aus seinen grünen Augen nur abwartend an. Seine dunklen Haare waren kürzer, auch die Elvistolle, die ihm seinen Spitznamen beschert hatte, war verschwunden. Wenn man es nicht besser wüsste, deutete nichts mehr darauf hin, dass er noch vor einem Jahr in Anzug und Krawatte seinen Schützling Tristan und seine Freundin Aria vor mir beschützt hatte.

»Du fährst also das Monstrum da draußen?«, versuchte ich einen Einstieg zu finden. Seine Anwesenheit machte mich unglaublich nervös. Und dass er keine Regung zeigte, erst recht. »Megan ist toll. Ich kenne sie schon so lange wie Hunter«, plapperte ich weiter. Eine Augenbraue hob sich neugierig. »Ja, das kannst du nicht wissen. Ich habe in meiner Kindheit viel Zeit hier in Honey Falls verbracht, bei meiner Tante. Hunter und Megan kenne ich, seit ich acht Jahre alt war.«

Er zog seine Hände aus den Hosentaschen und verschränkte abwehrend die Arme vor der Brust. Der abwartende Blick blieb ebenfalls und setzte meinem Gewissen zu. Skye hätte jetzt das Kinn gehoben und eine Arroganz an den Tag gelegt, die ihresgleichen gesucht hätte. Und diese Arroganz wäre nichts weiter gewesen als ein Schutzmechanismus. Sie hatte nichts mit Überheblichkeit oder Ähnlichem zu tun. Sie war nur eine Mauer, die ich um mich zog, wenn ich nicht weiterwusste. Oder wenn man mir zu nahe kam. Oder ich mich aus anderen Gründen in die Ecke gedrängt fühlte. Hier hatte ich diese Arroganz schon lange abgelegt. Fast gleichzeitig mit dem Namen.

»Es tut mir leid.« Anstatt in alte Verhaltensmuster zu fallen, beschloss ich, weiter einen Schritt nach dem anderen zu machen. Und zwar nach vorne. Nicht zurück. Raus aus den High Heels und rein in die Boots.

Elvis neigte den Kopf etwas zur Seite, sah mich aber immer noch an, als wartete er auf etwas Bestimmtes.

»Ich schäme mich und weiß nicht, was ich sonst noch sagen soll, außer, dass ich es bereue. Alles, was ich dir, Tristan und Aria angetan habe.«

Seine Kiefer pressten sich aufeinander, und sein Blick war nicht mehr halb so freundlich wie noch vor wenigen Minuten. Aber hatte ich Freundlichkeit seinerseits überhaupt verdient? »Du glaubst, mit einer beschissenen Entschuldigung ist es getan? Verdammt, Skye! Es ist mir scheißegal, was du getan hast, bei mir brauchst du dich nicht zu entschuldigen. Aber bring die Sache hier in Ordnung und mach nicht da weiter, wo du aufgehört hast. Du willst einen Neuanfang? Dann nutz die Chance, verdammt!«

»Ich …« Hilflos knetete ich meine Hände vor meinem Bauch. Ich hatte es ja nicht anders verdient, aber es war doch ein Schlag ins Gesicht, so abgewiesen zu werden. Seitdem Hunter meine Rückkehr so gut aufgenommen und nicht auf stur geschaltet hatte, war mein Unterbewusstsein wohl auf Harmonie eingestellt. »Du hast recht. Mit einer beschissenen Entschuldigung ist gar nichts getan, das weiß ich. Sie ändert nichts daran, was passiert ist, und wird weder deine Meinung noch die andere Leute über mich ändern. Aber Gott, Elvis! Ich muss doch irgendwo anfangen.«

»Nate.«

»Was?«

»Elvis ist Geschichte. Ich habe ihn hinter mir gelassen, so wie du Skye. Vielleicht etwas weniger dramatisch, aber ich bin ausgestiegen. Vorerst.«

»Aber wieso –?«

»Hier geht es nicht um mich, Skye.«

»Ivy«, korrigierte ich ihn und musste nichts weiter erklären.

»Ivy, klar. Es geht hier nicht um mich«, wiederholte er. »Es geht um dich und darum, in was für eine Scheiße du dich wieder reingeritten hast. Und ich rede nicht von dem, was war. Ich bin nämlich verdammt stolz auf dich, dass du dich auf Entzug und in Therapie begeben hast, um dein Leben in den Griff zu kriegen. So viel Stärke hätte ich dir nach all deinen Eskapaden nicht zugetraut, wenn ich ehrlich sein darf.«

Ich schluckte perplex. »Darfst du.« Es überraschte mich sehr, diese Worte aus Nates Mund zu hören, aber sie freuten mich auch ein kleines bisschen. Nate war eine gestandene Größe in der Filmwelt, er kannte manche Menschen besser, als sie sich selbst kannten.

»Wenn ich ehrlich bin, dann war ich immer etwas neidisch auf deine Coolness«, gab ich zu.

»Welche Coolness?«

Ich winkte ab. »Du hast einfach dein Ding gemacht, alles durchgeboxt und mich mal eben in meine Schranken gewiesen.«

»Skye … Ivy, was blieb mir anderes übrig?«, warf er ein.

»Das war kein Vorwurf, Nate. Ich bin dir im Nachhinein dankbar dafür«, gab ich zu, und es fiel mir nicht so schwer, wie ich gedacht hatte. Es tat sogar gut, sich Dinge einzugestehen und endlich mal den Kopf aus dem Sand zu nehmen. »Mit dem Druck auf mich hast du ein Stück zu meinem Entschluss beigetragen, allem den Rücken zu kehren. Letztlich hast du mir also geholfen.«

Anerkennend nickte er langsam. »Das freut mich. Ehrlich.« Ein klitzekleines Lächeln blitzte über sein Gesicht, bevor er wieder ernst wurde. »Ich bin kein nachtragender Mensch, Ivy. War ich noch nie, und das weißt du.« Ich stimmte ihm zu. »Was ich dir aber auf jeden Fall raten würde – rede mit Tristan. Es kann nicht sein, dass ihr euch so zerfleischt und dann jeder seiner eigenen Wege geht. Ihr wart mal ein Paar, ihr habt mal Tisch und Bett miteinander geteilt. Ihr müsst miteinander reden und endlich einen Schlussstrich ziehen.«

»Ich weiß.« Und das meinte ich ehrlich. Ich wusste schon lange, dass eines Tages der Tag kommen würde, an dem ich mich Tristan stellen musste. Von Angesicht zu Angesicht.

Als ich nach Honey Falls zurückgekehrt war, hatte ich nicht den Mut gehabt, mich mehr als nötig mit meiner Vergangenheit auseinanderzusetzen. In den letzten Wochen war ich gewachsen. Oder es lag allein an der Liebe, die Hunter mir entgegenbrachte und mit der er mich umhüllte. Liebe versetzte ja bekanntlich Berge. Oder war es der Glaube? Wie auch immer – ich fühlte, dass ich nicht mehr so ängstlich auf die Vorstellung einer Aussprache mit Tristan reagierte wie noch vor ein paar Monaten.

»Ich glaube nicht an Bestimmungen oder Schicksal, aber ich glaube fest daran, dass es die richtige Entscheidung war, hierherzukommen. Honey Falls hat mich verändert, Nate. Ob es an den Menschen liegt oder an der Luft, an der Ruhe, dem Schnee oder … an Hunter? Ich weiß es nicht, aber was ich weiß, ist, dass ich gewachsen und bereit bin, mich dem Chaos zu stellen, das ich hinterlassen habe.«

Aus Nates Blick sprach Achtung. »Ich kenne Hunter nicht, aber laut Megans Erzählungen glaube ich, dass er ein netter Kerl ist. Wenn dir wirklich was an ihm liegt, dann sieh zu, dass du das wieder hinbiegst. Alles andere kann warten. Aber nicht zu lange«, setzte er mit einem angedeuteten Schulterzucken hinterher.

Ich ließ die Worte sacken. Die Hoffnung, dass sich alles wieder einrenken würde, war da. Und ich wünschte mir nichts mehr, als dass Hunter meine Beweggründe verstehen würde. Aber das würde ich nicht herausfinden, wenn ich hier stehen blieb. Also warf ich Nate noch einen dankbaren Blick zu und legte ihm im Vorbeigehen kurz die Hand auf die Schulter. Dann machte ich mich auf die Suche nach Hunter.

Ich fand ihn in seinem Büro. Gemeinsam mit Megan. Die Tür war nur angelehnt, sodass ich sie nach einem zaghaften Klopfen und einem noch zögerlicheren »Herein« ganz öffnete.

Hunter saß hinter seinem Schreibtisch, Megan davor, mir den Rücken zugekehrt. Zwischen sich eine Flasche Whiskey und zwei gefüllte Gläser.

»Können wir reden?« Bitte sag Ja, flehte ich stumm.

»Nicht jetzt.« Seine Antwort war eindeutig. Ich wusste, Bitten und Betteln würde nichts nutzen. Abgesehen davon war das etwas, was ich noch nie gut gekonnt hatte.

Also trat ich den Rückzug an, zog die Tür hinter mir ins Schloss und ging auf mein Zimmer. Während ich halb blind vor Tränen die Treppenstufen nahm, malte ich mir aus, wie Hunter und Megan sich die Köpfe heiß redeten. Sicher würden sie googeln, alles über Skye Ridley herausfinden wollen und das auch schaffen. Mir machten nicht die Infos über die Serie *Tears & Ashes* Sorgen, bei der ich gemeinsam mit Tristan vor der Kamera gestanden und die uns diesen unglaublichen Erfolg beschert hatten. Es waren die Berichte, die nichts mit der Schauspielerei zu tun hatten. Das Internet war voll von meinen Eskapaden, und noch schlimmer: voll von Fotos, auf denen nur die kaputte Hülle von Skye zu sehen war, die schon lange nichts mehr mit dem Menschen darunter zu tun hatte.

Lange hatte ich mich aufrecht gehalten, aber jetzt konnte ich nicht mehr. Ich wusste, dass ich jetzt an einem Punkt angekommen war, der Zeit brauchte. Hunter würde Zeit brauchen, um alles zu verkraften. Wenn er es mir überhaupt irgendwann verzeihen konnte. Und ich? Ich würde genauso Zeit brauchen, um mir bewusst zu werden, was ich damit angerichtet hatte.

Unschlüssig stand ich in meinem Zimmer und sah mich um. In den letzten Wochen hatte ich mich hier heimisch gefühlt. Was auch zum großen Teil an Hunter lag. Und daran, dass ich hier als Kind schon quasi zu Hause gewesen war. Aber jetzt kam es mir falsch vor, hier zu sein, die Gastfreundschaft dieser Familie weiter in Anspruch zu nehmen.

Wie in Trance nahm ich die Klamotten, die im Zimmer verteilt waren. Ich faltete die Pullis, legte Jeans und T-Shirts zusammen und stopfte Unterwäsche und Socken in die Schuhe. Teil für Teil packte ich den Koffer, mit dem ich vor einer gefühlten Ewigkeit hier angekommen war. In einer stürmischen Nacht, die eine stürmische Zeit mit sich gebracht hatte.

Der Spiegel im Badezimmer zeigte mir, was von der Frau übrig war, die voller positiver Gedanken und guter Vorsätze hierhergekommen war. Erneut sah mir ein Wrack entgegen. Diesmal nicht von Drogen und Alkohol zerfressen, sondern von schlechtem Gewissen und Liebeskummer. Ich hatte diesen Anblick so satt.

»Du blöde Kuh!«, schrie ich mein Spiegelbild an und zuckte zusammen, als die Cremedose mit voller Wucht dagegen knallte und einen Riss im Spiegel hinterließ. Dann sackte ich in mich zusammen und brach auf dem nackten Fliesenboden des Badezimmers zusammen. Ich schluchzte, dass es mich schüttelte, und weinte, bis meine Augen brannten. Meine Knochen schmerzten und ich fror entsetzlich. Mit letzter Kraft schleppte ich mich ins Schlafzimmer zurück, legte mich ins Bett und zog die Decke über mich. Das Zittern wollte nicht aufhören, meine Zähne klapperten. Das war der Schock. Das musste der Schock sein. Darüber, dass ich jetzt alles verloren hatte, was ich mir gewünscht hatte.

Ich schlief nicht, sondern döste immer nur mal für eine Weile weg. Bis mich ein Gedanke oder ein Bild vor meinem geistigen Auge zusammenzucken ließ. Dann überprüfte ich jedes Mal den Nachrichteneingang auf meinem Handy, aber Hunter hatte mir nicht geschrieben. Er war auch nicht zu mir gekommen, was wohl hieß, dass er richtig sauer auf mich war.

Im Morgengrauen stand ich auf, stellte mich unter die Dusche und machte mich fertig. Der Riss im Spiegel erinnerte mich an meine Schwäche. Ich führte alle Bewegungen mechanisch aus, wie ein Roboter, und war nach einer Stunde so weit, dass ich das Zimmer, was mir in der ganzen Zeit wie ein Zuhause vorgekommen war, endlich verließ.

Vorerst ohne Gepäck ging ich die Treppen runter, ich zählte die Stufen und wusste nach zweiundzwanzig Tritten, dass ich unten angekommen war. Mein Blick huschte durch die

Eingangshalle, aber Hunter war nirgends zu sehen. Eine junge Angestellte begrüßte mich freundlich, als ich an den Empfangstresen trat.

»Ist Hunter … Mr Johnson zu sprechen?«, fragte ich.

»Nein, ich bedauere. Er hat heute Morgen ganz früh das Haus verlassen. Soll ich etwas für ihn notieren?«

Ich verneinte. Wie konnte eine Nachricht rausreißen, was Worte nicht geschafft hatten? Es würde also ein Abschied ohne Abschied werden. Nun gut, auch das hatte ich ahnen müssen. Hunter war verletzt und zog sich zurück. Es blieb mir nichts anderes übrig, als darauf zu warten, bis er bereit war, mit mir zu sprechen. Er hatte meine Nummer, er wusste, wo ich zu finden war.

Gerade hatte ich den Fuß auf die erste Stufe der Treppe nach oben gesetzt, da kam Megan aus dem Aufenthaltsraum. Sie blieb stehen und sah mich an, als wäre ich ein Geist. So fühlte ich mich allerdings auch.

»Hunter ist nicht da«, war das Erste, was sie zu mir sagte.

»Ich weiß«, gab ich zurück und merkte, wie der Panzer sich wieder um mein Herz legte.

Megan legte den Kopf schief. »Kaffee?«

Ich wollte den Kopf schütteln und gehen, aber etwas in ihrer Miene hielt mich zurück und erinnerte mich daran, dass sie nicht der Feind war. Also stimmte ich zu und folgte ihr in die Küche. Sie war bis auf das Küchenpersonal leer. Kein Hunter, keine Sandy. Megan lotste mich zum Sofa und holte uns Kaffee. Dann setzte sie sich mir gegenüber auf den Stuhl. Dorthin, wo Hunter gesessen hatte, bevor wir unseren nächtlichen Ausflug gemacht und uns zum ersten Mal geküsst hatten.

»Du hast echt Mist gebaut«, läutete Megan das Gespräch ein.

»Ich weiß.« Mich aufzulehnen oder zu erklären, hatte ich keine Energie.

»Hunter ist heute Morgen nach Texas geflogen.«

»Okay …« Das erstaunte mich. Was war in Texas?

»Ich soll dir ausrichten, dass er über alles nachdenken muss. Du hast ihn ganz schön überfahren.«

»Was hat er gelesen?«, wollte ich wissen.

Megan stoppte den Kaffeebecher kurz vor ihrem Mund. Sie setzte ihn wieder ab und seufzte. »Alles. Von deinem kometenhaften Aufstieg als Teenager, über deine sagenhafte Karriere der letzten Jahre an der Seite von Tristan Hall bis hin zu deinem bühnenreifen Abgang im letzten Sommer. Absolut filmreif würde ich sagen.« Megan hatte schon als junges Mädchen kein Blatt vor den Mund genommen, offensichtlich hatte sich daran nichts geändert. Aber ich nahm es ihr nicht übel, sie hatte erstens recht, und zweitens war Hunter ihr Bruder. Blut war immer dicker als Wasser.

»Nicht umsonst bin ich Schauspielerin geworden. Ich kann Drama«, witzelte ich schwach, aber keiner von uns lachte. »Ich hab mich nicht mit Ruhm bekleckert.«

»Ganz offensichtlich.« Reglos taxierte sie mich.

Megan und ich waren uns optisch gar nicht ähnlich. Beide hatten wir lange Haare, aber ihre waren blond, meine dunkel. Ihre Augen blau, meine braun. Sie hatte keine körperlichen Veränderungen an sich vornehmen lassen, ich schon. Auch charakterlich hätten wir nicht unterschiedlicher sein können. Da, wo ich launisch und kindisch gewesen war und mein Leben auf Kosten anderer gelebt hatte, hatte sie alles für ihre Familie getan. Sie hatte ihre Mutter beerdigt und das Hotel geführt. Sie war nicht weggelaufen und hatte sich in Alkohol und Drogen geflüchtet so wie ich. Ich konnte vor ihr nur meinen Hut ziehen. Sie war alles, was ich nicht war: eine gestandene Frau. Ich dagegen war ein vierzehnjähriger Teenager, verloren in seinem ersten Liebeskummer mit unglaublichem Durst.

»Ich weiß, dass ich von vornherein mit offenen Karten hätte spielen sollen. Aber ich hatte Angst.«

»Wovor?« Megan schien ehrlich interessiert, und nachdem sie ihrem Unmut Luft gemacht hatte, war auch die Härte aus ihrer Stimme verschwunden.

»Dass er mir keine Chance gibt.«

»Du weißt genau, dass Hunter dich niemals hätte fallen lassen«, fuhr sie auf. »Nur weil du ein anderes Leben geführt hast, bist du doch kein schlechter Mensch.«

Ich schnaubte. »Da stehst du mit deiner Meinung ziemlich alleine da.«

Ihre Hand griff nach meiner. »Wenn ich dich nicht kennen würde, ja. Aber ich kenne dich, Ivy. Du bist kein schlechter Mensch«, wiederholte sie und drückte meine Hand. Ich drückte zurück und konnte mir nur mit Not ein Schluchzen verkneifen. Ihr Mitgefühl hatte ich überhaupt nicht verdient.

Ein paar Atemzüge vergingen, bis ich mich traute, die Frage zu stellen, die mich seit meiner Ankunft beschäftigte. »Meinst du, er wird mir je verzeihen? Dass ich damals einfach gegangen bin?«

Megan zog ihre Hand weg, lehnte sich im Stuhl zurück und sah mich an. »Das musst du ihn schon selbst fragen.«

»War einen Versuch wert.« Ich lächelte schwach. »Wann kommt er wieder?«

»Er wusste es nicht genau. So wie ich ihn kenne, wird er sich gründlich Zeit nehmen, um darüber nachzudenken. Das tut er immer. Ich kümmere mich in seiner Abwesenheit um alles hier.«

»Das klingt nach Hunter«, stimmte ich zu. Er war besonnen, keine unüberlegte Schnellschussmaschine wie ich.

Sie neigte den Kopf zur Seite. »Weißt du, als ich mich letztes Jahr endlich von meinem Mann getrennt habe, da war

Hunter für mich da, obwohl ich ihn vor den Kopf gestoßen hatte.«

»Du warst verheiratet?«

»Seit der Highschool. Er war meine erste große Liebe. Aber letztlich hat sich rausgestellt, dass er auch nur ein faules Ei war. Er hat mich geschlagen. Da bin abgehauen, und Hunter hat hier die Stellung gehalten.«

Diese Informationen musste ich einen Moment sacken lassen. »Das tut mir unglaublich leid, Megan.« Ich wusste nicht viel mehr dazu zu sagen, auch wenn ich viel mehr Mitgefühl und vor allem Verständnis für sie in mir trug. Aber alles fühlte sich platt an. Und das war jetzt nicht der Moment dafür.

»Schon okay. Ich bin drüber weg. Nate hat mir dabei sehr geholfen.«

»Er mag dich sehr.«

Megan lächelte. »Ja, das tut er. Und ich ihn. Worauf ich aber eigentlich hinaus wollte ist, dass auch ich mit Geheimnissen in unsere Beziehung gestartet bin. Ich habe Nate nichts von meinem Mann erzählt, ebenso wenig davon, dass er mich geschlagen hat. Nichts von meiner Familie, nichts vom Hotel. Ich hatte geglaubt, ich könnte nur ein neues Leben anfangen, wenn ich alles hinter mir lasse.« Sie lächelte wieder, aber in ihren Augen lag Traurigkeit. Und das Wissen, einen Fehler gemacht zu haben. »Aber dann hat er es rausgefunden.«

»Oh …« Ich wollte mir gar nicht ausmalen, was dann passiert war.

»Wir haben uns getrennt, und ich hab versucht mich allein durchzuschlagen. Ich war der festen Überzeugung, mich nur selbst heilen zu können. Ja, das war zu einem Teil auch richtig. Es gab Sachen, die ich mit Nate an meiner Seite nicht gekonnt hätte. Aber wenn ich zurückblicke, dann glaube ich, es wäre auch mit ihm zusammen gegangen. Ich hätte einfach hinter mir aufräumen und dann darüber sprechen müssen.« Megan hatte auf ihrem Weg viel Selbsterkenntnis gewonnen, davon war ich noch weit entfernt.

»Wie habt ihr wieder zusammengefunden?«

»Es hat Monate gedauert, bis ich mir eingestehen konnte, dass ich wieder lernen musste, Vertrauen zuzulassen. Aber Nate hat mir die Zeit gegeben. Er hat gewartet und war im richtigen Moment bei mir, um mich zu halten.« Ihre Augen leuchteten. Man sah ihr an, wie glücklich sie war und wie sehr sie Nate liebte. Ich freute mich so für sie. Nach einem kurzen Moment des Gefühlsdusels sah sie mich eindringlich an. »Ich wollte dir damit zeigen, dass es eine Chance gibt, sein Glück zu finden, auch wenn man Scheiße gebaut hat. Ich habe gelogen und trotzdem den Mann meines Herzens bekommen. Du hast auch gelogen, und dein Zug ist noch nicht abgefahren. Gib Hunter Zeit.«

Ich hatte gar nicht gemerkt, dass ich weinte. Aber jetzt schniefte ich und fühlte die nassen Spuren auf meinem Gesicht. Hastig wischte ich sie weg. »Danke, Megan. Dein Zuspruch bedeutet mir sehr viel.«

»Ich bin für dich da, Ivy. Wenn du eine Freundin brauchst, weißt du, wo du mich findest.«

Wieder bedankte ich mich. »Wie lange werdet ihr bleiben?«

»Auf jeden Fall so lange, bis Hunter zurückkommt. Irgendeiner muss sich um das Hotel kümmern, auch wenn ich weiß, dass Sandy das ganz wunderbar auch ohne meine Hilfe hinkriegen würde. Aber nächsten Monat ist auch die Verhandlung meines Ex-Mannes.«

»Du hast ihn angezeigt?«

Megan nickte heftig. »Und ich hoffe, dass er verknackt wird.«

»Ich drücke die Daumen.«

Mein Kaffee war leer und mein Kopf voll mit Gedanken. Megan hatte es geschafft, mir die Angst vor einem Ende zu nehmen. Aber gleichzeitig auch angeregt, mich dem zu stellen, was noch nicht aufgearbeitet war. Und da gab es ja so einiges. Ich sah Parallelen zu ihren Beziehungsproblemen und musste mir eingestehen, dass ich die Chance ergreifen sollte. Jetzt.

Entschlossen nickte ich. Dann stand ich auf. »Megan, danke für den Kaffee und für deine Worte. Ich glaube, ich weiß jetzt, was ich zu tun habe.«

Sie stand ebenfalls auf, dann umarmten wir uns fest. Nicht nur wie zwei Freundinnen, die sich nahestanden. Sondern wie zwei Frauen, die Ähnliches durchgemacht hatten.

»Pass auf dich auf, Megan.«

»Und du auf dich. Und sag Nate Danke von mir. Und dass er dich ja gut behandeln soll, sonst komme ich zurück und –«

»Du willst gehen?«, unterbrach sie mich.

»Ich muss. Es gibt auch für mich noch einiges aufzuarbeiten – und wann, wenn nicht jetzt?«

Megan lächelte erneut. »Du hast recht. Ich wünsche dir viel Glück.«

Ich ließ Megan nach einer weiteren Umarmung im Aufenthaltsraum zurück, bat an der Rezeption darum, mir die Rechnung fertig zu machen, und stürmte hoch in mein Zimmer. Dort schnappte ich mir meine Sachen und verließ mit einem wehmütigen Blick das letzte Zuhause für die nächste Zeit.

»Es gibt keine Rechnung für Ihr Zimmer, Miss Roberts. Sie ist bereits beglichen«, teilte mir die junge Frau an der Rezeption mit, als ich wieder runterkam.

Nachdenklich nickte ich. Hunter hatte mich nicht wie einen Gast behandelt. Ich zog mein Portemonnaie aus der Tasche und legte einhundert Dollar auf den Tresen. »Dann haben Sie sicher eine Kaffeekasse oder so?« Die Dame bekam große Augen und nickte stumm.

Ich verließ das Hotel mit einem lachenden und einem weinenden Auge, lud mein Gepäck in den SUV und setzte mich hinters Steuer. Bevor ich den Motor startete, suchte ich im Internet nach einem Flug. Keine fünf Minuten später besaß ich ein Online-Ticket für einen Flug von Boston nach Los Angeles.

Ich startete den Wagen, und mit einem letzten Blick auf das Hotel fuhr ich vom Hof. Megan hatte recht. Erst wenn alle Altlasten abgelegt waren, war der Weg frei für einen Neuanfang. In welche Richtung der gehen sollte, würde ich dann sehen. Aber jetzt war es Zeit, den ersten Schritt von vielen zu machen.

24. Hunter

»Danke.« Ich schenkte der Stewardess ein mechanisches Lächeln. Seit Ivys Geständnis, seitdem ich wusste, wer sie wirklich war, hatte ich es nicht mehr geschafft, ein echtes Lächeln hervorzubringen. Die Informationsflut war über mich hereingebrochen, bevor ich mich hatte schützen können. Sie hatte mir mein Herz rausgerissen und mich schutzlos liegen lassen. Jetzt flog ich hoch über den Wolken, brauchte Abstand zu allem und fühlte mich erbärmlich.

Der Whiskey war billig trotz der Businessclass und schmeckte mir nicht, aber ich stürzte ihn dennoch runter. Bis nach Fort Worth in Dallas dauerte es nicht mehr lange. Massachusetts, Pennsylvania, Ohio, Missouri und Arkansas hatten wir bereits hinter uns gelassen und laut Pilotendurchsage die Bundesgrenze zu Texas gerade überflogen. Bis auf eine dichte Wolkendecke unter und einem strahlend blauen Himmel über mir sah ich nichts. Und dazwischen war Leere. Obwohl meine Gedanken nicht stillstanden, fühlte ich mich ausgelaugt und leer.

Wie hatte es sein können, dass ich Ivy nicht erkannt hatte? Die Serie, in der sie mitgespielt hatte, hatte ich nie gesehen, und auch sonst interessierte ich mich nicht für Promiklatsch. Aber jetzt, wo ich die Fotos gesehen hatte … Ja, Ähnlichkeit war da, aber das gab es oft. Als Skye sah sie so anders aus. Ihr hübsches Gesicht hatte sie unter unzähligen Schichten Puder und Make-up versteckt, die Haare waren blond und irgendwie auch viel mehr. Ihre Augen blau. Wie auch immer sie das gemacht hatte. Vermutlich mit Kontaktlinsen. Nein, da steckte keine Ivy drin. Ich fragte mich, ob ihre so krassen Veränderungen wirklich daher rührten, dass sie nichts mehr mit dem Mädchen von früher zu tun haben wollte. Oder war es einfach nur das Filmbusiness, das sie zu jemandem geformt hatte, der sie nicht war? Oder steckte doch mehr dahinter? Ich war überzeugt, dass sie mir nicht die ganze Wahrheit gesagt hatte. Aber wie ich schon bei unserem letzten Gespräch geäußert hatte, wollte ich, dass sie aus freien Stücken ehrlich zu mir war. Nicht, weil man ihr die Pistole auf die Brust setzte. Deswegen war ich gegangen. Um ihr und mir Zeit zu geben. Ich musste nachdenken.

Ivy war süchtig gewesen. Drogen waren nichts, worüber ich einfach hinwegsehen konnte. Eine Alkoholsucht war ebenfalls nicht zu unterschätzen. Die Anzeichen waren die ganze Zeit über da gewesen, ich hatte sie nur nicht sehen wollen. Aber im Grunde wusste ich, dass eine Beziehung mit Ivy so nicht möglich war. Ich würde mich jeden Tag fragen, ob ich etwas übersehen hätte. Würde sie kontrollieren wollen, alles mehrfach überprüfen. Ich hatte Parker wegen so einem Scheiß verloren. Und weil ich nicht genau hingesehen, die Anzeichen nicht hatte kommen sehen. Das würde ich bei Ivy nicht zulassen. Und genau deswegen konnte ich nicht mit ihr zusammen sein. Es würde uns beide kaputtmachen.

Ave hatte sich gefreut, als ich ihm von meinem spontanen Trip nach Texas geschrieben hatte. Er und seine Familie erwarteten mich. Vielleicht war dieser Trip genau das, was ich jetzt brauchte. Nicht nur Ivy hatte Teile ihres Lebens lange versteckt gehalten. Auch ich hatte einiges in mir vergraben, was jetzt an die Luft wollte. Warum sonst war Ave aus heiterem Himmel bei mir aufgekreuzt? Alles hatte einen Sinn.

Die Maschine glitt auch die letzte halbe Stunde ruhig und ohne Komplikationen durch die Wolken, die kurz vor Dallas aufrissen. Schon von hier oben erkannte man, wie anders Texas war. Die Landschaft hatte viel Sand und Felsen zu bieten, aber die besiedelten Teile des Landes zeigten eine dichte grünen Decke, viel Wasser und eine Menge Häuser.

Als ich nach fast fünf Stunden Flug texanischen Boden betrat, machte ich mich als Erstes auf die Suche nach dem richtigen Mietwagenschalter. Ich hatte in Boston am Flughafen online einen SUV gebucht, um die Strecke nach Hudson Oaks zu fahren. Ich wollte Ave keine Umstände machen, denn ich wusste, dass er auf der Ranch seiner Familie genug zu tun hatte. Die fünfzehn Grad Außentemperatur waren angenehm, und ich zog die Jacke aus, um sie auf den Rücksitz zu legen. Im Radio lief *All of me* von John Legend, und ich versuchte der Melancholie Herr zu werden, die mich mit dem Songtext zusammen überrollen wollte. Aber es gelang mir nur mäßig. Ivy fehlte mir, und ich wusste, dass sich daran nichts ändern würde.

Bis nach Hudson Oaks war es laut Navi nur eine Stunde Fahrt, aber weil ich den Abzweiger zur Ranch verpasst hatte, musste ich noch mal umdrehen und kam eine halbe Stunde später als geplant bei Ave an. Aber als ich den endlosen Feldweg zwischen den Wiesen mit Rindern entlangfuhr, beschloss ich, mir während des Aufenthalts hier keinen Zeitdruck zu machen.

Ich lenkte den SUV durch ein überdimensionales Ranchtor, wie man es aus guten alten Cowboyfilmen kannte. *Rough Creek Ranch* war in großen Lettern darauf zu lesen, und ich fühlte mich beim Einfahren wirklich wie der Besucher einer großen Filmkulisse. Der Weg zum Ranchhaus war lang, und ich fuhr auf sandigem Weg zwischen Viehkoppeln hindurch, die jeweils mit mannshohen Holzzäunen abgetrennt waren. Neugierige Rinder mit riesigen Hörnern sahen mich neugierig an, während sie mit großen Mäulern das Gras zerkauten.

Das Haus war aus sandfarbenen Backsteinen gebaut worden und bestand aus einem Haupthaus und mehreren Anbauten. Aus den Stallungen auf der rechten Seite sahen mir ein paar Pferdeköpfe aus ihren Boxen entgegen, sie bewegten den Kopf hoch und runter und begrüßten leise wiehernd den neuen Besucher. Das musste den Ausschlag gegeben haben, denn aus der Boxengasse trat Ave in Arbeitskleidung und hob grüßend die Hand.

Als ich kurz vor dem Haupthaus zum Stehen kam, öffnete sich auch die doppelflügelige Eingangstür aus dunklem Holz, und eine junge Frau in Jeans und Karobluse kam heraus. Ich parkte den SUV und stieg aus. Die Luft war klar und erfüllt von dem Wiehern und Schnauben der Pferde und dem Geräusch einer Motorsäge. Als ich nach links sah, erkannte ich zwei Männer, die Feuerholz aus einem Baumstamm sägten.

Ich streckte mich und ging dann auf Avery zu, der sich auf dem halben Weg mit der Frau getroffen hatte.

»Hunter, ich freu mich, dass du da bist.« Wir umarmten uns freundschaftlich, und ich roch die Pferde an seinem Hemd. »Du erinnerst sich sicher noch an meine Frau Leann«, stellte er mir die Frau an seiner Seite vor.

»Natürlich!«, antwortete ich. Leann hatte ich auf Parkers Beerdigung das erste und letzte Mal gesehen.

Sie lächelte mich offen an und umarmte mich ebenfalls herzlich. »Anstrengende Reise gehabt?«

»War ganz okay. Ihr habt es wirklich wunderschön hier«, befand ich.

»Möchtest du erst einen Rundgang oder erst ein kaltes Getränk?«, fragte Ave.

»Wenn du mich so fragst …« Ich grinste und Leann und Ave ebenfalls.

Leann verabschiedete sich wieder in die Küche, sie hatte ein Brot im Ofen fürs Abendessen, und Ave lenkte mich um das

Gebäude herum auf die Hinterseite. Dort blieb mir bei dem Anblick erst mal die Luft weg.

Die Ranch lag direkt am Lake Weatherford, einem der größten Seen des Countys. Vom Grundstück hatte man freie Sicht auf das Wasser und auch freien Zugang. An einem Bootssteg lagen zwei Ruderboote und ein kleines Motorboot.

»Meine kleine Auszeit«, erklärte Ave mir und zeigte auf den See. »Ich hab nicht viel Freizeit, die Tiere fordern uns sehr, aber wenn, dann sind wir viel auf dem See.« Er lenkte uns zu einer großen überdachten Holzterrasse auf der Hinterseite des Hauses. Dort gab es eine Außenküche und einen Barbecuegrill. Ave holte zwei kalte Limos aus dem Kühlschrank, und wir setzten uns auf die Gartenstühle in der Sonne.

»Danke, dass ich kommen durfte.«

»Wir freuen uns, dass du da bist.«

Wir tranken schweigend. Vielleicht war das so ein Ding unter Männern, wir brauchten nicht viele Worte, um uns zu verstehen. Vielleicht war es aber auch die Angst davor, das Unausweichliche anzusprechen.

»Wir haben geplant, am Samstag zum Friedhof zu gehen und dann ein Barbecue zu veranstalten. Die Nachbarn werden kommen und ein paar Freunde und die Familie natürlich. Parker hätte es gefallen.«

»Da bin ich mir sicher«, stimmte ich zu. Auch zwischen den gesundheitsbewussten New Yorker Kollegen war Parker bei seinem Steak geblieben, ganz gleich, ob sie Vegetarier oder gar Veganer gewesen waren. Ja, ein Barbecue wäre ganz nach seinem Geschmack gewesen.

Ave erklärte mir, dass – obwohl der nächste Nachbar ein paar Meilen entfernt wohnte – man sich hier nahestand und aufeinander zählen konnte, wenn man Hilfe brauchte. Sei es beim Bewirtschaften des Hofs oder auch bei Familienangelegenheiten. Hier war man füreinander da. Ich mochte diese

Mentalität jetzt schon. Auch wenn ich mich in jungen Jahren für die Anonymität der Großstadt entschieden hatte, merkte ich seit meiner Rückkehr nach Honey Falls immer mehr, wie sehr ich mich nach einem Rückzugsort und einer Familie sehnte. Ich wollte endlich ankommen.

»Die Familie haben wir hier auf dem Hof versammelt, wir sind ein Mehrgenerationenhaus, wenn man das so sagen kann. Oder auch – ein Familienunternehmen«, sagte er lachend. »Mein Dad versorgt die Longhorns und meine Ma schmeißt den Hofladen. Grandma hilft im Haushalt und Grandpa und ich sind die Pferdeflüsterer. Und Leann hilft überall, wo sie gebraucht wird. Wir sind erst seit zwei Jahren verheiratet.«

»Und schon so gut organisiert. Wow«, staunte ich.

»Na ja, die Alten sind ja schon seit Jahren aufeinander abgestimmt, und wir sind da so reingerutscht.« Er wurde etwas leiser. »Nur Parker hatte keine Lust, in den Betrieb einzusteigen. Er hatte mit Tieren nie viel am Hut.«

»Dafür konnte er gut mit Zahlen«, warf ich ein, als müsste ich für ihn in die Bresche springen, was natürlich Quatsch war.

»Ja, das konnte er. Eigentlich hätte er die Buchhaltung der Ranch übernehmen sollen, aber …« Ave zuckte mit den Schultern. »Den Rest kennst du.«

Wir tranken schweigend unsere Limo, und ab und an kontrollierte ich mein Handy. Keine neuen Nachrichten.

»Was gibt es Neues von der Ivy-Front?« Als hätte Ave meine Gedanken erraten, hakte er nach.

»Oh, eine Menge«, stieß ich mit einem leisen Schnauben aus.

»Das hört sich nicht nach unermesslicher Freude an.«

»Sie … hat mir etwas verschwiegen, was ich hätte wissen müssen, bevor ich mich auf sie eingelassen habe«, umschrieb ich die Situation so gut es ging, ohne Ivy bloßzustellen. Das hatte sie nicht verdient.

»Oh, das ist scheiße. Fehlendes Vertrauen kann vieles kaputtmachen«, sinnierte Ave. Ich konnte ihm nur zustimmen.

Fehlendes Vertrauen. Genau das war es. Ivy hatte mir nicht genug vertraut. Aber vertraute ich ihr denn? Wie dem auch sei, etwas anderes gab es zu bedenken. »Aber sie nehmen dir nicht deine Gefühle«, konkretisierte ich.

Aves Kopf ruckte rum. »Du liebst sie?«

Ich zögerte keinen Moment. »Ja, das tue ich.«

Er nickte nachdenklich. Erst nach einer Weile, in der wir auf den See gesehen und unseren Gedanken nachgehangen hatten, griff er das Thema wieder auf.

»Mit der Liebe ist das so eine Sache. Sie ist wie der Tritt eines Pferds. Heftig und schmerzhaft, wenn er dich an deiner empfindlichsten Stelle trifft.«

Der Vergleich ließ mich schmunzeln. »Mitten in die Eier.«

»Mitten rein. Bäm.«

Wir quatschten noch ein bisschen über Gott und die Welt und Ave lud mich ein, am nächsten Tag mit ihm auf die Felder zu reiten. Er wollte mir seine Ranch zeigen. Ich freute mich wahnsinnig darauf, denn ich hatte noch nie auf einem Pferd gesessen.

Am Abend grillte Ave ein paar Steaks für uns, und ich lernte den Rest seiner Familie kennen.

Sein Dad John war der Inbegriff eines Cowboys. Weiße Haare, wettergegerbte Haut, breite Schultern, fester Händedruck, O-Beine und ein eher knurriges Wesen. Seine Frau Frieda war das genaue Gegenteil: klein, zierlich, braunes langes Haar. Sie waren sehr freundlich und zuvorkommend. Ebenso die Großeltern. Grandma Rose hatte einen indianischen Touch und achtete darauf, dass mein Teller immer gefüllt war. Grandpa Jakob darauf, dass mein Glas nie leer wurde. Trotz Parkers Tod und dem eigentlich traurigen Anlass unseres Beisammenseins, machte diese Familie weiter. Sie blieben nicht in der Vergangenheit stecken, sondern vertrauten darauf, dass es weiterging. Auch ohne Parker.

Mit einem ordentlichen Schwips und einer enormen Sehnsucht nach Ivy ging ich gegen Mitternacht nach einem langen Tag ins Bett.

Am nächsten Morgen wurde ich wach, weil die Sonne genau auf mein Gesicht schien. Es war noch keine sieben Uhr, mein Schädel brummte und es war viel zu hell. Ich zog die Decke über meinen Kopf und wollte weiterschlafen, aber dann fiel mir wieder ein, wo ich mich befand.

Geräusche aus dem Haus drangen an mein Ohr, und so stand ich auf, duschte meinen Kater fort und machte mich etwas zerknittert auf den Weg in die große Küche.

»Guten Morgen«, rief Rose mir fröhlich entgegen. Sie stand mit einer bunten Schürze am Herd und briet Unmengen an Eiern in einer überdimensionalen Pfanne, während Leann Kaffee in Kannen füllte und der Rest der Familie um einen großen Esstisch herumsaß, dessen Platte längs aus einem Baumstamm geschnitten worden war. Gut, dass er so stabil war, sonst hätte er sich wohl gebogen unter alldem, was ihm aufgeladen war: Brot, Bohnen, Speck, Pancakes, Marmelade, Butter … Ich konnte gar nicht alles erfassen, was der gedeckte Tisch hergab.

Ave winkte mich neben sich, wo noch ein freier Stuhl stand, und schob mir Kaffee rüber, als ich mich setzte. Er grinste nur, und dankbar nahm ich den Becher entgegen.

»Ich hab gleich noch im Stall zu tun, aber dann können wir los. Ich muss die Zäune überprüfen, und dabei kann ich dir die Ranch zeigen.«

»Prima, ich freu mich drauf.« Ich war mir zwar nicht sicher, ob mein Magen einen langen Ritt unbeschadet mitmachen würde, aber ich wollte auch nicht unhöflich sein.

»Ich werde dir Balu satteln«, wandte John sich an mich. »Er

ist gutmütig und wird dich nicht abwerfen, wenn du ihn nicht ärgerst.« Auf seinem wettergegerbten Gesicht zeichnete sich so was wie ein schadenfrohes Grinsen ab.

»Gut zu wissen. Danke.« Ich grinste halbherzig zurück.

Ave lachte und lud sich Eier auf den Teller, die Rose gerade auf den Tisch gestellt hatte. »Selbst wenn du ihn ärgerst, wird er dich nicht abwerfen. Balu ist, wie der Name schon sagt, die Trägheit in Person.«

»Sehr beruhigend«, gab ich zurück.

»Zu viel Bier?« Jakob lachte, als ich vorsichtig nickte, und reichte mir den Brotkorb. »Dann iss ein paar Eier und Brot. Das saugt auf.« Er dachte pragmatisch, das musste man ihm lassen. Aber wohl auch kein Wunder, da hier auf der Ranch jede Hand gebraucht wurde und man sich einen Ausfall nicht leisten konnte. Ich schätzte, dass hier noch niemand wegen eines Katers nicht gearbeitet hatte. Also griff ich nach dem Brot und tat mir Eier auf.

Das Frühstück mit so vielen Menschen war unterhaltsam. Alle redeten durcheinander, besprachen den Tag auf der Ranch, verteilten die Aufgaben. Die Tiere waren bereits gefüttert worden, als ich noch selig geschlafen hatte.

Die Uhr zeigte acht, als wir zur Arbeit aufbrachen. Ave lieh mir ein Paar Stiefel, und ich half beim Ausmisten der Ställe. John sattelte mir Balu wie versprochen, und nach einer kurzen Einweisung saß ich auf und ritt an Aves Seite vom Hof.

Die Natur war unglaublich. Wir ritten durch grüne, saftige Wiesen voller Rinderherden oder Pferde, eingerahmt von weißen Holzzäunen. Im Schritt ritten wir sie ab, überprüften und markierten die Stellen, die ausgebessert werden mussten. Das Areal war größer, als ich es mir hätte ausmalen können, und ich bekam ein Gefühl dafür, warum Ave hier so glücklich war. Er war Familienmensch und Naturbursche. Parker war ein Partylöwe, Workaholic und Stadtmensch gewesen. Ihm hatte es nie laut, schnell und schrill genug sein können. Ich hatte eine lange Zeit geglaubt, auch ein Stadtmensch zu sein. Einer, der sich nur über seine Leistung definierte. Aber das war falsch gewesen. Das war das gewesen, was uns kaputtgemacht hatte. Parker und fast auch mich. Und in dieser Sekunde begriff ich, dass ich ihm nicht hätte helfen können, egal, was ich getan hätte. Er hatte sich für diesen Weg entschieden, hatte sein Leben geliebt. Nichts hätte ihn davon abbringen können, das zu tun, wonach ihm war. So war Parker gewesen. Und ich musste endlich anfangen, das zu akzeptieren.

25. Ivy

Die Nacht war die Hölle. Ich schlief kaum. Und wenn, dann träumte ich von den Dämonen, die mich die letzten Jahre im Griff gehabt hatten.

Letztlich gab ich es auf, setzte mich im Bett auf und schaltete das Licht an. Es war vier Uhr am Morgen, und alles um mich rum fühlte sich so fremd an.

Ich war erst vor wenigen Stunden in Los Angeles gelandet und hatte mich dann gleich in die Hügel von Bel Air geflüchtet und in mein Haus zurückgezogen. Seit meiner Entscheidung, mich in einen Entzug zu begeben, war ich nicht mehr hier gewesen. Und eigentlich hatte ich es auch nie wieder betreten wollen, denn hier warteten viel zu viele Erinnerungen auf mich.

Da war das überdimensionale runde Bett, das ich mir mal gekauft hatte. In dem ich mit irgendwelchen Leuten Sex gehabt hatte, weil ich vor lauter Tabletten und Alkohol nicht ganz bei mir gewesen war. Jetzt ekelte es mich nur noch an. Ebenfalls die Spiegel an der Decke und an der Wand gegenüber. Mir sah eine verschlafene, ungeschminkte, unglückliche Brünette mit zerzaustem Haar in einem ausgewaschenen T-Shirt entgegen. Der Anblick war nicht der, den ich kannte, aber dennoch erinnerte er mich an die Orgien, die ich hier während meiner Drogenphase gefeiert hatte. Es. Ekelte. Mich. An. Ich ekelte mich selbst an.

Mein Hals war trocken und ich hatte Durst, fürchterlichen Durst. Hastig griff ich nach der Wasserflasche neben meinem Bett und stellte mir vor, es wäre Wodka. Aber schon nach ein paar Schlucken merkte ich, dass ich mir etwas vormachte. Weder trank ich Wodka noch wollte ich wirklich welchen trinken. Eigentlich wollte ich mich nur zusammenrollen, unter der Decke verkriechen und heulen. Ich hatte nicht vorgehabt, mich dem hier zu stellen, zumindest nicht so schnell. Aber ich musste es. Es wurde Zeit, dass ich mein Leben in den Griff bekam und es endlich wieder mir gehörte.

Seit meiner Flucht aus Honey Falls war keine Sekunde vergangen, in der ich nicht an Hunter gedacht hatte. Er fehlte mir so sehr, dass es mein Herz zerriss. Der Gedanke, dass das mit uns nicht mehr in Ordnung kommen könnte, fraß mich auf, und ich musste mich zwingen, ihn auszublenden. Aber das kostete Anstrengung und tat nicht weniger weh.

Glücklicherweise war die Yogamatte auch in meinem Koffer gelandet, als ich so Hals über Kopf gepackt hatte. Ich holte sie raus und absolvierte meine Übungen. Ich atmete den Schmerz einfach weg, und nach einer halben Stunde ging es mir tatsächlich etwas besser.

Nach einer ausgiebigen Dusche in einem Badezimmer, das so groß war wie zwei Zimmer im Middleton Inn, suchte ich nach passenden Klamotten. Aber alles, was ich in meinem Ankleidezimmer fand, waren Glitzerfummel oder elegante Garderobe für den roten Teppich. Meine Finger strichen über Samt und Seide, aber nichts davon fühlte sich richtig an. Also griff ich eine Jeans aus meinem Koffer und dazu ein T-Shirt. Die Temperaturen lagen in L.A. auch im Winter bei ungefähr zwanzig Grad, kein Vergleich zum winterlichen Honey Falls.

Ich band meine Haare zu einem Messy Bun und deckte mir wenigstens die Augenringe mit Concealer ab. Ansonsten verzichtete ich auf Make-up. Mit der Sonnenbrille würde mich so niemand erkennen. Es kursierten kaum Bilder von mir im Netz, auf denen ich ungeschminkt zu sehen war. Nur eines, dazu noch oben ohne auf den Bahamas im Urlaub. Gemeinsam mit Tristan.

Nachdem ich angezogen war, ging ich über die frei stehende Treppe nach unten. Ich hatte mir damals ein Haus gewünscht, das eine Treppe wie in *Vom Winde verweht* hatte, aber das war hier unmöglich zu finden gewesen. Also hatte ich mich mit einer Designerkonstruktion zufriedengegeben. Das ganze Haus sah aus wie aus einem Katalog von Top Designern. Die Architektur passte sich dem Landschaftsbild von Bel Air an und fügte sich wunderbar in die oberen Hügel ein. Abgeschirmt von der Öffentlichkeit und hinter hohen Mauern verbarg sich ein architektonischer Traum, der Millionen gekostet hatte. Ich wusste schon gar nicht mehr, was ich dafür hingeblättert hatte, ich hoffte nur, dass ich das Geld bei einem Verkauf wieder reinbekommen würde. Um diesen Auftrag würden sich die Top Makler reißen.

Ich machte einen großen Bogen um den Eingang zum Wohnbereich, der mit hellen teuren Möbeln ausgestattet war. Und einer Bar, die mit Sicherheit zu gut bestückt wäre, um mich nicht zu verlocken. Stattdessen ging ich in die Küche und schaltete den Kaffeeautomaten an. Kaffeebohnen waren noch im Behälter, ich hoffte einfach, dass sie noch nicht ihr ganzes Aroma verloren hatten. Während die Maschine aufheizte, sah ich mich um. Eine Firma hatte dafür gesorgt, dass Haus und Anwesen während meiner Abwesenheit in Schuss gehalten worden waren. Die Oberflächen der Hochglanzküche blitzten ebenso wie die Fenster und der Pool. Auch der Garten war sauber, die Bäume geschnitten, der Rasen gemäht. Ohne Zweifel ein Fall für ein Hochglanzmagazin. Aber nachdem ich in Honey Falls die Einfachheit des Lebens wieder lieben gelernt hatte, merkte ich, dass ich das hier gar nicht mehr brauchte. Und auch nicht mehr wollte.

Ich blieb reglos am Küchenblock stehen und dachte an heiße Schokolade und Kissenschlachten. An Schneespaziergänge und Bauarbeiten. An die Badewanne im Haus und das Bett in Hunters Hotelzimmer. Ich fühlte Umarmungen und ein Kitzeln auf den Lippen. Aber das waren nur Tränen. Und sie liefen unhaltbar über mein Gesicht.

Für einen Moment klammerte ich mich an die Arbeitsplatte, fühlte den Schmerz mit voller Wucht und schaffte es nur mit Mühe, nicht dem Drang nachzugeben, die Bar zu plündern. Ich holte ein Glas aus dem Schrank, meine Hände zitterten, als ich es mit Wasser füllte. Ein paar Tropfen gingen verloren, aber dann trank ich. Die Kühle beruhigte meinen trockenen Hals, aber es linderte kaum das Verlangen. Ich hatte zwei Möglichkeiten: Aufgeben oder Kämpfen.

Atme, Ivy. Atme! Luft. Ich brauche Luft!

Ich schmiss das Glas in die Spüle, dass es in seine Einzelteile zersprang, bevor ich die paar Schritte zur Terrassentür rannte, sie aufriss und ins Freie stolperte. Mit rasendem Herzen und zitternden Beinen blieb ich erst stehen, als ich weit genug vom Haus entfernt war. Mitten im Garten brach ich zusammen und ließ meinen Tränen freien Lauf. Ich würde es nicht schaffen. Nicht alleine. Das war mir soeben klar geworden.

Ich holte mein Telefon und suchte die Nummer meines Sponsors bei den AAs raus. Es war so weit. Ich brauchte seine Unterstützung.

»Skye, hey«, meldete Beth sich. Freundlich, nicht nachtragend, weil ich seit Wochen nichts hatte hören lassen.

Beth war mittleren Alters, seit zwanzig Jahren trocken und seit meinem ersten Besuch bei den Anonymen Alkoholikern für mich da. Immer, wenn mich der Drang überkam, meiner Sucht – oder der Krankheit, wie es die AAs nannten – nachzugeben, sollte ich sie anrufen. Das hatte ich nicht gewollt. Mir waren die Gruppentreffen total auf die Nerven gegangen, ich hatte diese Harmonie untereinander verabscheut. Sie kam mir falsch und unwirklich vor. Alle waren so spirituell, fühlten sich erleuchtet, das gab mir ein noch schlechteres Gefühl. Ich hatte es alleine schaffen wollen, aber mir nicht ausgemalt, wie schwer das werden würde. Die Sucht hatte mich an meinen tiefsten Punkt gebracht.

»Wie ist es dir ergangen?«, fragte sie neugierig, nicht anklagend.

»Nicht gut. Es geht mir gerade gar nicht gut«, gab ich mit brüchiger Stimme zu. Und das fiel mir wahrlich nicht leicht. Mir einzugestehen, dass ich nicht gesund war, war schon schwer. Aber es auch anderen zu gestehen, war für mich unmöglich gewesen.

»Wie kann ich dir helfen?«

»Mach, dass es aufhört«, flüsterte ich.

»Das musst du selbst tun, Schätzchen. Du hast die Kraft in dir, du musst sie nur finden.«

»Wo soll ich denn noch suchen?«, fragte ich, mehr an mich selbst gerichtet als an Beth.

»Hast du denn nichts, wofür es sich lohnt zu kämpfen?«

»Doch.« Ich musste nicht überlegen, ich wusste, dass ich Hunter nur unter die Augen treten konnte, wenn ich mich von dem Zwang, trinken zu wollen, befreit hatte.

Aus der Dunkelheit ans Licht kommst du nur, wenn du vorwärts gehst. Ich stand noch ganz am Anfang, hatte noch etliche Schritte vor mir. Aber ich konnte es schaffen, wenn ich an mich glaubte. Und daran, dass alles gut werden würde, wenn ich es nur wollte. Und endlich begann, ehrlich zu sein.

Nach dem Gespräch mit Beth ging es mir besser. Ich brauchte allerdings noch eine ganze Weile, um mich zu sammeln und darauf vorzubereiten, was nun anstand.

Tristan.

Mein Finger schwebte über dem Hörersymbol, ich zögerte.

Ich hatte Schiss. Gott, ja, ich hatte verdammten Schiss vor diesem Anruf. Aber es führte kein Weg daran vorbei. Deswegen war ich hierhergekommen.

Das Freizeichen ertönte, und zwischen Hoffen, dass er nicht ranging, und Bangen davor, gleich seine Stimme zu hören, knabberte ich an meinem Fingernagel. Ich war verdammt nervös. Ich hatte nicht mehr mit ihm gesprochen seit seinem Besuch in meinem, diesem Haus, als ich ganz unten gewesen war. Er hatte mich in meiner dunkelsten Stunde live und in Farbe erlebt. Aber zum Auflegen war es zu spät.

»Hallo, Skye.« Tristan begrüßte mich ziemlich emotionslos. Das wunderte mich nicht. Ich war mit Sicherheit die Letzte, von der er hören wollte.

»Tristan … Ich … Wie geht es dir?« Pause. »Schön, deine Stimme zu hören.«

»Was willst du, Skye?« Ein Hauch von Schärfe hatte sich in seine Stimme gemischt. Ich nahm es ihm nicht übel.

Ich riss mich zusammen, hob das Kinn und holte Luft. »Ich möchte mich bei dir und Aria entschuldigen. Und das nicht am Telefon. Kann ich vorbeikommen?«

Ich hörte Tristan am anderen Ende atmen. Und dann erst ein Rascheln, danach gedämpfte Stimmen. Er hatte das Handy abgedeckt, vermutlich beriet er sich mit Aria.

»Wir sind in L.A.«, gab er kurz darauf zurück.

»Ich auch.«

»Dann komm vorbei. Du weißt ja wo. Wir sind zu Hause.« Dann war die Verbindung beendet.

Zu Hause … Er hatte es geschafft, er hatte ein Zuhause geschaffen, in dem er mit Aria glücklich war. Etwas, das verdammt selten in unserer Welt war. Ich freute mich für ihn, wirklich. Auch wenn es mir einen Stich versetzte, weil ich noch lange nicht so weit war.

Ich sah mich um. In meinem Haus, das kein Zuhause war,

keine Zuflucht. Ein Haus, leblos und kalt, voller schlechter Vibes und Erinnerungen an eine Zeit, in die ich nie wieder zurück wollte.

Die Treppenstufen fühlten sich kalt unter meinen Füßen an, als ich wieder in mein Zimmer ging. Ich zog den Koffer erneut hervor, schmiss die Dreckwäsche raus und packte wenigstens Unterwäsche und Hygieneartikel neu ein. Alles andere würde ich mir neu kaufen müssen. Ich sah nicht zurück, als ich das Zimmer verließ. Weder fühlte ich Wehmut noch Angst. Ich fühlte mich einfach nur bereit. Bereit für den Weg, der jetzt vor mir lag. Und ich war mir sicher, ich würde es aus der Dunkelheit heraus schaffen. Denn ich wusste ja, was im Licht auf mich wartete.

26. Ivy

Tristan war so freundlich gewesen, das Taxi bis auf sein Anwesen vorfahren zu lassen. Natürlich nicht, um mir einen Gefallen zu tun, sondern um den Paparazzi kein Futter zu geben. Ich wusste ebenso wie er, dass sie überall lauerten und mein Besuch die Gerüchteküche nur wieder anheizen würde.

Nachdem das Taxi mich abgesetzt und gewendet hatte, öffnete sich die Eingangstür seines imposanten Hauses mitten in Beverly Hills, und Tristan kam heraus. Seine dunklen Haare waren zu lang, und er trug einen Dreitagebart. Das hieß, er hatte Drehpause, sonst würde er nicht barfuß in Jeans und T-Shirt in seinem Haus in den Hills rumhängen. Sein Gesicht war markant und sonnengebräunt, seine blauen Augen stachen aus ihm hervor und sahen mich reglos an.

Verdammt, ich hatte verdrängt, wie gut er aussah. Und wie sehr ich mal in ihn verknallt gewesen war. Das Kribbeln im Bauch kam schlagartig zurück, aber ich spürte, dass es nicht mehr dasselbe war. Eher war es der Angst und Aufregung vor dem Gespräch geschuldet als meinen Gefühlen ihm gegenüber. Auch hatte ich unglaublichen Schiss, Aria gegenüberzutreten.

»Du wirst nicht hier einziehen«, kommentierte er meinen mitgeführten Koffer scharf und zog die Tür hinter sich ins Schloss.

»Keine Sorge, das habe ich nicht vor. Ich bin nur auf der Durchreise«, erklärte ich und merkte, wie schwer es mir fiel, nicht zickig oder unfreundlich darauf zu reagieren, sondern ruhig und freundlich zu bleiben. Aber es schien zu klappen, zumindest wirkte Tristan erleichtert und kam mir über die Verandastufen entgegen.

»Sag, was du zu sagen hast, und dann verschwinde wieder.« Seine Miene war undurchdringlich. Ich vermied einen bissigen Kommentar und nickte nur.

»Ich wollte mich persönlich entschuldigen. Bei dir und bei Aria. Ist sie da?«

Tristan verschränkte nur die Arme vor der Brust.

»Alles klar. Ich … Ich bin hergekommen, weil ich dir sagen wollte, wie leid es mir tut, dass ich so eine Bitch gewesen bin. Ich habe dich echt mies behandelt, und damit meine ich nicht nur die Affäre mit Kenny.« Ich hatte Tristan mit einem Schauspielerkollegen betrogen, als wir fest zusammen gewesen waren. Daraufhin hatte er sich von mir getrennt, und ich hatte nichts Besseres zu tun gehabt, als ihn schlecht zu machen und dann auch noch zu erpressen, wieder zu mir zurückzukommen. »Ich habe so viel falsch gemacht, dass ich gar nicht mehr weiß, wo ich überhaupt anfangen soll, mich zu entschuldigen.«

Tristans Miene war weiterhin starr. Er war ein guter Schauspieler und hatte kein Problem damit, seine Emotionen hinter einer Maske zu verbergen. Soweit es überhaupt welche zu verbergen gab. Vielleicht hasst er mich auch einfach nur und es war ihm total egal, was ich hier erzählte. Aber gut, ich hatte es auf meine Liste gesetzt und wollte es wenigstens für mich sauber abschließen, und so verdrängte ich den Durst, der wieder in mir hochkriechen wollte, und redete mir alles von der Seele.

»Ich arbeite an mir. Ich versuche die Skye, die du kennst, die wir kennen, hinter mir zu lassen. Ich habe in den letzten Monaten einen Entzug gemacht und bin seitdem clean und trocken. Das mit dem Alkohol ist schwer, aber ich habe einen guten Grund, es durchzuziehen. Was ich damit sagen will, ist, dass solche Eskapaden wie im letzten Sommer nicht mehr vorkommen werden. Es tut mir leid, was passiert ist, und ich hasse mich dafür, was ich gesagt und getan habe. Und ich wollte mit euch persönlich sprechen und mich entschuldigen, bevor ich mich der Öffentlichkeit wieder stelle und Gespräche mit der Presse führe.«

»Du willst damit an die Presse?« Jetzt kam Regung in Tristan.

»Nein! Nein, so nicht. Ich will nicht über dich oder Aria sprechen, sondern über mich. Ich will mich nicht länger verstecken, sondern mich wieder frei bewegen können. Dafür muss ich zu dem stehen, was passiert ist und was ich verbockt habe. Ich will dir nicht schaden, Tristan. Das habe ich zur Genüge getan.«

Tristan schwieg, aber er rieb sich über das Kinn, ein Zeichen, dass er nachdachte. Ich wartete, wollte seinen Gedankenfluss nicht unterbrechen. Außerdem hatte ich alles gesagt, was ich loswerden wollte. An Aria würde er mich nicht ranlassen, das konnte ich sogar verstehen. Ich hatte ihr letztes Jahr arg zugesetzt. Also sah ich auf den Boden und zählte die Kiesel auf der Einfahrt. Den Griff meines Koffers hielt ich fest umklammert, bereit zu rennen, sollte es erforderlich sein.

»Ich bin stolz auf dich, Skye«, hörte ich Tristan plötzlich sagen.

Mein Kopf ruckte hoch, und verständnislos sah ich ihn an. »Hast du was gesagt?« Wahrscheinlich hatte ich mich getäuscht. Wunschdenken und so. Aber er wiederholte seine Worte und hatte dabei sogar noch ein winziges Lächeln auf den Lippen.

»Du verarschst mich doch«, riet ich, doch er verneinte.

»Dazu habe ich keinen Grund. Ich meine es ernst, Skye. Ja, ich war sauer auf dich. Stinksauer sogar, und das auch aus gutem Grund.«

Ich nickte zustimmend, er hatte ja so recht.

»Aber all das warst nicht du, Skye. Ich weiß, dass diese

Scheißdrogen dich so kaputtgemacht haben und kann nur hoffen, dass du dich von jetzt an von dem Mist fernhältst.«

»Das werde ich, Tristan«, warf ich sofort ein, als er verstummte. »Ich will es nicht versprechen, niemand kann die Hand für einen Süchtigen ins Feuer legen, auch ich selbst nicht. Aber ich kann es versuchen. Und das werde ich. Ich will nicht mehr dahin zurück, wo ich gewesen bin. Nie wieder.«

Tristan kam näher, und als würde er abwägen, was er jetzt tun sollte, blieb er erst zögernd stehen, aber dann nahm er mich in den Arm. Ich atmete den vertrauten Geruch ein, und nach einem kurzen Schockmoment schmiegte ich mich an seine Brust und umarmte ihn auch. Es dauerte nicht länger als einen Atemzug, aber es bedeutete mir alles.

»Danke«, flüsterte ich.

»Du schaffst das«, flüsterte er zurück.

Wir sahen einander an, und ich erkannte die Wahrheit in seinem Blick. Er meinte es ernst, und das beflügelte mich. Als ich im Augenwinkel eine Bewegung wahrnahm, erschrak ich und löste mich hastig aus der Umarmung. Ich schüttelte den Kopf und wollte gerade anfangen, mich zu rechtfertigen, da kam Aria schon auf uns zu. Aber sie sah nicht so aus, als würde sie mich umbringen wollen.

»Skye …«, begrüßte sie mich und trat an Tristans Seite.

Automatisch trat ich noch ein paar Schritte zurück, bis ich nicht mehr das Gefühl hatte, ein Eindringling zu sein.

»Hallo, Aria. Es ist nicht … Ich wollte nicht …«

»Schon okay. Ich habe keine Angst mehr, dass Tristan überlaufen könnte.« Sie lachte. »Ich bin sogar froh, dass du tatsächlich gekommen bist, Skye.«

Ihre Offenheit irritierte mich, und ich wusste nicht, was ich sagen sollte.

Tristan legte seinen Arm um ihre Schultern, und ich musste zugeben, dass die beiden wirklich ein tolles Paar abgaben. Ihre

Haare waren länger als vor einem Jahr, und sie hatte sie zu einem Bob schneiden lassen. Sie war nicht mehr ganz so dürr wie noch letzten Sommer, aber immer noch zierlich. An Tristans Seite wirkte sie verletzlich, aber gleichzeitig auch stark. Es wurde Zeit, dass ich es hinter mich brachte.

»Aria, es tut mir leid, dass ich dich eine krebskranke Schlampe genannt habe«, sprach ich das aus, was mir schon seit Monaten auf der Seele lag. Die bittere Wahrheit brannte mir in den Augen und verstopfte meine Kehle. Ich räusperte mich. »Das war so unnötig und fies, ich hätte das niemals sagen dürfen. Es tut mir so leid, Aria. Bitte glaub mir.«

Aria nickte langsam. »Das glaube ich dir tatsächlich. Wie Tristan gesagt hat: Du warst nicht du selbst.«

»Trotzdem wusste ich in dem Moment genau, was ich getan habe. Und auch wenn es mich jetzt vielleicht den Rauswurf kostet …« Ich holte Luft und wappnete mich. »Ich habe dich gehasst, Aria. Weil du das hattest, was ich verloren hatte. Und weil ich dich so beneidet habe …«, gab ich zu. Ich wartete auf den Ausbruch, auf wütende Worte, darauf, dass Tristan mich packen und vom Grundstück werfen würde, aber keiner der beiden regte sich.

»Neidisch? Auf eine krebskranke Schlampe?«

Ich zuckte zusammen. »Wie gesagt, das tut mir von Herzen leid.«

»Ja, mir auch. Und ich weiß auch nicht, ob ich dir das jemals verzeihen kann. Aber ich will es wenigstens versuchen.« Allen Ernstes streckte sie mir die Hand entgegen, die ich perplex anstarrte. »Ich will keinen Zwist mehr. Irgendwann ist es mal gut, und ich finde, dass du hergekommen bist, sagt genug darüber aus, wie sehr du dich geändert hast. Also ist hier mein Friedensangebot.« Ihre Hand schwebte zwischen uns, und bevor sie sie wieder wegziehen konnte, ergriff ich sie. Dankbar, diese Chance zu bekommen.

»Frieden«, sagte ich leise.

»Frieden«, antwortete Aria.

Tristan stand daneben und grinste. Ich grinste zurück.

Als ich wieder im Taxi saß und vom Hof fuhr, wusste ich, dass es von nun an nur noch bergauf gehen konnte.

»Ich habe dir einen Termin bei Cory gemacht. Er hat die Agentur seit meinem Ausstieg unter seiner Leitung, bei ihm bist du in den besten Händen. Er wird sich um dich kümmern und dein Sprachrohr zwischen der Presse und dir sein.«

»Danke, Nate, ich weiß nicht, wie ich das wiedergutmachen kann.«

»Musst du nicht. Reiß dich einfach zusammen und halt die Ohren steif, okay?«

»Mach ich. Versprochen. Und bitte, sag niemandem, wo ich bin.«

Wir wussten beide, wen ich mit ‚niemandem' meinte, aber keiner sprach es aus. Nate fragte nicht nach dem Warum, und ich musste ihm nicht erklären, dass ich mit meiner Vergangenheit erst komplett abschließen musste, bevor ich einen wirklichen Neuanfang wagen konnte. Der letzte Schritt fehlte noch.

Wir verabschiedeten uns, und ich checkte in das Hotel ein, das ich mir für meinen restlichen Aufenthalt in Los Angeles ausgesucht hatte. In meinem Haus hätte ich es keine weitere Nacht ausgehalten. Nachdem ich mich kurz frisch gemacht hatte, ließ ich mir ein Taxi rufen und machte mich auf den Weg zu Nates Agentur, um mich von seiner Vertretung beraten zu lassen. Ich war Nate so dankbar, dass er das trotz meiner Entgleisungen im letzten Sommer für mich tat.

Cory ließ mich nicht lange warten. Er war etwas jünger als Nate, ich schätzte ihn auf Ende zwanzig, aber sehr souverän. Er kannte meine Geschichte – natürlich – und hatte sich gleich nach Nates Anruf einen Schlachtplan überlegt, den er jetzt mit mir besprechen wollte. Er bot mir Kaffee an, und als wir uns setzten, schob er mir seine gesammelten Ideen in einer Mappe entgegen. Sie beinhalteten eine Social-Media-Kampagne zur Wiederherstellung meines Images und eine Liste von Casting-Terminen zu Filmen, deren Drehbücher sich für mich interessant anhören könnten.

Ich schmunzelte und schob sie Cory nach dem Durchblättern wieder zurück. »Ich bin begeistert, wie sehr du dich für mich reinhängst«, begann ich und stoppte ihn, als er mich unterbrechen wollte. »Es tut mir leid, dass du dir so viel Mühe gemacht hast, aber eines weiß ich jetzt: Ich will nicht mehr zurück ins Geschäft. Ich bin durch und will weder Filme noch Serien drehen. Skye Ridley ist tot.«

Seine Augenbrauen zogen sich nach oben. »Soll ich das der Presse mitteilen?«, fragte er trocken.

»Wäre am einfachsten, oder?« Ich lachte, aber schüttelte den Kopf. »Nein. Ich will nur sagen, was ich zu sagen habe, und dann einen Cut machen. Ich habe zu viel Mist gebaut, den kann ich nicht so stehen lassen. Vor allem Aria und Tristan bin ich das schuldig. Weißt du«, begann ich, den anderen Teil meiner Geschichte zu erzählen. »Ich habe das alles nie gewollt. Ich bin da einfach reingerasselt, aber jetzt will ich raus aus dem Rampenlicht.«

Cory nickte nachdenklich. »Ich wette, die Fernsehshows würden sich um dich reißen.«

»Dann mach einen Termin aus. Ich bin bereit, meine Geschichte zu erzählen.« Ich stand auf. »Ruf mich an, wenn du was hast.« Damit verließ ich ihn wieder. Als ich aus dem Gebäude auf dem Olympic Boulevard heraustrat, war ich froh, den Schritt gemacht zu haben. Auf eine Fernsehshow hatte ich nicht gewagt zu hoffen, aber Cory hatte recht – wo ließ sich besser schmutzige Wäsche waschen als im Fernsehen?

27. Hunter

John stand am Grill und legte ein Steak nach dem anderen drauf. Entgegen der Behauptung, dass Parkers Todestag im kleinen Kreis gedacht werden sollte, waren die Veranda und der Garten zum See runter voller Leute.

Nachbarn und Freunde, die es sich nicht hatten nehmen lassen, mit Aufläufen, Kuchen oder anderen Leckereien aufzutauchen, scharten sich um die Familie. Trotz des traurigen Anlasses war die Stimmung fröhlich. Bei der Beisetzung unserer Mutter war es erst fröhlich geworden, als nach dem Begräbnis Alkohol geflossen war. Aber bei der Gedenkfeier, die Deegan im Pub für sie ausgerichtet hatte, wurde ebenfalls gelacht und sich an die schöne Zeit mit ihr erinnert.

Die Tische bogen sich unter weißen Tischdecken und den Speisen und Getränken, von irgendwo klang leise Musik. Lachen mischte sich mit vereinzeltem Muhen und Wiehern der Tiere.

»Alles gut?« Ave stand wie aus dem Nichts neben mir und sah mich fragend an.

»Ich finde es etwas befremdlich, dass so gute Stimmung herrscht«, gab ich zu.

»Parker hätte es nicht anders gewollt. Du weißt, wie sehr er das Partyleben geliebt hat.«

»So gesehen hast du recht«, musste ich eingestehen. Ein bisschen lautere Musik, ein paar heiße Mädels, und Parker hätte hier seinen Spaß gehabt.

»Weißt du, es liegt nicht in unserer Weltanschauung, dem Vergangenen nachzutrauern. Was war, ist vorbei und nicht mehr zu ändern. Wir wollen nach vorne sehen, und dazu gehört auch, dass wir fest daran glauben, dass es Parker gut geht, da, wo er ist, und wir uns irgendwann wiedersehen. Das mag nicht jedem so gehen, und nicht jeder kann das verstehen, aber wir sind damit cool.«

Nachdenklich trank ich mein Bier. Die Ansicht war nicht übel und vereinfachte einiges. Nämlich, dass man die Trauer hinter sich ließ. »Ich glaube, ich verstehe das. Ob ich das so könnte, weiß ich nicht, aber ich finde den Gedanken ganz okay.«

Ave lachte. »Na dann …« Er hob sein Bier und wir stießen an. »Auf das Leben.«

»Auf das Leben«, stimmte ich mit ein. »Genießen wir es, wir haben schließlich nur eins.«

Ich blieb insgesamt eine Woche bei Ave und seiner Familie. Ich ritt jeden Tag, und nachdem der erste Muskelkater überstanden war, machte es mir auch Spaß. Ich beschloss, vielleicht auch in Honey Falls mal nach Pferden Ausschau zu halten. War Ivy damals nicht auch so ein Pferdenarr gewesen? Sicher würde es ihr Spaß machen.

Ivy …

Im Laufe der letzten Tage war mir klargeworden, dass Vertrauen der Schlüssel war.

Ivy hatte mir nicht genug vertraut, um sich fallen zu lassen und mir anzuvertrauen. Und ich hatte Ivy nicht vertraut, dass sie den Weg, den sie bereits eingeschlagen hatte, auch weitergehen würde. Ich hatte Angst gehabt, nach meiner Mutter und Parker auch Ivy zu verlieren. Aber die Woche hier allein mit meinen Gedanken hatte mir aufgezeigt, dass die Angst vielleicht ganz unbegründet war. Denn Ivy war auf einem guten Weg, und ich hatte die Chance, sie dabei zu begleiten. Ihr zur Seite zu stehen und sie zu unterstützen. War es nicht das, was man tat, wenn man sich liebte und zusammen war? Sich gegenseitig Halt geben und unterstützen, anstatt abzuhauen?

Der Gedanke traf mich so unvorbereitet, dass ich rückwärts taumelte und gegen die Wand stieß, als ich die Boxen säuberte. Verdammt! Aber jetzt wusste ich endlich, was zu tun war. Meine Gedanken waren klar, und kein Zweifel stellte sich mir noch in den Weg. Ich wollte Ivy. Und wenn Ivy mich auch wollte, dann war es scheißegal, was sie getan hatte oder wer sie gewesen war. Hatte nicht jeder eine zweite Chance verdient?

Ich stürmte aus der Box, sodass Balu mich ganz erschrocken ansah und mir ein entrüstetes Schnauben hinterherschickte, aber ich war schon raus aus dem Stall und hastete zu meinem Zimmer, wo ich mein Handy liegen gelassen hatte. Als ich hergeflogen war, hatte ich es ausgeschaltet. Ich wollte nicht abgelenkt werden oder vielleicht Dinge tun, die ich später bereuen würde. Jetzt aber war ich mir sicher.

Es dauerte eine halbe Ewigkeit, bis es sich mit dem Netz verband und ich endlich Empfang hatte. Dann suchte ich Ivys Nummer in meinen Kontakten heraus und rief sie an. Aufgeregt wartete ich. Aber sie nahm nicht ab. Es gab kein Freizeichen, keine Mailbox schaltete sich an. Der Anschluss war nicht erreichbar.

»Ivy, ich muss dir etwas Wichtiges sagen, bitte ruf mich an, sobald du das liest«, schrieb ich und hoffte, dass Ivy die Nachricht bald sah. Enttäuscht, meine Entscheidung nicht gleich loswerden zu können, steckte ich das Smartphone in meine Jeans und machte mich auf den Weg zurück zu Balu. Ich wartete den ganzen Tag, aber Ivy meldete sich nicht zurück. Also rief ich am späten Abend Megan an.

»Sie ist nicht hier«, gab meine Schwester mir zu verstehen.

»Wie, sie ist nicht da? Wo ist sie denn?«

»Ich weiß es nicht. Nachdem du abgehauen bist, hat sie

ebenfalls ihre Sachen gepackt und das Hotel verlassen. Und nein, sie hat mir nicht verraten, wo sie hin will.«

Ich unterdrückte ein Fluchen. Das durfte doch nicht wahr sein!

»Ist sie im Haus?«

»Nein. Mitch war hier und hat nach ihr gefragt. Er würde sie dort kaum übersehen haben, wenn sie eingezogen wäre.« Jetzt fluchte ich doch. »Hast du deine Meinung geändert, oder warum willst du sie unbedingt erreichen?«, hakte Megan nach.

Ich schnaubte, weil ich keine Lust hatte, mit meiner Schwester mein Liebesleben zu diskutieren. »Ich komme morgen zurück. Irgendwo wird sie ja wohl aufzufinden sein.«

»Bestimmt«, seufzte Megan, und nach ein paar Floskeln verabschiedete ich mich. Gleich darauf buchte ich mir einen Rückflug nach Boston. Ich musste zu Ivy, und wie hatte Ave so schön gesagt? Wenn der Prophet nicht zum Berg kam, kam der Berg eben zum Propheten. Ich würde sie finden, und wenn ich alle fünfzig Staaten nach ihr absuchen müsste.

Auf dem Rückflug von Texas trank ich nichts. Ich wollte erstens einen klaren Kopf behalten und mich zweitens ebenfalls in Abstinenz begeben. Ivy zuliebe. Wenn es ihr nicht möglich war, nur ein Glas Wein zu trinken oder es auch nur anzusehen, dann hatte sie ganz klar ein Problem. Das wollte ich nicht noch verstärken, sondern Ivy helfen, es in den Griff zu kriegen. Vorausgesetzt, ich würde sie finden.

Zwei Stunden, nachdem der Flieger in Boston gelandet war, fuhr ich das letzte Stück aus Honey Falls zum Middleton Inn. Es war heller Nachmittag, die Sonne schien, und die Straßen waren frei. Nichts verriet mehr, dass noch vor wenigen Wochen ein Schneesturm hier getobt hatte. Vor mir lag eine traumhaft schöne Schneelandschaft, die meine Laune allerdings nicht aufheitern konnte.

Die Zeit in Texas hatte mir gutgetan. Ich hatte mich entschieden und war frei von Zweifeln zurückgeflogen. Nun konnte ich nur hoffen, dass es nicht zu spät war. Mehrmals hatte ich Ivy innerhalb der letzten vierundzwanzig Stunden angerufen, aber ihr Telefon war ausgeschaltet. Ich betete, dass ihr nichts zugestoßen war, sondern sie sich vielleicht ebenso nur eine Auszeit nahm, wie ich es getan hatte. Vielleicht war sie aber auch sauer auf mich. Schließlich war ich ohne ein Wort abgehauen. Wer weiß, was sie jetzt von mir dachte? Womöglich ja, dass ich sie nicht mehr wollte? Dass es vorbei und unsere Chance vertan war? Ich grübelte, wohin sie gegangen sein konnte, aber außer dem, was sie mir über sich erzählt hatte, wusste ich nichts über ihr Leben. Und das war nicht viel. Die Infos aus dem Internet halfen mir leider auch nicht weiter.

Als ich erschöpft im Hotel ankam, wartete Megan schon auf mich. »Da bist du ja endlich.«

»Was ist los? Hat Ivy sich gemeldet?« Aufregung erfasste mich, aber Megan schüttelte den Kopf.

»Nicht direkt, aber …«

»Aber? Nun lass dir doch nicht alles aus der Nase ziehen«, blaffte ich sie an, aber mein ruppiger Ton prallte an ihr ab wie ein Squashball an der Wand.

»Komm mit.« Sie dirigierte mich ins Büro, welches sie in den letzten Tagen wieder als ihres deklariert hatte, und drehte den Computerbildschirm so, dass wir beide darauf sehen konnten. Dann startete sie den Stream einer Late-Night-Show, und da verstand ich, was sie mir zeigen wollte.

»Herzlich Willkommen, Skye Ridley …« Der bekannte Late-Night-Show-Moderator Bill Trevor empfing Ivy bühnenreif, während das bunt gemischte Publikum sich kaum noch einkriegte vor Begeisterung. Ganz offensichtlich freute sich der Großteil der Leute, sie zu sehen. Ich dagegen konnte nur fassungslos auf den Bildschirm starren. Ivy sah nicht aus wie

Skye, mehr wie Ivy, aber auch nicht wirklich wie Ivy. Sie sah ähnlich aus wie die Frau, die vor Wochen mitten im Schneesturm in unser Hotel gestürmt war. Aber sie war jetzt blond, blauäugig und mit einer Schicht Make-up im Gesicht, die nichts mehr von Ivy übrig ließ. Ihr Anblick verwirrte mich, und noch viel mehr, sie im Fernsehen zu sehen. Und plötzlich bekam ich verdammten Schiss, dass sie zurück ins Rampenlicht gegangen war und ich sie nie wiedersehen würde.

»Skye, die Gerüchteküche brodelt seit deinem plötzlichen Verschwinden im letzten Sommer. Aber du bist heute hier, um Tacheles zu reden, ist das richtig?«

»Richtig, Bill.« Sie saß dem Moderator im Sessel gegenüber und verhielt sich wie ein Profi. Gerade aufgerichtet, mit dunkelblauer Bluse, die Beine in engen schwarzen Lederhosen übereinandergeschlagen und mit einem strahlenden Lächeln im Gesicht. Ein Lächeln auf den geschminkten Lippen, das ich nicht kannte. Es wirkte aufgesetzt und war mir gänzlich fremd. Es fiel mir schwer, sie anzusehen und ihr zuzuhören. Denn selbst die Art zu sprechen war nicht Ivys. Es war, als wären Ivy und Skye komplett unterschiedliche Personen. Aber Megan drückte mich in den Sessel am Schreibtisch, und mir blieb nichts anderes übrig, als zuzusehen, wie Ivy ihr ganzes Leben vor dem Moderator, dem Publikum und der ganzen Welt ausbreitete.

»Dann fangen wir doch mal von vorne an: Du und Tristan, ihr hattet euch ja schon vorher getrennt. Dann kamt ihr ziemlich unerwartet wieder zusammen und dann war es wieder vorbei. Kannst du uns dazu etwas erzählen?«, fragte Bill.

Skye lächelte. »Deswegen bin ich hier.« Sie begann, die Geschichte zwischen ihr und Tristan zu erzählen, was für mich wirklich schlimm war. Zu hören, wie verliebt sie ihn diesen Superstar gewesen war, fiel mir nicht leicht, aber Megans Finger auf meiner Schulter gaben mir Kraft.

28. Ivy

Die Scheinwerfer leuchteten mich an, und wenn ich nicht hier gewesen wäre, um reinen Tisch zu machen, hätten sie mir nach langer Zeit mal wieder das Gefühl von Glamour gegeben. Aber das, was ich zu sagen hatte, war von glamourös weit entfernt. Ich atmete flach, hielt meine Hände ruhig und lächelte, bis ich kurz vor einem Krampf stand. Die Kameras sollten meine Aufregung nicht einfangen, und ich bemühte mich um Gelassenheit.

»Zuallererst möchte ich all die Gerüchte aufklären, die im Umlauf sind«, begann ich, bevor ich es mir doch noch anders überlegen konnte. Jetzt war es zu spät, aufzustehen und fortzulaufen. Zumindest, wenn ich mich nicht vollends blamieren wollte.

Bill beugte sich interessiert vor, rückte seine Brille auf der breiten Nase zurecht und gab mir zu verstehen, dass er mich nicht davon abhalten würde.

»Als wir uns zum ersten Mal getrennt haben … Tristan hat sich damals nie zu den Vorwürfen gegen ihn geäußert, weil er keine schmutzige Wäsche waschen wollte. Obwohl ich ihn betrogen habe, hat er kein böses Wort über mich verloren. Und genau das ist es, was Tristan Hall ausmacht.«

Bill hob die Hand und stoppte mich. Wenn ich es nicht besser gewusst hätte, hätte ich gedacht, die Nachricht schockierte ihn. Aber Bill war nicht leicht zu schockieren, da musste ich mir schon einen Quotenkiller ausdenken. »*Du* hast Tristan betrogen? War es nicht umgekehrt?«, hakte er noch mal nach, und im Publikum wurde leises Raunen deutlich.

»Das wurde spekuliert, und ich habe es nie dementiert, sondern die Gerüchteküche vielleicht sogar noch angeheizt«, gab ich zu. Es war hart, die Wahrheit auszusprechen und mich damit den Anfeindungen der Zuschauer auszusetzen.

»Warum?« Bills buschige Augenbrauen zogen sich etwas zusammen, als er mich mit einem fast strafenden Blick ansah. Ja, wie hatte ich dem sauberen Tristan Hall das antun können. Ich verstand es ja selbst nicht mehr, aber ich versuchte meine damaligen Gedanken in Worte zu fassen.

»Weil ich irgendwann den Halt verloren hatte, nicht mehr ich selbst war. Mein ganzer Erfolg war mir zu Kopf gestiegen, ich war ständig high oder betrunken. Mir war es zu dem Zeitpunkt total egal, was mit Tristan war, ich habe weder auf die Menschen, die ich liebte, noch auf mich selbst aufgepasst. Alles war mir egal. Ich wollte immer mehr: mehr Spaß, mehr Drogen, mehr Sex. Und dann habe ich Tristan betrogen. Und die einzig richtige Konsequenz war, dass Tristan mich verlassen hat.« Ich endete und griff nach dem Wasserglas vor mir auf dem Tisch. Mein Hals war trocken und ich stillte meinen Durst. Den Gedanken an Alkohol konnte ich mir in dieser Situation nicht leisten, das hatte ich vorher schon mit mir selbst abgemacht. Hier wollte ich stark sein. Musste ich stark sein.

Bills Stirn zog sich kraus. »Miese Nummer«, sagte er, und ich konnte ihm nur beipflichten. Ich hatte von Anfang an gewusst, dass er kein Blatt vor den Mund nehmen würde. Bill Trevor war dafür bekannt, dass er seine Gäste nicht schonte. Genau deswegen hatte ich ihn gewollt. Bill Trevor war der King der Late-Night-Branche, und wenn ich es hier heil herausschaffte, dann würde mich niemand mehr kleinkriegen können. Ich durfte es nur nicht versauen.

»Aber dann seid ihr wieder zusammengekommen. War das echt oder ein PR-Gag?« Aufmerksam sah er mich an.

»Als PR-Gag hat es angefangen, aber da ich Tristan mit aller Macht zurückgewinnen wollte, passte mir die Idee ganz gut in den Kram.« Ich hörte quasi, wie das Publikum die Luft anhielt.

»Aber warum wolltest du Tristan zurück?«

»Weil ich dachte, ich würde ihn lieben«, gab ich leise zu.

»Dachtest du …«

Ich nickte und erlaubte mir, einmal tief durchzuatmen, bevor ich antwortete. »Tristan und ich waren schon seit Jahren Kollegen, wir verbrachten täglich mehrere Stunden zusammen am Set. Und wenn man so busy«, ich setzte das Wort mit meinen Fingern in der Luft in Anführungszeichen, »ist wie wir, dann bleibt es nicht aus, dass man sich auch privat trifft. Weil man für andere Freunde überhaupt keine Zeit hat. So sind wir in diese Beziehung reingeschlittert, und ich kannte nichts anderes. Ich habe Gefühle, die rein freundschaftlich sind, mit Liebe verwechselt. Und weil ich es nicht gewohnt war, allein zu sein, weil ich seit meiner Kindheit immer eine Bezugsperson an meiner Seite hatte und Tristan irgendwann diese Rolle übernommen hat, wollte ich ihn nicht verlieren. Deswegen habe ich mich wie eine Bitch benommen und hätte alles dafür getan, dass er zu mir zurückkommt. Aber er kam nicht.« Ich erinnerte mich an meinen Auftritt in seinem Haus in Florida, als ich eine Party geschmissen hatte, nur um der Presse Futter zu liefern. Gott, das war so erbärmlich gewesen. Dass ich unter Drogen- und Alkoholeinfluss gestanden hatte, war dafür keine Ausrede.

»Weil er Aria gefunden hat«, hakte Bill nach und glaubte wohl, damit noch mal extra Salz in die Wunde zu streuen. Aber den Wind nahm ich ihm gleich aus den Segeln.

»Nicht nur. Ich meine, Bill, mal ehrlich – ich war ein Miststück. Und wer will schon ein Miststück zur Freundin?«

Bill nickte, ob aus Erstaunen oder Anerkennung, konnte ich nicht sagen. Es war mir auch egal.

»Tristan hatte so was nicht verdient, echt nicht. Und was ich Aria angetan habe, ist noch viel schlimmer.« Das anzusprechen, davor hatte mir gegraut, aber langsam war ich im Flow, und ich merkte immer mehr, wie wenig es mich scherte, was Bill oder die Zuschauer von mir dachten und wie sehr es mich befreite, darüber zu reden. Zuzugeben, dass ich Fehler gemacht hatte, tat gut.

»Du hast sie eine …«, er sah auf seine Notizen, zog dann die Augenbrauen zusammen, »eine krebskranke Schlampe genannt.«

»Das habe ich. Und das war unmöglich von mir. Wenn ich es könnte, würde ich das ungeschehen machen.« Das war die Wahrheit. Ich hatte Aria kennengelernt. Sie war alles, aber keine Schlampe. Aber selbst, wenn ich sie nicht gekannt hätte – sie hatte es nicht verdient, so betitelt zu werden. »Aber das kann ich nicht, also muss ich damit leben. Aria ist keine Schlampe. Sie ist eine wunderbare, warmherzige Frau, die in ihrem Leben schon Schlimmes durchmachen musste und trotzdem nicht rumjammert. Sie ist so stark, und ich bewundere sie sehr für ihren Kampfgeist. Und sie liebt Tristan. Er ist glücklich mit ihr, und das hat er verdient. Ich bin froh, dass Tristan eine so tolle Frau an seiner Seite hat.« Im Publikum war es ruhig, wie gebannt schienen sie an meinen Lippen zu hängen. Das war, wenn man so wollte, ein gutes Zeichen. Sie hörten mir zu, versuchten zu verstehen.

Bill lehnte sich in seinem Sessel zurück und nickte erneut. Diesmal erkannte ich tatsächlich so etwas wie Anerkennung in seinem Blick. »Aber ihr seid jetzt keine besten Freunde oder so was?«

Das brachte mich zum Schmunzeln. »Nein, das sind wir nicht. Aber ich habe Tristan und Aria vor ein paar Tagen besucht und sie beide um Verzeihung gebeten. Ich weiß, dass ich riesigen Mist gebaut habe, und auch, dass so etwas Zeit braucht. Vielleicht können sie mir irgendwann verzeihen, vielleicht nicht. Aber ich habe einen Anfang gemacht, und das war mir wichtig.«

»Du sprichst hart über dich selbst.«

»Verwundert dich das? Wie kann ich anders über mich sprechen, Bill? Ich habe mich nicht mit Ruhm bekleckert, und das einzusehen, war … nicht unbedingt einfach. Aber ich muss nach vorne sehen. Ich will nach vorne sehen«, bekräftigte ich. Ich dachte an Hunter und hoffte, dass auch er mir irgendwann verzeihen konnte. Ob eine Zukunft mit ihm überhaupt noch möglich war, darüber wolle ich jetzt nicht nachdenken. Nach vorne sehen hieß für mich im Moment, nicht mehr zurückzublicken. Jedenfalls dann, wenn ich das hier hinter mich gebracht hatte.

»Du warst danach lange von der Bildfläche verschwunden. Gab es dafür einen Grund?« Bill war mit seinen Fragen noch nicht am Ende.

»Den gab es.« Jetzt wurde es also ernst. Ich setzte mich in meinem Sessel auf, straffte die Schultern und reckte das Kinn selbstbewusst vor, auch wenn ich mich überhaupt nicht so fühlte. Aber ich hatte lange genug vor der Kamera gestanden, dass ich solche Posen aus dem FF beherrschte. Nicht umsonst war ich Schauspielerin. »Ich war ein paar Monate in der Karibik.«

»Urlaub?«

»Das wäre mir lieber gewesen, glaub mir. Nein. Ich war im Crossroads Centre in Antigua.« Totenstille. Das Publikum gab keinen Mucks von sich, und auch Bill tat überrascht. Jeder wusste, was das Crossroads Centre war – eine Entzugsklinik für Promis, damit sie unter sich waren. Gegründet wurde sie von Eric Clapton nach seinen eigenen Erfahrungen mit Alkohol und Drogen. »Auf einer Entziehungskur«, setzte ich aber noch einmal hinterher für die, die es nicht wussten. Und für mich.

»Drogen?«, wollte Bill wissen.

»Auch. Aber mein größtes Problem war der Alkohol.«

»War? Das heißt, der Entzug war erfolgreich?«, hakte er ganz genau nach. Ich konnte mir schon die morgige Schlagzeile vorstellen. *Skye Ridley nach Absturz bei den Anonymen Alkoholikern gesichtet* oder so ähnlich. Jetzt hieß es, Ruhe zu bewahren. Ja, ich hatte meine Geschichte erzählen wollen. Aber ich wollte noch mehr.

»Ich bin seitdem trocken, habe nicht einen Tropfen mehr getrunken. Was aber nicht heißt, dass es mir immer leicht fällt. Alkoholismus ist eine Krankheit, die man nur sehr schwer in den Griff bekommt. Es gibt genügend Momente, in denen ich gerne zur Flasche greifen würde, weil mich der Alltag überfordert oder die Situation. Weil es einfacher wäre, sich in den Alkohol zu flüchten, als sich der Realität zu stellen. Denn die ist meistens nicht mal halb so bunt wie ein Rausch. Wenn ich betrunken war, dann habe ich viele Dinge getan, die ich heute bereue.« Mir fiel so einiges ein, was in diese Kategorie fiel. Kenny zum Beispiel. Nie hätte ich Tristen mit ihm betrügen dürfen. Aber dass ich noch mal mit ihm abgestürzt war, als wir schon längst getrennt gewesen waren, war mir mehr als unangenehm. Das Schlimmste daran waren die Fotos, die die Paparazzi von uns geschossen hatten. Ich war voll wie eine Haubitze gewesen und hatte nicht gerade das allerbeste Fotomodell abgegeben. Wir waren am nächsten Morgen auf allen Titelseiten gewesen.

»Es gibt viel zu viel, was mir im Nachhinein peinlich ist und von dem ich mir wünschte, dass es niemals passiert wäre. Aber ich kann die Vergangenheit nun mal nicht mehr ändern. Ich kann nur jedem raten – sucht euch Hilfe, wenn ihr merkt, dass der Griff zum Glas oder zur Flasche wie selbstverständlich geworden ist. Oder ihr merkt, dass ihr es euch nicht mehr aussuchen könnt, ob ihr trinkt oder nicht. Sich zu betrinken, um sich besser zu fühlen, ist nicht okay.« Ich stoppte kurz, um mich zu sammeln. »Aber es ist okay, sich nicht okay zu fühlen. Solche Tage gibt es, und auch sie gehen vorbei. Auch ohne Alkohol.« Ich wandte mich kurz von Bill ab, der aufmerksam an meinen Lippen hing, und sah direkt in die Kamera. Als das Zeichen des Kameramanns kam, dass er mich drauf hatte, sprach ich weiter und wandte mich direkt an die Zuschauer. »Ich bin vielleicht die Letzte, die hier predigen sollte, aber ich spreche aus Erfahrung. Und ich kann nur sagen, ohne Rausch seid ihr stärker. Merkt euch eins: Wer ins Licht gehen will, muss die Dunkelheit hinter sich lassen. Am besten für immer.«

Es dauerte einen Schockmoment, bis das Publikum reagierte, aber dann begannen die Ersten zaghaft zu klatschen, der Rest folgte ihnen. Auch Bill klatschte langsam und befürwortend in die Hände.

»Ein schönes Statement«, sagte er, als der Applaus langsam verklang, und lächelte mich an. Es war ein offenes Lächeln. Ein echtes. Keines von den aufgesetzten Show-Lächeln, von denen ein Moderator wie er genügend auf Lager hatte. Ich freute mich darüber, denn das hieß, dass ich authentisch geblieben war. Nichts anderes hatte ich gewollt.

»Wie geht es jetzt für dich weiter, Skye?«, fragte Bill. Er war immer noch nicht fertig mit mir. Und das zur besten Sendezeit. »Die Rolle neben Tristan in dem Kinofilm hat man dir ja nach dem Skandal im letzten Jahr entzogen.« Er nahm wirklich kein Blatt vor den Mund, aber ich lächelte tapfer weiter, bis ich an der Reihe war.

»Wenn ich ehrlich bin«, begann ich und ordnete meine Beine übereinander neu, »dann ist die Zeit beim Film für mich vorbei.« Ein lautes Raunen ging durchs Publikum, Bill hob beschwichtigend die Hände.

»Das musst du uns näher erklären, Skye.«

»Ich habe mich entschieden, der Branche den Rücken zu kehren. Weißt du, es war eine tolle Zeit, ich habe viel erreicht, bin hoch geflogen und noch tiefer gefallen. Es ist nicht meine Bestimmung, da weiterzumachen, wo ich vor meinem … Absturz«, ich grinste kurz entschuldigend, »aufgehört habe. Ich habe die Nase voll vom Rummel und dem Wirbel um meine Person. Es klingt vielleicht verrückt, aber ich würde gerne etwas Handwerkliches machen. Etwas mit meinen Händen erarbeiten. In den letzten Wochen habe ich … ein Haus renoviert – mehr sage ich dazu nicht«, wandte ich lachend ein, als Bill nachhaken wollte. Er verstand und nickte mir zu. »Ich habe es genossen, körperlich zu arbeiten, etwas zu erschaffen und dann zu wissen: Hey, das habe ich gemacht, weißt du? Vielleicht, weil es mir das Gefühl gibt, geerdet zu sein. Das tut mir gerade wahnsinnig gut. Ich sehne mich jetzt einfach nur nach Ruhe und Glück.«

»Welche Form von Glück meinst du? Familie? Gibt es denn vielleicht einen Mann in deinem Leben, mit dem du dir eine Zukunft vorstellen kannst?«

»Bill!«, ermahnte ich lachend, wurde aber gleich darauf wieder ernst. »Es … es gibt da jemanden, den ich sehr mag. Aber ich glaube, auch da herrscht noch eine Menge Aufarbeitung. Wir werden sehen, was die Zeit bringt. Mehr möchte ich dazu nicht sagen, das verstehst du hoffentlich.«

»Das verstehe ich.« Bill stand auf und ich erkannte dankbar, dass es jetzt Zeit für den Abschied war. Die Stunde hier im Studio hatte mich geschlaucht, physisch wie psychisch. Also stand ich ebenfalls auf und kam ihm einen Schritt entgegen, sodass wir uns direkt auf dem Kreuz trafen, das man auf den Fußboden geklebt hatte. Da sollten wir stehen, damit die Kamera uns beide gut einfangen konnte.

»Skye, ich danke dir für deine Offenheit.« Anstatt mir die Hand zu geben, umarmte er mich ein wenig ungelenk.

Das Publikum applaudierte, teilweise sogar mit Standing Ovations. Ich war gerührt und hatte ein paar Tränen in den Augen, als ich winkend und Luftküsse werfend den Set verließ. Das Publikum hatte alle meine Worte besser aufgenommen, als ich gehofft hatte, und mit dem Wissen, dass ich es jetzt endlich geschafft hatte, ging ich einer Zukunft entgegen, in der Skye Ridley keinen Platz mehr hatte.

Skye war tot. Und Ivy konnte endlich wieder atmen.

29. Hunter

Warum? Dieses eine Wort hämmerte den ganzen Tag lang in meinem Kopf.

Warum hatte Ivy mir nichts davon gesagt?

Warum hatte Ivy das getan?

Warum war Ivy so abgestürzt?

Und allen Warums voran: Warum hat ihr niemand geholfen, als sie Hilfe gebraucht hatte? Das war es, was ich am allerwenigsten verstand. Sie musste doch Freunde gehabt haben, dieser Tristan musste doch gesehen haben, dass es ihr schlecht gegangen war, dass sie nicht sie selbst gewesen war. Warum hatte er nichts getan? Ich wusste nicht, auf wen ich wütender sein sollte. Auf Ivy, auf diesen Tristan oder auf die ganze Filmbranche, die Ivy höchstwahrscheinlich erst in diesen Wahnsinn getrieben hatte. Eigentlich war das auch gerade egal, die Wut in meinem Bauch reichte für alle Beteiligten.

Ich versuchte wieder und wieder Ivy zu erreichen, aber ihr Telefon war immer noch ausgeschaltet.

»Geht sie immer noch nicht ran?« Megan kam mit einem Becher Kaffee in den Händen um die Ecke und sah mich mitfühlend an. Ich schüttelte stumm den Kopf.

»Warte, ich versuch mal was«, bot Nate mir an, zog sein Smartphone aus der Tasche und führte in kurzer Zeit drei Telefonate. Dann sah er mich an. »Sie ist im Casa Del Mar, in Santa Monica. Ruf da an und lass dich verbinden. Aber frag nach Skye Ridley, so steht es in ihrem Ausweis«, riet er mir.

Ich nickte stumm und suchte bereits online nach dem Hotel

und einer Telefonnummer. Als ich mit der Rezeption verbunden war, fragte ich nach Skye, wie Nate mir geraten hatte.

»Ich verbinde, einen Moment bitte.«

Aufgeregt lauschte ich auf das Freizeichen, aber als nach wenigen Sekunden wieder abgenommen wurde, war es nicht Skyes Stimme, die zu mir sprach. »Tut mir leid, Sir, aber sie ist nicht da. Kann ich ihr eine Nachricht hinterlassen?«

Ich zögerte, dann verneinte ich und legte auf. »Ich fliege hin«, sagte ich und drehte mich zu Megan. Sie wirkte keineswegs schockiert.

»Alles andere hätte mich auch gewundert«, gab sie zurück.

Innerhalb einer Stunde hatte ich gepackt und saß abfahrtbereit im Auto, um zum Flughafen zu fahren. Megan hatte mir online einen Flug gebucht. Als wir uns verabschiedeten, umarmte sie mich fest. »Hol sie zurück, Hunter«, flüsterte sie mir ins Ohr.

»Das werde ich.«

Ich wusste nicht, was mich erwartete, als ich in Los Angeles landete. Bis auf das Wetter war nichts berechenbar, und so setzte ich meine Sonnenbrille auf, als ich aus dem klimatisierten Terminal ins Freie trat. Statt eines Mietwagens nahm ich mir ein Taxi und nannte dem Fahrer die Adresse des Hotels, die Nate mir gegeben hatte. Die Fahrt dauerte eine gefühlte Ewigkeit, weil die Fahrbahnen überflutet waren von Blech, das sich Stoßstange an Stoßstange durch die Straßen schob. Ich hatte mir wohl die Rushhour ausgesucht.

Der Fahrer brachte mich nach Santa Monica, und ich konnte den Pier schon von Weitem sehen und das Meer durch das offene Fenster riechen. Ich hatte nur eine Tasche mit, und nachdem ich bezahlt und dem Fahrer ein Trinkgeld gegeben hatte, stieg ich vor dem Casa Del Mar aus. Ein imposantes, geschichtsträchtiges Gebäude direkt am Beginn des Pico am

Strand von Santa Monica. In der mediterran eingerichteten Lobby mit bemalten Fliesen, großen Säulen und unzähligen Palmen und Grünpflanzen in Vasen und Körben hätte ich mich verlaufen können, wenn nicht sofort ein Page in geschmackvoller Uniform auf mich zugekommen wäre, um mir den Weg zur Rezeption zu weisen.

Die sehr elegante und bezaubernde Empfangsdame war gut geschult und zuckte nicht mit der Wimper, als ich nach Skye Ridley fragte.

»Miss Ridley ist nicht im Haus«, antwortete sie. »Möchten Sie eine Nachricht hinterlassen?« Skye war nicht der erste Superstar, der hier abstieg, und man wusste mit Fans umzugehen.

»Ich bin kein Fan, ich bin ihr Freund.« Das klang ein wenig seltsam in meinen Ohren. »Ich möchte warten.« Ich nannte ihr meinen Namen und bat sie, Skye die Nachricht sofort zukommen zu lassen.

»Selbstverständlich.« Ihr Lächeln war professionell, nichts deutete darauf hin, ob sie mir glaubte oder nicht.

Ein Page brachte mich in einen durch Separees abgetrennten Wartebereich, in dem ich mich ungeduldig auf einen der bequemen Sessel fallen ließ. Ich rief erneut Ivy an, und tatsächlich hatte ich jetzt ein Freizeichen. Aufgeregt setzte ich mich auf und wartete.

»Hunter?«

»Ivy, endlich!«, rief ich aus, aber merkte schnell, dass ihre Stimme gar nicht aus dem Telefon kam. Denn da ertönte noch das Freizeichen. Mein Kopf ruckte rum, und da stand sie.

Unendlich erleichtert nahm ich wahr, dass es wirklich Ivy war, die vor mir stand und nicht Skye. Ungeschminkt, mit dunklem Haar und in Jeans und T-Shirt hatte sie so gar nichts mehr mit der Frau gemein, die noch vor ein paar Stunden im Fernsehen aufgetreten war.

Innerhalb von Sekunden war ich auf den Beinen und stand

so dicht neben ihr, dass kein Blatt mehr zwischen uns gepasst hätte. Ich war so froh, sie zu sehen, dass ich vergaß, wie wütend ich auf sie gewesen war. Und aus welchem Grund.

In ihrem Blick sah ich ebenso große Erleichterung, und kurz darauf lag sie in meinen Armen. Ich hielt sie fest und atmete ihren frischen Duft ein, strich über ihr Haar und genoss das Gefühl von Vertrautheit, das mich übermannte.

»Ivy …«, murmelte ich in ihr Haar, und es fiel mir schwer, sie wieder loszulassen. Aber nach und nach tröpfelte die Erkenntnis zurück in mein Bewusstsein, warum ich hier war.

»Wie hast du mich gefunden?«, fragte sie, als ich mich schweren Herzens ein Stück von ihr zurückgezogen hatte. Ihre Nähe fehlte mir sofort, aber nur so konnte ich klar denken.

»Nate.«

Sie schluckte und steuerte auf den Sessel zu, der meinem am nächsten war. »Ah, klar. Natürlich. Dann hast du die Show also gesehen?« Die weichen Polster gaben nach, als wir uns setzten.

»Hätte ich das nicht sollen?«

Ihre schmalen Schultern zogen sich kurz nach oben. »Es war wohl unvermeidlich.«

»Warum hast du mir nichts von dem gesagt?«, fragte ich erneut. Dieselbe Frage hatte ich schon einmal gestellt und eine Antwort erhalten, die mich nicht überzeugt hatte. Jetzt versuchte ich es erneut, denn ich war hier, um die Wahrheit einzufordern. Wenn wir eine Chance haben wollten, dann nur auf einer hundertprozentigen Vertrauensbasis. Ich hätte gerne ihre Hand genommen, um ihr zu zeigen, dass ich für sie da war, aber ich wusste, das würde uns beide nur ablenken. Also behielt ich sie bei mir und wartete auf ihre Antwort.

»Ich hatte Angst«, gab sie unverblümt zu, und ich sah ihr an, dass sie jetzt bereit war, offen mit mir zu reden. Die Zeit der Lügen war vorbei.

Sie schreckte zusammen, als ein paar Gäste durch die Lobby kamen.

»Wollen wir vielleicht woanders hingehen?«

»Gerne. Lass uns auf mein Zimmer gehen«, schlug sie vor. Ich folgte ihr durch die Lobby und dann durch einen langen Flur, wo unsere Schritte im dicken Teppich versanken.

Ivys Zimmer kam eher einer Suite gleich. Dunkles Parkett, helle Wände und ein Blick aufs Meer empfingen uns, als wir eintraten. Die oberen Fensterluken waren geöffnet, sodass der Duft der frischen Meeresbrise den Raum ausfüllte. Über einem gemütlich aussehenden Sofa hing ein fast wandfüllendes Gemälde, und in der Ecke befand sich sogar ein Kamin für kalte Tage. Ein bequemer Sessel und eine kleine Arbeitsecke, die sich gut in das Gesamtbild einfügte, rundeten die Einrichtung ab, und gegenüber ging es durch eine offen stehende Flügeltür ins Schlafzimmer. Ich erhaschte einen Blick auf ein King-Size-Bett, auf dem sich Ivys Garderobe verstreute. Ich seufzte still bei dem Anblick, denn auch im Middleton Inn hatte sie den Schrank nur als Zierde gesehen. An ihrer Ordnungsliebe würde sie noch arbeiten müssen.

»Möchtest du was trinken? Es gibt eine Minibar.« Ivy sah mich unsicher an, als wüsste sie nicht, wie sie mit mir umgehen sollte.

»Vielleicht einen Kaffee?« Ich hatte die kleine Kaffeebar am Eingang gesehen.

Ivy nickte, erleichtert, etwas tun zu können, holte Tassen aus der Anrichte und bediente den Kaffeeautomaten. Während der Kaffee in die Tassen lief, stellte ich mich ans Fenster und sah auf den Strand von Santa Monica. Es schien ein privater Abschnitt zu sein, der dem Hotel angehörte, denn es war nicht viel los am Wasser.

Ivy brachte den Kaffee an den Tisch und setzte sich auf das Sofa. Ich nahm mit dem Sessel direkt gegenüber vorlieb und griff nach meiner Tasse. Auch ich war nervös und fragte mich, ob ich mit dem, was Ivy mir erzählen würde, würde leben können. Aber das musste ich wohl auf mich zukommen lassen.

Ein paar Minuten schwiegen wir, Ivy wich meinem Blick aus, klammerte sich an ihrer Tasse fest und wirkte ziemlich verkrampft. Wie gerne hätte ich sie einfach in meine Arme gezogen und ihr versichert, dass alles gut werden würde. Aber das war der falsche Weg. Und das wusste sie ebenso gut wie ich. Als sie schließlich den Blick hob und mich ansah, erkannte ich den Schmerz darin. »Ich war vier Jahre alt, als ich einen Autounfall überlebt habe.«

Ich hielt die Luft an und sah Ivy erschrocken an. »Ich weiß nicht, was ich sagen soll …«

»Mein Dad war Pilot und hatte eine zweimotorige Cessna. Wir sind oft mitgeflogen, und ich kann mich nur daran erinnern, dass ich es damals wirklich toll fand. Mehr Erinnerungen sind nicht mehr vorhanden.« Sie klang traurig, und jetzt ahnte ich, woher ihre Höhenangst rührte.

»Meine Mutter hatte mir erzählt, dass sie an diesem Tag nicht mitfliegen konnte, wegen eines Zahnarzttermins. Aber ich hätte Dad so lange bekniet, dass er trotzdem fliegen sollte. Alleine mit mir. Aber wir kamen nie am Flugplatz an.« Sie stockte, und Tränen glitzerten in ihren Augen. »Wir sind in eine Massenkarambolage geraten, prallten in einen Truck … Mein Dad war sofort tot.«

»Oh Ivy …« Ich sprang auf, wollte zu ihr laufen und sie halten, aber sie winkte ab. Also setzte ich mich wieder und wartete stumm, bis sie sich im Griff hatte. Es war die Hölle, ihr nicht beistehen zu können, und mein Herz brannte.

»Ich war Daddys Mädchen, es war hart für mich, als er plötzlich nicht mehr da war. Zu meiner Mutter hatte ich nie den besten Draht, unser Umgang war nie so innig wie der mit meinem Vater. Ich glaube nicht, dass sie mich je wirklich geliebt hat. Ich weiß nur, dass sie meinen Vater sehr geliebt hat. Sein Tod hat ihr den Boden unter den Füßen weggezogen.« Wieder stoppte sie kurz, trank einen Schluck Kaffee und sprach dann weiter, ohne mich anzusehen. »Nach dem Unfall waren wir eine Zeit lang in den Medien. Ich war noch viel zu klein, um das alles zu verstehen, erinnere mich nur an Bruchstücke. Es heißt ja, dass die Psyche gut darin ist, Dinge auszublenden, mit denen sie nicht zurechtkommt. Das habe ich wohl gemacht. Ich habe das alles erst vor Kurzem, also viele, viele Jahre später aufgearbeitet.«

Ich war sprachlos und voll von ihrem Schmerz, der sie die letzten Jahre begleitet hat. Die Puzzlestücke fügten sich zusammen, eins nach dem anderen.

»Irgendwann ist meine Mutter in eine Talkshow eingeladen worden. Alleinerziehende Elternteile oder so. Jedenfalls hat sie danach wohl Blut geleckt, die Aufmerksamkeit hat ihr gefallen, und das Geld, das sie dafür bekam, war nicht wenig. Sie hat Kontakte geknüpft, und so ist es nicht bei dem einen Auftritt geblieben. Und als sie dem Publikum nicht mehr reichte, war ich dran. Sie hat mich mitgeschleppt, mich ins Rampenlicht gezerrt als das arme Mädchen, das seinen Vater verloren hat. Ich war nicht mehr als ein Goldesel, den sie ausnutzen konnte. Das war nicht weiter schwer, denn seit ich damals als einzige Überlebende aus dem Autowrack gestiegen war, haben wir im Mittelpunkt gestanden. Meine Mutter wusste, wie man daraus Kapital schlagen konnte. Interviews, Reportagen, Talkshows – ständig flimmerten irgendwo unsere Gesichter über die Mattscheiben. Als ich acht war, hat sie mich zu dieser Mini Playback Show geschickt. Gott, ich habe es gehasst. Ich bin mir sicher, der Tod meines Dads hat sie so aus der Bahn geworfen, dass sie nicht mehr klar denken konnte. Aber ich stand doch selbst unter Schock. Deswegen habe ich auch alles mitgemacht, ohne mich dagegen aufzulehnen. Ich meine, mir selbst ging es schlecht, aber sie hat sich nicht um meine Trauer oder Ängste gekümmert, sondern nur um ihren eigenen Schmerz. Als wollte sie mich bestrafen, weil ich schuld an Dads Tod war. Das war schlimm, und es hat Jahre gebraucht, bis ich begriffen habe, dass mich keine Schuld trifft. Aber das alles hat mich im Laufe der Jahre auch härter gemacht.«

Ich wusste nichts darauf zu sagen, so sehr schockierte mich das Verhalten ihrer Mutter. Wie konnte man als Elternteil so handeln? Dem eigenen Kind die Schuld geben? Ich dachte an meine Mom und mit wie viel Liebe sie uns überschüttet hatte. Selbst wenn sie Stress gehabt hatte und wenig Zeit, hat sie sich immer um unsere Bedürfnisse, unsere Sorgen und Ängste gekümmert und sie ernst genommen.

»Als ich das erste Mal zu Tante Margret abgeschoben wurde, war ich acht. Meine Mutter hatte einen neuen Freund, wollte mit ihm allein sein, also hat sie mich in dem Sommer zu ihrer Schwester gebracht. Und da haben wir uns dann kennengelernt.« Sie lächelte ein bisschen, als sie mich ansah. Ihre Miene war traurig, aber das kleine Lächeln bei der Erinnerung an unsere erste Begegnung war echt. »Eine ganze Zeit lang wusste ich nicht, ob ich meine Mutter dafür hassen sollte, dass sie mich einfach ausquartiert hatte. Aber als du plötzlich da warst … war ich froh darüber.«

»Ich auch«, sagte ich leise.

»Bei Tante Margret war ich glücklich. Sie war für mich da, hat sich Zeit für mich genommen und mir geholfen, den Verlust meines Dads und meine Ängste zu verarbeiten, die ich seit dem Unfall in mir trug. Meine Mutter hat es nie für nötig gehalten, mich deswegen behandeln zu lassen. Sie war der Meinung, ich hätte überlebt, also ging es mir auch gut«, setzte sie schnaubend hinterher. »Ich vermisse Tante Margret.«

Mir drängte sich die Frage auf, warum sie nicht früher zurückgekommen war, warum nicht gleich nach dem Tod ihrer

Tante, aber ich ahnte, dass ich es noch erfahren sollte. Also schwieg ich und ließ sie reden.

»Unser Verhältnis hat sich nicht verbessert, als ich älter wurde. Nachdem ich bei der Playback Show aufgetreten war, hat irgend so ein Filmfuzzi Interesse an mir bekundet. Und das, obwohl ich so schlecht gesungen hatte, das ich gleich in der ersten Runde rausgeflogen war. Der damalige Freund meiner Mutter hat beim Film gearbeitet. Er war irgendwas Großes, oder glaubte es zumindest zu sein, und hat meiner Mutter in den Kopf gesetzt, mit Kindern wäre eine Menge Geld zu machen. Ich war ja noch viel zu klein, um zu begreifen, was da passierte. Aber meine Mutter hätte es wissen und mich davor beschützen müssen. Aber das hat sie nicht. Die beiden hatten keine Skrupel. Irgendwann habe ich mich quergestellt, aber da meinte sie, dass ich es ihr ja wohl schuldig wäre. Schließlich ist Dad wegen mir ums Leben gekommen.«

Jetzt hielt es mich nicht mehr länger auf dem Sessel. Ich stand auf und setzte mich neben Ivy, legte meinen Arm um sie und zog sie an mich. Sie wehrte sich nicht, sondern schmiegte sich an meine Brust. Ihr schmaler Körper zitterte, als sie aufschluchzte.

»Lass es raus«, flüsterte ich und strich ihr sanft über das Haar. Und dann weinte sie still. Mein Herz weinte mit. Um das, was sie durchgemacht und verloren hatte. Um ihren Vater und ihre Kindheit. Ich war dankbar, dass es sie nach Honey Falls verschlagen hatte, und hoffte, dass sie wieder zurückkommen würde. Dorthin, wo sie glücklich gewesen war. Und es hoffentlich auch wieder sein würde.

30. Ivy

Hunter hielt mich, und ich war froh darüber. Ich kannte ihn und wusste, dass es ihm nahe ging. Aber er hatte sich zusammengerissen, um mich nicht zu unterbrechen. Und das war gut so. Ich hätte nicht gewusst, ob ich ein zweites Mal den Mut gehabt hätte, mich ihm zu öffnen. Alte Wunden aufzureißen war immer gefährlich. Aber jetzt war ich dankbar, die Last nicht mehr alleine tragen zu müssen. Hunter war da, und er würde mich nicht wieder verlassen. Das hatte ich schon gewusst, als ich ihn in der Lobby gesehen hatte.

Ich beruhigte mich, und die Tränen kamen zum Stillstand. Hunter reichte mir ein Taschentuch, und ich nahm es dankbar an.

»Geht's wieder etwas?«

»Es ist okay«, sagte ich leise und merkte, dass es stimmte. Es war okay, hier zu sitzen und mit Hunter über mein Leben zu sprechen. »Und wie schlägst du dich?«

Sein Blick war ernst, aber auch voller Gefühl. »Mach dir um mich keine Sorgen, Ivy. Ich bin hier, und ich bleibe hier. Solange du mich bei dir haben willst.«

Ich drückte seine Hand. »Danke.« Dann befreite ich mich aus seiner Umarmung und stand auf, um uns Wasser zu holen. Ich hatte Durst. Das alles nahm mich sehr mit, und ich wollte eine erneute Panikattacke vermeiden.

»Du hättest mir damals davon erzählen können«, brach Hunter das Schweigen. »Ich hätte vielleicht etwas tun können. Oder meine Mom.«

Das war süß. Und naiv. »Nein, hättest du nicht. Du weißt

nicht, wie diese ganze Maschinerie tickt. Und nachdem ich mit elf eine Rolle in einer Serie bekommen hatte, wollte ich nicht auf …«, ich schnaubte verächtlich, »auf das Äußere reduziert werden. Auf etwas, das ich nicht war. Auf eine Figur aus dem Fernsehen. Bei dir konnte ich sein, was ich war. Ein ganz normales Mädchen mit blutigen Knien, schmutzigen Fingern und Kletten in den Haaren. Ich wollte nicht, dass sich das womöglich ändern würde«, setzte ich hinterher. Ich sah ihm an, dass er widersprechen wollte. Ich wusste, er wollte mir sagen, dass er mich nie anders behandelt hätte, hätte er es gewusst. Dass er nie jemand anderen in mir gesehen hätte als die Ivy, die er gekannt hatte. Es war wie früher – unsere Seelen kommunizierten stumm miteinander. Und gleichzeitig war es, als wären all die Jahre dazwischen nur dafür da gewesen, uns reifen zu lassen, damit wir bereit füreinander waren. »Ich weiß … Aber damals wusste ich es nicht«, antwortete ich ihm auf seine nicht ausgesprochene Frage. Hunter schwieg weiter und ich dankte es ihm stumm.

»Ich hatte kleine Gastrollen in Kinderserien oder Filmen, aber der Durchbruch kam erst, als ich vierzehn war. An dem Tag, an dem sie mich von hier weg holten und statt nach New York nach Hollywood brachten.«

Hunters Augenbrauen zuckten, und ich ahnte, dass ihn das gerade überforderte.

»Sie haben mich zu einem Casting für einen Jugendfilm gebracht. Einen Pferdefilm. Du weißt, wie sehr ich Pferde damals geliebt habe. Und damit hatten sie mich. Ich wollte diese Rolle. Und ich bekam diese Rolle. Allerdings habe ich da noch nicht gewusst, dass ich dich nie wiedersehen durfte. Das war der unausgesprochene Deal. Meine Mutter wollte, dass ich Schauspielunterricht nahm, wollte mich in andere Kreise einführen. Honey Falls und meine schmutzigen Knie waren ihr dabei nur ein Dorn im Auge gewesen. Sie wollte mich für eine Zukunft in

Hollywood vorbereiten. Sie hat dafür gesorgt, dass ich keine Zeit zum Nachdenken hatte. Aber … ich habe dich nie wirklich vergessen, Hunter. Ich habe dich immer hier drin getragen.« Ich legte die Hand auf meine Brust, fühlte mein Herz schmerzhaft dagegen schlagen und hoffte, dass meine Worte Hunter erreichten.

»Ich weiß nicht, was ich sagen soll.« Er rieb sich über das Kinn und sah mich an, als würde er mich zum ersten Mal sehen.

Ich wollte gar nicht, dass er etwas sagte, denn ich war noch lange nicht am Ende meiner Geschichte angelangt. Also beeilte ich mich, ihm keine Zeit für eine Antwort zu lassen. »Als ich erst mal in Hollywood war, hatten sie mich in den Fängen. Ich war jung, ich war hübsch, ich war biegsam. Sie machten aus mir das, was sie haben wollten. Meine Mutter setzte mich auf Diät, ließ meine Haare färben und kümmerte sich um Kontaktlinsen statt einer Brille, als meine Augen schlechter wurden. Nichts sollte ihren Traum vom schnellen Geld durchkreuzen. Dass ich dafür meine Kindheit aufgab, war ihr egal. Mit sechzehn ging ich auf Partys, auf denen die Crème de la Crème des Showbiz zu finden war. Mit siebzehn war mein Name ein Begriff in Hollywood. Und mit zwanzig nahm ich das erste Mal Tabletten zum Aufputschen. Weil ich ständig müde war vom vielen Drehen. Aber dann konnte ich nachts nicht schlafen, also nahm ich irgendwann Beruhigungsmittel. Das war der Einstieg.«

Hunter wurde blass, und mir war klar, dass ihn das schockte. Besonders nach dem Tod seines besten Freundes, der eben wegen dieser verfuckten Drogen gestorben war. Aber ich durfte nichts auslassen, was uns vielleicht später wieder einholen würde. Ich musste, ich wollte die Wahrheit sagen und nichts beschönigen.

»Das war in den Kreisen völlig normal. Um den Stress zu

bewältigen oder einfach um gut drauf zu kommen. Drogen haben irgendwie dazugehört und dein Leben bunter gemacht. Aber nach dem ersten Kontakt hab ich entschieden, die Finger davon zu lassen. Dafür … habe ich mich dem Alkohol verschrieben«, setzte ich hinterher. Das war nichts Neues für Hunter, der hatte meine Lebensgeschichte ja in der Show verfolgt. »Mein achtzehnter Geburtstag war für mich damals der beste Tag in meinem Leben. An diesem Tag hat die Zusammenarbeit mit meiner Mutter geendet. Ich war vorher schon bei einem befreundeten Anwalt, und er hatte alles in die Wege geleitet. Meine Mutter und ihr verlogener Freund haben quasi die Kündigung bekommen, und ihnen wurden alle Rechte entzogen. Das war nicht ganz einfach, aber ich hatte gute Anwälte. Seitdem habe ich sie nie wiedergesehen.«

Hunter sah mich mit diesem Blick an, und ich wusste sofort, er verstand mich. »Du willst wirklich keinen Kontakt zu ihr?«

»Kontakt? Nein. Nie wieder. Ich hasse diese Frau, die sich Mutter geschimpft hat und nur auf ihren eigenen Vorteil bedacht war. Nein, das ist endgültig vorbei. Ich habe keine Mutter mehr.«

Hunter schluckte. Das Thema hatten wir schon einmal, aber diesmal wusste er um die Gründe, die zu dem Entschluss geführt hatten. Und diesmal schwieg er auch dazu.

»Kurz darauf habe ich meinen Namen geändert. Skye Ridley. So steht es auch noch in meinem Ausweis. Ich habe alles, was Ivy gehört hat, abgelegt. Meine Nase habe ich mir machen lassen, meine Zähne ebenfalls. Ich war kurz am überlegen, meine Brüste auch machen zu lassen, habe das aber verworfen. Ich wollte einfach nicht mehr die sein, die ich jahrelang hatte sein müssen. Ein glatter Cut, das war das, was ich gewollt hatte. Dazu gehört auch, die Erinnerungen an diese Zeit ganz tief in mir zu vergraben. Ich habe dann den Manager gewechselt und die weibliche Hauptrolle neben Tristan in der Serie *Tears & Ashes* besetzt. Jahrelang lief es richtig gut, und dann kam der Durchbruch, als Tristan und ich das Drehbuch für einen Kinofilm erhalten haben. Ich will dich nicht mit Einzelheiten langweilen, aber das war schon echt 'ne Hausnummer. Allerdings auch eine, die mich überfordert hat. Ich habe Tristan betrogen und bin nach der Trennung in ein schwarzes Loch gefallen. Erst hatte ich noch Hoffnung, dass Tristan mich wieder auffängt, aber als Aria auf der Bildfläche aufgetaucht ist, war mir klar, dass der Zug abgefahren war. Also habe ich mich in den Alkohol geflüchtet. Den Rest kennst du … Und dann …« Ich schluckte. »Dann bin ich richtig tief abgestürzt. Und habe begriffen, dass ich Hilfe brauchte. Ich war einfach kaputt. Ich war abgestürzt und am Boden, und ich hatte keine Kraft mehr aufzustehen. Es gab auch niemanden, der mir geholfen hätte. Weil ich vorher alle helfenden Hände beiseitegeschlagen hatte. Mehrmals. Ich war allein und wusste es. Aber es hat gedauert, bis ich begriffen habe, dass das, was ich tat, ein Selbstmord auf Raten war. Ich wollte mich auf keinen Fall in den Klub 27 einreihen.« Als Klub 27 wurde eine Reihe von Musikern und anderen berühmten Persönlichkeiten bezeichnet, die in dem Alter gestorben waren. Da waren Jimi Hendrix, Janis Joplin und Jim Morrison. Unvergessen der Sänger von Nirvana, Kurt Cobain, oder Amy Winehouse. Alle starben in der Regel durch Suizid. Weil sie mit ihrem Leben im Rampenlicht nicht mehr zurechtkamen.

»Als der Tiefpunkt erreicht war, ging es aufwärts.«

»Du hast es geschafft«, sagte Hunter leise.

Ich nickte und sackte zusammen, als die letzte der mich über Jahre quälenden Erinnerungen mich wie ein Flashback überwältigte. Ich schmeckte den Rotwein, spürte das warme Wasser und fühlte wieder die Schläfrigkeit, die mich übermannte. Die Schwerelosigkeit, die Unfähigkeit, mich zu bewegen, obwohl ich es wollte. Die Panik, die einsetzte, als ich verstand, dass ich untergehen würde, wenn ich nichts ändern würde. Und die Angst davor, womöglich zu sterben. All das holte mich plötzlich ein, sodass ich anfing zu zittern und erst damit aufhören konnte, als Hunter mich ins Bett brachte, mich zudeckte und sich zu mir legte, um mich festzuhalten.

»Es tut mir leid«, flüsterte ich.

»Das muss es nicht, Ivy. Es ist nicht deine Schuld. Nichts davon ist deine Schuld.« Seine Stimme war nahe an meinem Ohr.

»Ich weiß.« Ich wusste es wirklich, dennoch konnte ich nicht aufhören, mir Vorwürfe zu machen. Wegen allem, was ich getan hatte.

»Das ging alles viel zu schnell. Dein Leben ist so an dir vorbeigerast … Wie hättest du da alleine rauskommen sollen?«

Ich drehte mich zu ihm herum, und sein Blick spiegelte meinen Schmerz wider, den er jetzt mit mir gemeinsam trug. »Es tut mir so leid, Ivy.«

»Ich bin noch nicht wieder gesund«, sagte ich.

»Ich weiß. Aber ich bin hier. Bei dir. Ich lasse dich nicht allein und wir schaffen das zusammen. Das verspreche ich dir. Ich liebe dich, Ivy.«

Ich erschrak. Nicht, weil ich Angst hatte, sondern weil diese Worte mich umhauten. Diese Worte hatte ich das letzte Mal von meinem Dad gehört. »Du liebst mich?«

Sein Blick hielt meinen fest, als die Worte seinen Mund verließen. »Natürlich liebe ich dich. Ich liebe dich schon mein halbes Leben. Und nur, weil du plötzlich weg warst, sind meine Gefühle doch nicht erloschen. Ich hatte sie nur vergraben. Ganz tief in mir. Das hat mir geholfen, nicht verrückt zu werden bei dem Gedanken, dass du mich nicht mehr in deinem Leben haben wolltest. Und jetzt, wo ich um die Gründe weiß, darum, was du durchgemacht hast, noch viel mehr. Du bist stark, Ivy. Du hast es geschafft, nicht unterzugehen in alldem, was um dich herum passiert ist. Du bist zurückgekommen und hast mich gefunden. Ja, Ivy, ich liebe dich. Und vermutlich werde ich es auch für immer tun.«

Die Tränen liefen nun ungehindert über mein Gesicht, ich konnte sie nicht mehr zurückhalten. Hunters Worte berührten mein Herz, wie niemand zuvor es geschafft hatte. Sie nässten seine Finger und unterstrichen nur die Wahrheit.

»Ich liebe dich auch, Hunter. Ich habe dich nie vergessen, in meinen dunkelsten Stunden war immer ein Hoffnungsschimmer bei mir, der mich wieder ein Stück ins Licht gezogen hat. Ich glaube, das warst du. Auch wenn ich meine Erinnerungen tief in mir verschlossen hatte, weil sie einfach zu schmerzhaft gewesen waren, glaube ich, dass du dich immer wieder an die Oberfläche gekämpft hast. Du hast mich nie verlassen. Danke, Hunter. Danke, dass du mich nie aufgegeben hast.«

»Ich glaube, ich habe uns einfach nie aufgegeben«, sagte er und küsste meine Tränen fort. Eine nach der anderen, bis sein Mund vor meinem verweilte. »Ich liebe dich.«

»Ich liebe dich«, flüsterte ich. Dann schloss ich die Augen und verlor mich in der Berührung seiner Lippen auf meinen. Dieser Kuss besiegelte alles.

Ich liebte Hunter. Und ich wusste, dass er mich ebenso liebte. Das war kitschig, aber fühlte sich verdammt gut an. Liebesschwüre waren nie mein Ding gewesen. Aber ich hatte ja auch nie jemand anderen außer Hunter wirklich geliebt.

Und während wir uns küssten und mit aller Langsamkeit unsere Körper erforschten, als würden wir das zum ersten Mal tun, wusste ich, dass wir alle Zeit der Welt hatten. Und an Hunters Seite war selbst die Ewigkeit nicht lang genug. Doch wir würden sie zu nutzen wissen. Für immer.

Epilog

Jahrzehnte alter Muff schlug mir entgegen, als ich über die ausgezogene Leiter hochstieg und meinen Kopf durch die Dachluke steckte. Das schwache Licht einer verstaubten Glühbirne an der Decke empfing mich und wurde durchzogen von ein paar Lichtstreifen, die versuchten, durch die milchigen Fenster durchzudringen. Mein Auftauchen wirbelte Staub auf dem alten Holzboden auf. So sah es hier also aus.

Als kleines Mädchen und später als Teenager hatte ich mich nicht auf den Dachboden getraut. Es war eher die Angst vor der Dunkelheit als die vor Geistern oder Monstern gewesen, die mich davon abgehalten hatte. Jetzt war ich kein Teenager mehr und alt genug, um mich dem Dunkel zu stellen. Dieses Haus gehörte mir nun, und ich sollte jeden Winkel darin kennen. Also schluckte ich den Hauch von Angst runter, der noch in meiner Kehle festsaß, und stieg auch die letzten Stufen hoch, bis ich schließlich mit beiden Füßen fest auf dem Fußboden stand.

»Alles klar, Ivy?«

Ich lächelte. »Ja, alles klar. Du kannst hochkommen, Hunter«, rief ich nach unten, und keine zwanzig Sekunden später stand Hunter neben mir, legte seinen Arm um meine Schultern und pfiff leise durch die Zähne.

»Und davor hattest du Angst? Vor ein paar alten Möbeln?«, neckte er mich und zog mich kurz ganz fest an sich. Seine Nähe gab mir Sicherheit.

Ich ging ein paar Schritte in den Raum hinein, dessen Dachschrägen von dicken Holzbalken gehalten wurden. Einige davon waren durch Mitchs Leute ausgetauscht worden, Sägespäne lagen teilweise noch auf dem Boden. Rechts standen ein paar Kartons, eine Truhe und zwei kleine Nachtschränke, alles unter durchsichtigen Planen vor dem Baustaub geschützt. Sie waren so hässlich, dass sie irgendwie schon wieder cool wirkten. Vielleicht konnte man daraus auch etwas Ansprechendes machen. Das Restaurieren alter Möbelstücke war mittlerweile mehr als ein Hobby geworden. Ich wollte damit mein neues Leben ausfüllen.

Seit ich ganz und gar in Honey Falls angekommen war, zusammen mit meiner Jugendliebe in meinem eigenen Haus lebte und es keine Geheimnisse mehr zwischen uns gab, war die Mauer um mich herum eingestürzt und hatte der vierzehnjährigen Ivy einen uneingeschränkten Blick auf das Leben gewährt. Für immer. Ja, manchmal war es hart, nicht zu einem Drink zu greifen, aber Hunter war an meiner Seite, und wenn ich es in diesen Momenten nicht für mich tun wollte, dann wenigstens für ihn. Aber letztlich half mir das Restaurieren alter Möbel, die Betätigung mit meinen Händen, in solchen Situationen. Das lenkte mich ab und brachte mich wieder in die Spur. Ich war dankbar, dass ich dem, was ich neben dem Schauspielern noch gut konnte, hier in Honey Falls nachgehen konnte.

In der alten Garage standen bereits einige aufgearbeitete Möbelstücke, die, sobald mein Geschäft in der Stadt fertig eingerichtet war, ihren Weg dorthin zum Verkauf antreten würden. Ich war dankbar, dass ich mich hier selbstverwirklichen und endlich glücklich und in Frieden leben durfte.

Ich schritt die Möbel ab, wischte hier und da ein paar Schlieren in den Staub und griff nach der Schublade einer der Kommoden. Sie klemmte, also rüttelte ich daran, bis sie sich öffnen ließ. Verwundert griff ich nach der flachen Pappschachtel, die der Grund für das Verklemmen gewesen sein musste.

Ich wischte sie ab und öffnete neugierig den Deckel. Als ich nach einer Weile begriff, was ich in den Händen hielt, traten mir die Tränen in die Augen.

»Oh mein Gott …«

»Was ist los? Hast du was Spannendes gefunden?« Hunter wandte sich von den Möbeln auf der anderen Seite des staubigen Raums ab und war sofort bei mir.

»Ob es spannend ist, kann ich noch nicht sagen, aber …« Ich hielt ihm die geöffnete Schachtel entgegen, und in derselben Sekunde wurde auch sein Gesicht blasser.

»Das sind …«

»Deine Briefe …«, vollendete ich seinen Satz.

Er griff nach einem der Briefumschläge, auf denen mit seiner jugendlichen Handschrift mein Name stand. »Willst du sie noch lesen?«

Ich nahm ihm den Brief aus der Hand, bevor er ihn womöglich verschwinden lassen konnte. »Was glaubst du? Natürlich!« Ich grinse. »Ich muss doch wissen, wie du gelitten hast.«

Hunter grinste nicht. »Ich habe gelitten. Wie ein Hund, glaub mir.«

Seine Worte fegten mir das Lächeln aus dem Gesicht. Ich schloss die Schachtel und stellte sie auf die Kommode. Dann trat ich zu ihm und schlang meine Arme um seinen Hals. »Ich bin so dankbar, dass diese Geschichte gut ausgegangen ist.«

Hunter nickte und lehnte seine Stirn an meine. »Ich liebe dich, Ivy«, flüsterte er.

»Ich liebe dich, Hunter«, erwiderte ich.

Sein Kuss nahm mich mit in die Vergangenheit, wieder zurück in die Gegenwart und zeigte mir die Zukunft. Eine Zukunft, in der wir zusammen glücklich sein würden. Für immer.

Nachwort

Mit *Touch me Forever* ist der dritte und somit auch letzte Teil der *Now and Forever*-Reihe beendet. Mit einem lachenden und einem weinenden Auge habe ich soeben das Ende der Geschichten um Tristan, Nate und Skye geschrieben. Drei Menschen, die alle ihre ganz eigene Geschichte haben, aber doch miteinander verwoben sind.

Lachend wegen des trockenen Humors und dem Schlagabtausch, die sie sich in gewissen Szenen lieferten.

Weinend, weil Themen wie Krebs, Gewalt, Drogensucht und Alkoholismus nicht einfach zu schreiben oder gar zu lesen sind, wenn man betroffen ist.

Ich möchte Geschichten schreiben, die unterhalten. In denen die Liebe zwischen zwei Menschen im Vordergrund steht, die beide ihr Päckchen mitbringen, um zu wachsen und zu heilen. Durch die Liebe.

Ich kann mir vorstellen, dass ich mit dieser Geschichte nicht allen angeschnittenen Themen gerecht werde. Das will ich aber auch nicht. Denn manchmal gibt es Grenzen. Grenzen, die auch ich mich nicht wage zu überschreiten. Grenzen, die mir in meinem Leben auferlegt wurden oder ich mir selbst gesetzt habe. Das mag in manchen Augen ein Kritikpunkt sein, aber in meinen Augen ist es richtig, nur so weit zu gehen, wie man es sich selbst zutraut.

Ich hoffe aber innigst, dass euch die Geschichten der drei Bände trotzdem unterhalten konnten.

Danksagung

Auch jetzt möchte ich mich wieder bei allen lieben Menschen bedanken, die mir bei der Entstehung dieses Buchs geholfen und mich unterstützt haben. Bei allen, ohne die das Schreiben und das Leben der Geschichten gar nicht möglich gewesen wäre. Bei denen, die mir die Möglichkeit geben, meinen Traum zu leben.

But First – ihr! Danke, meine Leserinnen und Leser, für eure Treue und Tapferkeit, alle meine Bücher zu kaufen, zu lesen und weiterzuempfehlen. Ich bin dankbar und stolz, eine so tolle Community um mich herum zu haben.

Annika, Clarissa, Stephan. Das Dreamteam von beheartbeat und immer bereit zu »baxtern«, was das Zeug hält. Danke für alles.

Ein großer Dank geht an meine Selbsthilfegruppe. Sina und Anne – mit euch will ich in den Urlaub fahren, die Seele baumeln lassen und ganz viel positive Vibes sammeln! Danke für eure Unterstützung in den letzten Monaten, die für uns alle nicht leicht waren. Ich hab euch verdammt lieb!

Danke an das Skinneedles-Team. Für eure Treue und euren Support.

Danke an meine Testleserinnen Susanne, Sarah und Nele. Dank euch bin ich nicht im Chaos versunken. Danke auch an Annett für deinen unermüdlichen Einsatz!

Meine Familie – mein Halt im größten Chaos. Ihr seid mir das Wichtigste und ich bin dankbar, dass es euch gibt!

Und last but not least – meine Dienstagsfrauen. Wir lieben das Leben! Forever.

„Eine Minute und zwölf Sekunden. Ich bin eine Minute und zwölf Sekunden lang tot gewesen."

Anne Goldberg
REMEMBER WHEN
DREAMS WERE BORN

384 Seiten
ISBN 978-3-404-18777-5

Vor acht Monaten riss ein schwerer Unfall Maggie aus ihrem Leben. Seitdem kämpft sie sich durch einen Alltag aus Frust und Schmerzen – bis sie Thomas begegnet. Er behandelt sie nicht wie etwas Zerbrechliches. Mit seiner Zuneigung gibt er ihr das Gefühl zurück, begehrenswert zu sein. Dabei trägt Thomas selbst schwere Schuldgefühle mit sich herum. Als er Maggie begegnet und sieht, wie stark die junge Frau ihr Schicksal meistert, wird er von seinen Gefühlen überwältigt. Aber wie nah darf er ihr sein, ohne alte Wunden wieder aufzureißen? Und wie viel Zeit bleibt ihm, ehe seine Geheimnisse ans Licht kommen?
Der erste Band der emotionalen neuen Reihe von Anne Goldberg.

Lübbe

Ein Single Dad zum Verlieben.

Melanie Harlow
ONLY US –
UNWIDERSTEHLICH
Roman
Aus dem amerikanischen
Englisch von
Michaela Link
384 Seiten
ISBN 978-3-404-18448-4

Mack ist erfolgreich, gutaussehend und alleinerziehender Vater von drei kleinen Töchtern. Jeden Tag versucht er, seine Familie und seinen Job als CFO eines Hotels unter einen Hut zu bringen. Das gelingt ihm vor allem dank Frannie Sawyer. Sie kümmert sich liebevoll um seine Töchter und hilft Mack, wo sie kann. Schon seit Jahren knistert es spürbar zwischen den beiden. Das Problem: Frannie ist die Tochter von Macks Boss. Doch wie lange können sie noch gegen die unüberwindbare Anziehung ankämpfen?

So mitreißend und emotional wie die Liebe

Justine Loogen
TOGETHER WE FALL

284 Seiten
ISBN 978-3-7413-0292-3

Kunststudentin Valerie kann es nicht fassen: Ihre Abschlussarbeit wird von Graham Harper, DEM Shootingstar der New Yorker Kunstszene, zerrissen. Er war ihr großes Vorbild – doch jetzt empfindet Valerie nur noch Abscheu und möchte ihn zur Rede stellen. Als sie dann aber vor ihm steht, ist ihre Wut verflogen. Sie blickt in seine Augen, die so viel Schmerz verraten, und kann sich seiner düsteren Aura nicht entziehen. Was verbirgt sich hinter der harten Fassade des Künstlers mit den verstörenden Bildern? Als Valerie Stück für Stück zu Graham durchdringt, ist es für sie längst zu spät, sich von ihm und seiner Vergangenheit abzuwenden.

Feurige Küsse und leidenschaftliche Dates

Helen Paris
CALL ON YOU –
KATIE & LEON
California Callboy
Romance

ISBN 978-3-404-18897-0

Ihre Freunde stellen Dauersingle Katie beim »Wahrheit oder Pflicht«-Spiel eine besonders heikle Aufgabe: Innerhalb der nächsten drei Monate muss sie ihre Enthaltsamkeit beenden. Doch eine kurze Affäre oder ein One-Night-Stand kommen für Katie nicht in Frage. Und für eine Beziehung fehlt der engagierten Ärztin einfach die Zeit. Als ihre Freundin Janet vorschlägt, es mit einem Callboy zu versuchen, ist Katie zuerst entsetzt - und dann neugierig. Schließlich überwindet Katie sich und vereinbart ein »Date«. Die Nacht mit Leon wird sinnlich und unvergesslich - und verlangt nach einer Wiederholung. Doch Leon scheint nicht der zu sein, für den er sich ausgibt.

Lübbe

Heiß und gefühlvoll. Eine Enemies-to-Lovers-Geschichte zum Dahinschmelzen.

Sabrina Bennett
CAPTURED BY YOUR EYES

ISBN 978-3-7413-0263-3

Mich bei einer Dating-App anzumelden, fand ich zuerst ziemlich bescheuert. Aber ich habe dort tatsächlich ein Match gefunden: *The Real C* . Er ist tiefgründig, gefühlvoll, witzig. Er versteht mich, und ich kann mich ihm völlig öffnen.
Doch warum weicht er mir immer aus, wenn ich ihn nach einem Treffen frage?
Ich muss einfach wissen, wer *The Real C* im wahren Leben ist. Nur dass mein Mitbewohner Jesse mir dabei ständig in die Quere kommt und plötzlich den großen Beschützer spielt, macht die Sache nicht gerade einfacher.

Lübbe